講談社文庫

黄色い目をした猫の幸せ

薬屋探偵妖綺談

高里椎奈

講談社

目次

プロローグ――7
第一章 死を乞う依頼人――10
第二章 狼《おおかみ》と羊飼《ひつじか》い――73
第三章 外連《けれん》――153
第四章 失意の行方《ゆくえ》――191
第五章 砂漠に降る雨――223
第六章 灰色の人間《グレイパースン》――280
第七章 ∵(prove《プルーブ》 ?)――366
第八章 夜会《ソワレ》――393
第九章 陸《おか》の太陽 空の花――449
エピローグ――470
あとがき――492
解説 田端しづか――494

《登場人物紹介》

深山木《ふかやまぎ》秋《あき》……妖怪。
座木《くらき》（ザギ）……イギリス出身の妖怪。
リベザル……ポーランド出身の妖怪。
椚《くぬぎ》　良太《りょうた》……緑《みどり》ヶ丘《おか》中学校3年生。
椚　良海《よしみ》……良太の母親。
椚　良乃《よしの》……良太の妹。
椚　空音《あかね》……緑ヶ丘中学校教員。良太の叔母《おば》。
上原一志《うえはらかずし》……緑ヶ丘中学校教員。

佐倉《さくら》　康《こう》……上流坂《かみるさか》中学校1年生。
佐倉隼人《はやと》……康の父親。梶枝《かじえだ》大学助教授。
佐倉享菜《ゆきな》……康の母親。花火職人。
甲斐智充《かいさとる》……良海の祖父。
小菅《こすげ》　新《あらた》……佐倉隼人のゼミ生。
南雲圭一《なぐもけいいち》……佐倉隼人のゼミ生。
高遠三次《たかとおさんじ》……上流坂署の刑事。
御《おき》　葉山《はやま》……上流坂署の刑事。
衒崎《てらさき》　弥《わたり》……上流坂署の刑事。

黄色い目をした猫の幸せ

薬屋探偵妖綺談

プロローグ

大嫌いだ。古臭いしきたりも、封建的な家制も。

彼女は家を飛び出して、スカートが濡《ぬ》れるのも構わずに、あがったばかりの雨に湿った河川敷に腰を下ろした。

することなすこと頭ごなしに反対し、こちらの意見など耳を傾けようともしない。最初から聞く気がないのだ。誠意が欠けている。

それでも実の親は憎み切れず、対極に位置する二つの感情の板挟みに、彼女はイライラと足元の草の露《つゆ》を手で払い飛ばした。露草が手に掛かり、花びらが引きちぎられて、指に青い汁がつく。擦《こす》っても擦っても落ちない汚れに訳もなく悲しくなって、堪《こら》えていた涙がボロボロと大粒になって零《こぼ》れ落ちた。

こんな家、こっちから出ていってやる。

川に向かって叫んでみれば少しは気も晴れるかと立ち上がったが、それは別の声に邪魔された。

「こーんばーんはー」

蛙《かえる》を岩で潰《つぶ》したみたいに卑《いや》しい声、振り返った背後には熊のような巨体。背筋が瞬時に凍り付く。

彼女は身を翻《ひるがえ》し、土手を駆け上がって逃げようとした。しかし、濡れた草に足を取られ、足は思うように進まない。土手の急斜面と恐怖による震えが更にその邪魔をする。

「逃げるのかー。それも楽しいなあ」

ねっとりとした声が、クチャクチャとガムを嚙《か》む音と交互する。

影が迫る。

鼓動が激しくなる。

首筋に息がかかる。

頭に血が昇る。

「助け……」

グッ。

手首を、物凄《ものすご》い握力で掴《つか》まれた。

「つ、か、ま、え、たー」

藍《あい》色の空、虫の声、草の匂《にお》い。

それだけならばよかったのだ。それだけなら……。

第一章　死を乞う依頼人

1

真っ白い空間だ。リベザルの前には、全身を黒衣に包んだ長身の男が立っている。否、男は別に居て、これはその影なのかもしれない。輪郭《りんかく》は朧《おぼろ》にあるのに仔細《しさい》が見えない新月の夜のような影は、リベザルの後方を指差した。

『…………』

何かを指示されたが、その声は口内にこもって聞き取れない。人さし指の先には見覚えのある者が数人、ロープのような蛇《へび》で手足を拘束《こうそく》されている。

ゾクッ。

悪寒《おかん》。何故だろう、彼等が生命の危機に晒《さら》されていることを急に理解した。理由は分からない。

影は下弦の三日月を嵌《は》め込んだみたいな厭《いや》な笑いを向け、さっきまでなかったはずの白いテーブルを紹介するように手の平で示す。次にペンキ、絵の具、色鉛筆、マーカー……様々な絵の具を影から取り出して、リベザルの前に置いた。

『この机を闇《やみ》に塗り込められたら、あの者達を解放しよう』

声は相変わらず低く口の中で響いて聞こえなかったが、そう言ったように半ば確信的に思えた。

闇。

リベザルはもう一度背中を振り返った。人数は一気に増大し、何もない白い空間に地平線を思い出させる。その周りを、その死肉を食《は》む為に。待ち切れずに生きたままでも食ってやろうと狙《ねら》って、影の鴉《からす》が様子を窺《うかが》い飛んでいた。

机は嘘《うそ》のように白い。光がないので影もなく、と同時に強い光に溢《あふ》れて浮き上がりかけた姿を消している。空間と机の境界線がぼやけて良く見えない。目を擦《こす》っても、細めても、瞬《またた》いても、必死で見極めようとしているのに、一向に境は線にならない。

『一滴も零《こぼ》すな』

そう聞こえた。

無理だ。

リベザルは思うように動かない手で汗を拭《ぬぐ》って、机——があると思われる方向——に歩み寄った。足元に絵の具が散っている。浮かんでいるのか？……分からない。怖い。

闇。漆黒。黒い絵の具。

ペンキに黒はない。

絵の具に黒はない。

色鉛筆に黒がない。

マーカーにも黒がない。

黒が、ない。

汗が次から次へと流れた。何処《どこ》からか、オーケストラ音楽が聞こえて来る。迫りくる恐怖を扇動して、ますます世界が見えなくなる。影の三日月が半月に笑う。

死んでしまう、

死んでしまう、

死んでしまう！

「馬鹿者、迷うくらいなら僕に貸せ。僕はこうしたいんだ」

高らかに澄んだ声が響いて、机は床とともに一瞬で虹《にじ》色に染まった。

ようやく輪郭を成した机の向こう側には、秋《あき》がペンキの缶を片手にポーズをとっている。左手を腰に、右手は缶を握ってクッと内に絞り、笑った顔は眼鏡《めがね》がはまってよく見えない。

遠くで鴉達が騒ぎだし、曲と一緒に空間がせり上がって八方から迫った。

何てことを！

リベザルは引きずるように重い五官を指の隅々まで意識して、強引に体を引き起こした。感覚が全身に戻って来る。

「師匠《ししょう》の考えなしー!!」

＊

ゴッ。

「誰がだ、コラ」

「あれ？　師匠？」

リベザルはグシャグシャになった布団の上で、汗だくになって目を覚ました。そこは白い空間でも何でもなく、見慣れた天井に見慣れた布団、そして飽きるほど合わせ慣れた秋の顔がある。

秋は火のついていない煙草《たばこ》を銜《くわ》え、システムベッドの手摺《てすり》に肘《ひじ》をかけてゴンゴンとリベザルの額《ひたい》を連打した。

「おはよ」

「……夢、だったのかあ。よかったあー」

リベザルは胸を撫《な》で下ろし、起き上がった体を垂直より行き過ぎて掛け布団の中に顔を埋めた。背中に張り付くTシャツが汗で湿っている。枕元《まくらもと》に置いたCDプレイヤーはタイマーセットされていて、夢の続きの二楽章を続けて再生していた。

秋がそのボリュームを下げ、枕元のケースを取り上げる。

「『交響曲第一番ハ短調作品六十八』。短調でお目覚めとは、良い趣味だな。で、今日は僕を、どんな素敵な役柄で招待してくれたんだ？」

「えっと、白い部屋に黒い男がいて……本気で怖かったんですっ」

「ほー？」

からかう秋に応えて、リベザルは堰《せき》を切ったように夢の内容を話した。夢は、太陽が真上に上がる前に誰かに話すと正夢にならない……という言い伝えを信じていた訳ではないが、誰かに聞いてもらいたかったのだ。

秋はさしたる興味もなさそうに耳だけを傾け——手は見事にバラバラのルービックキューブをカチャカチャと回転させている——自分が登場する件《くだり》ではまるで他人事《ひとごと》のようにカラカラと笑った。

「なかなか、正しい認識だ。それなら僕も似たような夢を見たことがある」

「え、ホントですか？」

「僕のは、机じゃなくて葡萄《ぶどう》だったけど」

「葡萄？」

リベザルは冷たいシャツを首から脱いで、袖《そで》から外す途中で動きを止めた。話の展開に葡萄がどう関わるのか、イメージが露《つゆ》ほども湧《わ》かない。

秋はベッドの下のタンスから新しい服とタオルを投げてよこしてから、ＯＫサインの丸を左手の人さし指で半円に区切った。

「ナイフで葡萄をきっかり半分に割れたら助けてやる、とか言うんだ。でもその葡萄には種があってどうしても半分には切れない。しまいには番人が直径二メートルもある巨峰《きよほう》を持って来て『これでどうだ』って威張る。今思うと馬鹿らしいんだけど、その時は真剣なんだよな」

「それ、どうしたんですか？」

「食った」

「はあ？」

リベザルの顎《あご》がカクンと下に落ちた。

「食、べ、た。I ate the grapes. 食べてしまったら、こいつはどんな反応をするのかと思って」

「人質がいたんでしょう？」

「いたねえ」

「だったら……」

リベザルの安堵《あんど》はたちまち不安に姿を変える。

秋は小悪魔みたいな笑みを浮かべて、ベッドの梯子《はしご》から飛び下りた。床に散乱するおもちゃを上手く避《さ》けて、クルクルと踊るようにベッドから離れる。

傍《かたわ》らに置かれたキューブは完成していた。

「朝食はないぞ。昼飯の時間だ。早く来な」

部屋を出る寸前にこちらに向けた秋の笑顔が恐ろしいほど鮮《あざ》やかで、体の中心から寒気が波状になって、火照《ほて》っていた体の熱を奪った。何とか隙間《すきま》を埋めるべく冷たい汗を乾布摩擦《かんぷまさつ》さながらに拭《ふ》き取っていくが、体の芯《しん》は凍ったまま鳥肌まで立ってくる。

「師匠、らしい……のかな？」

リベザルは腕を擦ることで不安を抑え、金魚のエリックに溜《た》め息混じりに呟《つぶや》いた。

着替えてパジャマを洗濯機に放り込み、顔を洗ってダイニングに入った。テレビの前の硝子《ガラス》テーブルを囲んでL字形に配置されたソファには、煙草をふかす秋の姿しか見えない。

黒のタンクトップとモスグリーンのハーフパンツから華奢《きやしや》な手足を伸ばし、切ってから二ヵ月ほど放っておかれてバラバラになった長めの前髪を、指で摘《つま》んで眺めている。セピア色の髪が窓からの光を浴びて、透けるようだった。

「兄貴はいないんですか？」

「接客中。下で肥満にお悩みらしいつらら女の相手してるよ」

「つらら女?」

「んー、雪女に似た妖怪《ようかい》で元秋田小町、美人なのが売りだったらしい」

秋は細く開けた窓に向けて煙を吐き出した。外からは煙と引き換えに、暑苦しい蝉《せみ》の声が入り込んで来る。空調のおかげで体感温度はほどよいが、聴覚が不快指数を上げていた。

「でも、師匠が何でここにいるんですか? 薬作るの、師匠でしょう?」

「あー、うん。それなー……」

秋は鼻の頭を指で摘んで言葉を濁《にご》した。

リベザルが隣に腰を下ろして顔を覗《のぞ》き込むと、黒目だけこちらに向け、憮然《ぶぜん》として膝《ひざ》の上に頰杖《ほおづえ》をつく。

「?」

「痩《や》せたいって言うからTNLα出そうとしたんだ。普通だろ?」

「TNLあるふぁ?」

「人体の中でも発生する物質だ。心臓悪液質って言って、臓器の機能も向上させるんだぞ」

名前を聞いた感じでは、そんなに良い物にも思えないが。

「なのに、ザギのヤツがストレスになるって止めるし、ならサウナに入って痩せろって言ったら追い出された。今、ダイエットなんて止めろって、必死こいて説得してるよ」

「サウナ！」

雪女やつらら女と聞くと、たんぱく質やカルシウムの代わりに雪か氷で構成されているような気になる。それが摂氏八十度を超えるサウナなどに入ったら……。

リベザルは浮かんでしまったリアルで無惨な想像を消して、両手に余るほど大きなクッションを抱いた。追い出されて当然の発言である。

「それって自殺じゃないですかっ⁉」

「ダイエットって行為自体が緩やかな自殺じゃないか。促進して何が悪い」

「……誰が店主なのか、分かんないですね」

「知った風な口をきくな？　一番役立たずのクセに」

秋が馬鹿にしたように鼻白んだ顔でフウッと煙を吐いたので、リベザルは反射的に立ち上がった。

「なっ、そんなことないですよっ」

「ほーう？」

秋が心底驚いたという表情になる。

「本当に？」

「本当です」

「間違いなく？」

「間違い、ないです……よね」

「役に立ってるか？」

「う……た、多分」

そう真顔で何度も念を押されると、自分のことでも自信がなくなって来る。リベザルは答えるたびに、お辞儀草のようにしぼんでいった。

秋はそれに一ミリも笑いもせず、灰皿で本日三本目らしい煙草を消す。

「それが本当なら、僕の物心は昨日ついたことになる」

「？」

リベザルが首をかしげると、秋は漸《ようや》く笑顔を見せて、

「まったく覚えがないってこと」

と、もう一つのクッションをリベザルの頭にかぶせた。

「師匠、非道《ひど》いですっ」

「悪いな。僕は正直者なんだ」

「必要ないところばかりで、ですよね」

微細な棘《とげ》を毛布で三重ほどに包んだような口調で会話に割って入って来たのは、

「ザギか」

その背の高い彼を上目で認め、秋が笑いを収める。

「兄貴ー」

リベザルが泣き付くと、座木《くらき》は着ていた仕事用の白衣を脱いで微笑《ほほえ》み返した。

「お早う、リベザル。秋のお相手ご苦労様」

「どういう意味だ？」

「お聞きの通りです」

「あ、そ」

秋はそれ以上の追及はせず、フイと不機嫌そうに顔を背《そむ》けてテーブルに散らかったチェスの駒を手に取る。それから全ての駒を白と茶のボードにバラバラに並べ始めた。部屋中に静電気が充満したように、空気がピリピリと緊張する。

（喧嘩《けんか》してるのかな？　師匠はもちろんだけど、兄貴は自分が正しいと思ってることでは、絶対折れないよな。ど、どうしよう）

胸中ではオロオロとあたりを走り回っているのだが、実際は硬直して指一本すら動かせない。

しかし座木はその通例に倣《なら》ったリベザルの予想に反して、その暗い雰囲気を物ともせずにいつも通りの穏やかな声を出した。

「先刻のお客様ですが……」

「――――『客』になったのか？」

「はい。魔法の飴《あめ》をお出ししておきました」

座木が微笑んで答えた。

秋の駒を操る手が止まる。

「魔法の……飴？」

「はい。一日一粒。継続的に食べると痩せる魔法の飴です」

「ステビアでも使ってんの？　いや、ステビアじゃ痩せはしないか」

「ええ、普通の飴です。でもそう言った方が、精神的に良さそうでしょう？　他の甘い物もそれを理由に我慢できる」

「プラセボ効果を『魔法』とは、メルヒエンだね」

秋が全身むず痒《がゆ》そうな顔をして、耳の下を指で掻《か》いた。彼はこの手のいかにも『女の子』した話題が嫌いらしい。

「はい。昨日の夜読んだ本が、少女小説だったものですから」

「えっ、兄貴が？」

「……そっか」

リベザルは冗談とも本気ともつかない座木の言葉に一歩後ずさったが、秋はフッと笑うだけで「昼飯にしよう」とチェスを手放した。

2

深山木《ふかやまぎ》薬店。

これが、この家の一階にある店の名前である。

もう百年もここに建っているような古ぼけた外観に、店主の頭の高さに掲げられた大きな木の板に筆で書かれた看板。硝子《ガラス》を嵌《は》め込んだ木の格子戸の両脇には、やはり格子状の小さな窓があったが、店内は暗くて良く見えない。

そしてちょうど中を覗《のぞ》き見てやろうとする人間の目が向く位置——それはドアの左隣の窓の一角だが——を狙い澄ましたように、意地悪く小さな貼り紙がしてある。

『どんな薬でも症状に合わせてお出しします』

これを見て、風邪《かぜ》や腹痛のような普通の客が中に入ろうと思うだろうか。否、まだ常識的な判断力の残っている人間ならば、迷わず坂下の商店街にある薬局に行き先を変更するだろう。

おかげさまでこの店では、行き詰まって常識というものの存在自体を忘れてしまった人間や、普通の薬では満足出来ないまともな状態から少し外れた客がその七割を占めていた。何か悲しいことがあって嫌なことだけ全てを忘れてしまいたいとか、人の心を思い通りに操りたいとか、依存性のない麻薬が欲しいだとか、本来薬屋に頼むべきでない内容が、更にそのうちの九十%を占めている。

しかも大風呂敷《おおぶろしき》の広げ過ぎともとれる『どんな薬でも……』という看板は、決して客寄せ目的の舌先三寸な宣伝文句ではない。どこから手に入れてくるのか奇妙な草や液体から作られる注文通りの薬は、店主の人生経験と膨大な知識量を雄弁に物語っていた。リベザルに言わせれば、こんな出所や効果の怪しいものに大枚を叩《はた》く客の気が知れない。

その他に、酔っ払いや坂で転んだ怪我人などが一割。数少ない真っ当貴重なお客様である。

さて、では残り二割の客は何を求めてこの店を訪れるのか。それこそこの店のもう一つの顔であり、半ば本職となりつつある副業、妖怪揉事《もめごと》相談所であった。

平たく言えば、妖怪が関係していると思《おぼ》しき奇妙な事件を解決致します、となるのだが、それは決して善意や奉仕精神による行為ではない。自分達に火の粉の降りかかりそうな火元を、事前に消火する為だ。

このせちがらく小さな世界で、自分の人生を自分のものとして歩くには、つまり妖怪の存在が人間に確信されるのには未だ早い。人間には――人間の世界というべきか――まだ、見た目も力も何もかも違う異種族の生物を、共存する対象として抵抗なく受け入れられるだけのゆとりはなかった。一部の人間にとって、他の生物との共存には力関係の強弱の提示が絶対である。そこに存在するのは理論的な理由ではなく生理的な違和感なので、考えの根は深かった。

だからとりあえずは人に紛れて暮らしていく中で都合の悪い部分を揉み消してしまおうと、不可思議な事件が起きては進んで相談を受けているのだが、意外に妖怪が事件の根源であるケースは少ない。結果だけ見るなら、冠《かんむり》の『妖怪』を取り外して『揉事相談所』としたいぐらいである。

「ザギ」

「はい？」

座木はティーポットのセラミックの茶漉《こ》しに乾燥させた葉を何種類か入れ、湯を注いで蓋《ふた》をした。注ぎ口からハーブの香りが漂って来る。

「……子供が飯事《ままごと》で作る雑草スープの匂《にお》い。リンデン？」

「その表現はどうかと思いますが、当たりです」

「リベザル、お前の為にあるようなお茶だ。全部飲んでもいいぞ」

「俺の為ですか？」

リベザルの問いに秋はすぐには答えず、砂時計を指でカタカタといじって逆の手で指を鳴らす。


パチン！


その音に喚《よ》ばれたように、手の隙間にさっき座木が棚に戻したはずの葉の入った瓶《びん》が現れた。秋は隣の席からリベザルに、それを急な放物線状に投げて渡した。

「そこに効能が書いてあるだろ？」

言われてリベザルが瓶に手を伸ばすと、瓶の側面に品名や内容量を記したラベルが貼ってあった。

「原産国ブルガリア、クセがなく……開封後は……？　何処《どこ》ですか？」

「裏側だよ」

「裏？」

リベザルが瓶を手の中で回転させるのとほぼ同時に、秋が効能を読み上げた。リベザルの声に秋の声が重なる。

「『落ち着きのないお子様にもお薦《すす》めです』」

納得して、腹が立った。

「師、匠、うーっ」

「って、そんなことを言おうと思ったんじゃなくて。ザギ、今日何時ぐらいまで店開ける？」

「いつまでも構いませんが……お約束は何時ですか？」

「四時」

リベザルの反論はあえなく遮《さえぎ》られ、その意気込みも違う方向へと向きを変えられてしまった。

「師匠、どっか出掛けるんですか？」

「今日は上流坂《かみるさか》でストバスの対抗戦があるんだ」

秋が親指から指を三本立てて、変則Vサインを作った。因《ちな》みにストバスとはストリートバスケットの略である。

「えー。今日は花火やろうと思って、昨日から用意してたのに」

「何処に置いた？」

「表の植え込みの間です」

「好判断だ。でも、僕が花火嫌いなのは知ってるだろう？」

「知ってるから内緒で準備してたんです」

「秋の場合、爆発したのは余計な調合したからですよ」

「薬とは勝手が違うらしい」

「当たり前です」

「お茶とも、だな。僕にはこんなに美味《うま》い茶は淹《い》れられないよ」

秋が何気なく座木を褒《ほ》めた。が、その裏にある意味は一瞬で看破される。

「おだててもだめです。店は開けますよ」

「――――やっぱり？　使いどころを誤ったな」

「褒めて下さったということだけは、有難く承《うけたまわ》っておきます」

座木は、温めるのに張っておいた湯をカップから捨てた。俯《うつむ》いて目にかかる前髪を、真ん中で半分に分けて除《の》ける。黒髪と白い湯気が対照的にお互いを引き立てた。

リベザルは注がれたお茶を受けとって、不満を示して下唇を突き出した。

「もっと早く教えてくれればいいのに」

「今朝電話がかかってきたんだよ。それに優勝賞品が岡目屋《おかめや》の飯と言われて、断わる手はないだろ？」

「！　ズルい!!」

リベザルはさっきより数段大きな声で叫んだ。

岡目屋というのは上流坂駅近くの、美味相応に立派な値段を掲げている小さな食堂である。信州の有名な料亭の分家らしく「ちょっと夕食に」と言って入れるほど、この店の敷居は低くない。

その名の通り、お多福《たふく》を店のロゴに取り入れていて、手打ちの自家製蕎麦《そば》と出汁《だし》を使ったおかめそばは絶品だった。決してリベザルの反応は大袈裟《おおげさ》ではないのである。

秋はリベザルの大声に影響された様子はいっさい見せず——つまり無視して、カップから立ち上る湯気を手に絡めながら、

「お前もあと二十センチ背が伸びたら、試合に混ぜてやるよ」

と、リベザルの赤い頭をグシャグシャに撫で回した。

リベザルはプウッと頰を膨《ふく》らまして、二十センチ高い彼を恨《うら》めしそうに見上げた。

「あと何百年かかると思ってるんですか?」

「五、六世紀ってとこ? ザギに追い付く日はいつになることやら」

「ここまで伸びると、服がなくて困りますよ」

そういう座木は、この春の記録で百八十七センチあった。変形誤差プラスマイナス二センチを考慮しても、リベザルにすれば羨《うらや》ましい数字である。リベザルは変形誤差を計算に入れると、百四十五センチを切ってしまうのだ。

その二人のおよそ平均値をとっている秋は、襟首《えりくび》に掛けていた細いくすんだ上半分に金色の縁《ふち》のついた伊達《だて》眼鏡をかけて椅子《いす》を引いた。

「一時だ。店を開けよう」

「それでは三時に切り上げましょうか」

「そうだな」

「…………」

リベザルは、今イチ釈然としないこと続きで眉《まゆ》を顰《ひそ》めてリンデンティーを啜《すす》ってい

たが、秋に皺《しわ》のよった眉間《みけん》を人さし指で上に引っ張られ、

「情けない顔」

と笑い称されてしまった。

3

店を開ける、といっても、入り口の鍵《かぎ》を開ける以外に何をする訳でもない。薄暗くてひんやりとした店内で、各自好き勝手なことをして客が来るまで時間を潰《つぶ》す。客は週に一人来れば御《おん》の字なので、そのまま閉店時間になってしまうことの方が多かった。これでも以前は半年に一人というペースだったのだから、増えた方である。

部屋の約半分は、まるで来客を拒《こば》むように並べられた背の高い棚で埋まり、奥の横に細長いスペースが待機場所となっていた。その中央にカウンター代わりの机が設置してあって、たいていはそこで一日を過ごす。

リベザルが思うに、これらの棚は全て秋のおもちゃ箱だ。何でも入っているが、商売に関係する物は一つも入っていない。そういうものは、更に奥の調合室に仕舞われているからである。

この内外からの視界を遮《さえぎ》る無意味な棚と前時代的な木造風の建物が、この空間を外界とは別個の物にしていた。時間の流れとは基本的に無縁な場所だった。

そんな所にいながら常に世界の大局を把握しているらしい——あくまで〝自称〟だが——秋は、時計も見ずに、

「もうすぐ三時だ」

と、九割方、元の写真に近付いていたジグソーパズルを無造作に棚の一つに押し込んだ。ザラザラとピースの砕け散った音が聞こえる。完成を目指してやっているのではなさそうだ。

続いて時間に正確な座木も、読んでいた本に栞《しおり》を挟んで閉じた。

「あと四分四十一秒ですね」

「待ってろよ、岡目屋ー」

「う〜」

「へへ、いいだろ」

すっかり勝った気でいる秋は皮算用に頬を弛《ゆる》ませ、バスケットシューズの紐《ひも》を縛《しば》り直す。

しかし、立ち上がって入り口正面の棚の列に足を運びかけた座木が、静かな声で水

をさした。

「残念ですが、秋ももう少しお預けのようですよ」

「へ？」


ギッ、ギギイイイ。

建て付けの悪いドアの音が、仕事の到来を告げた。

＊

「奥へどうぞ」

座木は店主席について、未だ見ぬ来訪者を招いた。この店では、三人の中で一番それらしい座木が客の応対をすることになっている。

秋とリベザルは、客に見つからぬように二階へ直通している階段の中ほどまで上った。話の内容によっては、他人に立ち合われるのを嫌がる者も居るからだ。手摺の間からフロアを覗き見下ろして、しかし今回に限り、その心配はなさそうである。

棚の真ん中の列から姿を現したのは、気の弱そうな子供だった。

背格好でいえば秋とリベザルの中間くらいで、学年にするなら中学校一、二年。残念ながら母親のお使いという体《てい》である。

俯き加減な顔は上からでは良く見えないが、そのどこかのサッカーチームのユニフォームのレプリカらしい真っ赤なシャツが馬鹿に派手で、全身トータルの中で異彩を放っていた。

「人は見かけによらないな」

「何ですか？」

リベザルに覆《おお》い被《かぶ》さるようにして顔を上下に並べて手摺に手を掛け視線を重ねていた秋が、客の少年を指差して小声で言った。

「気弱で大人しそうに見えるのに、あの服鉤裂《かぎざ》きばかりだ。ちゃんと縫って着ているところは、エコロジカルで大変好ましいけどね」

「……ホントだ」

少年は真っ直ぐ切り揃《そろ》えた前髪を揺らして、静々と座木の前に進みでた。シャツの端を握り締めた手が小刻みに震えて、彼の緊張が見ている方にまで伝播《でんぱ》してくる。

「どんな薬を御入用ですか？」

座木が柔らかい口調で訊《き》く。

少年はしばらく目を泳がせてから、蚊《か》の鳴くような声で喋《しやべ》った。

「ここ、深山木薬店ですよね」

「そうですが？」

「あの……」

会話が途切れる。見る見るうちに耳から頬から指先までシャツに負けないほど紅潮して、少年は耐えかねたようにギュッと目を瞑《つぶ》った。そして、

「灰色の木を金色に戻す薬を下さいっ」

腹から吐き出すようにその言葉を言い切った少年は、穴の空いた浮輪のように長く息を吐き出して、足元からヘナヘナと崩れ落ちた。

それは、深山木薬店に事件を依頼する時に使われる暗号だった。

「いいね。ますます、見かけによってない。リベザルはここにいろよ」

興味津々で下を覗くリベザルに窘《たしな》めるように言い置いて、秋は一人階段を降りていった。

それと入れ違いに座木が少年にパイプ椅子を組み立てて勧め、入り口に鍵を掛けに行く。言わずもがなのことだが、少年を閉じ込める為ではない。第三者の介入を防ぐ

為である。

「さて、ご用件を伺いましょうか？」

秋のよく通る声が、固まっていた少年の時間を動かした。少年は、勧められるがままに座ってしまった椅子の上で落ち着きなくあたりを見回して、戸惑いを露《あらわ》に変わりきっていない声をたびたび裏返しつつ訊いた。

「あの、さっきのおじさんは、ドコ行っちゃったんですか？」

秋の顔が微《かす》かに綻《ほころ》ぶ。

「多分、お茶の用意に。さすがイギリス出身と言いたくなるぐらい、吃驚《びっくり》するほどお茶にこだわるおじさんでね」

「お兄さんは？」

「あのおじさんは注文を聞くのがお仕事なんだ。僕よりおじさんの方が薬屋さんっぽいでしょ？　普段は……」

彼が座木をおじさんと呼んだのがよほど気に入ったのか、秋はおじさんおじさんと連呼して、この店のシステムを説明した。

外見による印象を考えて、薬屋の方は座木に店長を装《よそお》わせているというだけのことなのだが、少年の理解力を気遣ってか、はたまたおじさんという単語をより多く使い

たかったのか、説明はいつもより丁寧《ていねい》に時間をかけて行われた。最後に秋が、

「僕じゃ、力になれないかな？」

と訊くと、少年はふるふると左右に首を振った。

「よかった。それじゃあ依頼の前に、何処でうちの話を聞いて来たのか教えてくれる？」

秋は、彼の性格を知らずに見たならば、百発百中良い方に誤解される営業用スマイルを崩さない。事実に反していい人そうだ。例外なく少年もそれに騙《だま》されたようで、重く閉ざしていた口をゆっくりと開いた。

「お母さんの友達の家の、近所のおばあちゃんに聞いたんです。小さい頃に、助けてもらったって言ってました」

「そのおばあちゃんの名前は？」

「東条《とうじょう》、吉《よし》さん」

「東条、東条……東条？」

秋は眼鏡を中指で上げて、目を右下に落とした。覚えていないのだろうか？

少年の話から単純計算して『おばあちゃん』を六十～八十、『小さい頃』を五～十五とすると、四十五～七十五年前の出来事になる。その頃はまだ日本に来ていなかっ

たので、リベザルは知るはずもない。彼の言うことが本当だとしても、こうしてみる限り秋の記憶の方は疑わしかった。

少年が段々不安げな表情になっていくのを、秋が気がついていないはずはない。が、彼の目的のない嘘はつけない性質が仇《あだ》となって、友好的なムードは急速に冷えつつあった。

(大丈夫かなあ)

リベザルは両手に力を込めて、手摺を握り締めた。秋は、いつもは要領がいいクセに、こういう場面では機転が利《き》かない。利かせない。

その不安定なバランスの調和をとるかのごとく、おじさんこと座木が盆に茶を携《たずさ》えて店内の給湯室から顔を出した。

「紅茶、どうぞ」

湯気と一緒にのどかな空気が立ち上る。

「ザギ。東条吉って覚えてる?」

「『東条』さんは知りませんが、『吉』さんは相模《さがみ》吉さんのことじゃないですか?」

「相模?」

「初めてお会いしたのが八つの時ですから、名字が変わっているかもしれません。他に吉さんという名前の方は……やはり思い当たりませんね」

座木が紅茶の皿にクッキーを一緒に乗せて少年に渡すと、彼は上の空で礼を言って切実な感情を浮かべ秋を見た。

秋はまだ思いだせないらしく、今度は「サガミサガミ」と呪文《じゅもん》のように口の中で繰り返している。記憶力のいい秋には珍しい光景だ。

「ヒント。他にないの？」

クイズではないのだが。とうとうお手上げとばかりに頭を抱えて天井を仰ぐ秋に、座木は小さく溜め息をついた。

「秋が『さがみん』と呼んでいた、色白で黒髪の女の子ですよ」

「さがみん？　おお、さがみん。さがみんか。思い出した。ロシアで作った日本人形みたいで、衆目の中、本屋の階段で正座したまま滑り落ちて、臑《すね》に擦り傷と青痣《あざ》作ったあのさがみんだな？」

「そのさがみんさんです」

座木が秋の滅茶苦茶な——本人が聞いたら気を悪くしそうな——描写に合わせて応える。

秋は胸の支《つか》えが取れたように清々《すがすが》しい顔をして、少年に自分の手の甲を指差して見せた。

「そのおばあちゃん、ここに火傷《やけど》の痕《あと》あった？」

「は、はい！　ありました」

「そっかそっか。思い出したぞ」

秋は嬉《うれ》しそうに腕組みをして、まるでもう一仕事終えたかのように革の背もたれに深くよりかかった。彼の記憶力が衰えた訳ではなかったらしい。

「しかし相模さんの事件の時には、まだここには越して来ていませんでした。どうしてここが分かったんですか？」

座木が訊くと、少年はホウッと力を抜いていた肩に再び気を張り詰め、二人の店員を交互に見て説明した。

「お店の名前を聞いて、電話帳で探したんです」

「あれ、載せてたっけ？」

「一昨年から載せることにしたじゃないですか。営業代わりに」

「そーだった、かも」

人に名前だけ訊いて、あるかも分からない店を電話帳で調べ訪れるとは、何たる無謀……もとい、何たる根性だ。それだけ切羽つまっているとでもいうのだろうか。

リベザルは意外にも深刻さを帯びていく依頼人に、罪悪感を感じながらも気持ちを高揚させた。秋には他人の不幸を喜ぶとは悪趣味だと幾度も叱《しか》られていたが、リベザルは奇妙な事件やそれが解かれていく様を見るのが好きだった。この少年は、最初に彼を見た時の期待外れを、更に裏切ってくれるかも知れない。

「同じ地区でラッキーだったね。それじゃ、本題に入ろっか。君は僕に何をして欲しいの？」

秋が切り出す。

少年は頭から足の先まで硬直させた。手中のティーソーサーがカチカチと音をたてる。

リベザルは今か今かと胸の高鳴りを抑えて、柵《さく》状の手摺に張り付いた。

少年が立ち上がる。

「か、上中《かみちゅう》の佐《さ》倉康《くらこう》を、妖怪に食べさせちゃって下さい！」

「えー！　何でっ⁉」

声が出かかるのを長い間我慢していた反動で、つい身を乗り出して叫んでしまった愚か者に、三色六つの目が集中した。その不意打ちのようなリベザルの出現を少年はこの上なく驚いて、狼狽《ろうばい》して、泣きそうな顔を両手で覆うとその場を駆け出した。

十数秒間、ガチャガチャと鍵に手こずる音がしていたが、引き止める間もなく依頼人は消え去ってしまった。

4

「…………」

「…………」


少年は、秋の返事も聞かずに帰ってしまった。あの状況では無理もない。おかげでリベザルの心と雀《すずめ》の涙ほどの自信は粉砕され、日本海溝より底深く落ち込み低迷していた。


無言でシャツを着替える秋の横で、リベザルもやはり無言で立ち尽くす。しかし、非があるのは誰であるかが歴然としているのに、この態度はしている方も気分的にもよろしくない。リベザルは秋の正面に立って、深々と頭を下げた。

「ゴメンなさいっ」

「何が？」

覚悟を決めて行った謝罪は、あっさりとした疑問文で返された。

床に落ちていた輪ゴムを拾い上げながら不思議そうな顔をする秋に、リベザルの方が困惑して返答に詰まる。

「何がって、俺が声出しちゃったから、あの子帰っちゃいましたよね？」

「そーだね」

「え？　俺の所為《せい》で帰っちゃったんですよ？」

「うん。それで？　都合の悪いことでも？」

「ええ？　えっと……」

「秋。リベザルは、依頼人を驚かせて帰らせてしまったことを謝ってるんですよ。結果、仕事を壊したと」

座木の助け舟に、秋は「そーいうことか」と手を打った。それから眼鏡を外して、座木を避けて机の引き出しに預ける。

「いーよ。だって、そもそも僕らの仕事を勘違いしてる依頼なんか受けられないもの。事件を起こす側と片付ける側、立場がまるで逆じゃないか」

「でも、あの子が自分で殺しちゃったり、誰か他の人に頼んじゃったりしたら？」

「そしたら、それは実際に手を下したヤツの責任で、お前の所為でも僕の所為でもない。依頼は受けてないんだから。何をそんなに引きずってるんだか、しょうのないヤツだな」

秋はその様子に呆《あき》れた風な声を出した。そして拾った輪ゴムを親指を中継して人さし指と小指に掛け、ゴム鉄砲を作る。銃口が、リベザルの額《ひたい》に付けられた。

これぐらいの罰は当然、寧《むし》ろ軽すぎるくらいだ。

秋の小指から輪ゴムが外れる。

(来たあ！)

リベザルは目をキッと上げて全身に力を入れ、飛ばされた輪ゴムのくり出す衝撃に備えた。が、輪ゴムは飛んで来なかった。どうやったのか、輪は彼の親指にかかったままクルクルと回転している。

てっきり飛んで来ると思っていたゴムが彼の指を早い速度で回るのを見て、リベザルはそちらに気をひかれ、一瞬、現況を忘れてしまった。

「嘘、すごいですっ。師匠、それどうやったんですか？」

「短絡思考」

バチン！

秋の溜め息に続けて、頭上でいい音がなった。同時に熱い痛みが額に走る。

秋がリベザルのおでこに、しかも思い切りでこピンをしたのだ。意表を突かれて倍増した痛みとショックで頻《しき》りに瞬きをするリベザルに対して、策の大当たりした秋は店に笑い声を響かせ転がった。

「これで許す。もう気にすんな」

「なっ」

一瞬言葉が出なかった。おでこの痛みは脳天までをも直撃し、リベザルは思わず血が出ているのではないかと額を触った。……どうやらその心配はなさそうだ。

笑い上戸《じょうご》の秋は口元に手を当て、まだ止まらぬ笑いを抑えようと肩を震わせている。

「妙なところで繊細だったりするんだな」

それを見たリベザルは何だか無性に悔しくなって言い返した。

「妙なところって何ですかっ？　俺は年中無休オールシーズン繊細まっしぐらなんですっ！」

「あっはははは。僕の知らない間に言葉の定義が変わってしまったらしい。ザギ！　明日、新しい辞書を買って来ておいてくれ」

「分かりました」

座木が、秋のバカな依頼に相変わらずニコニコとしながら了解する。

リベザルは「もういいですよっ」と床に勢い良く座り込んだ。気が付けば、怒る怒られるの立場がいつの間にか逆転している。これが秋流の慰め方なのだ。

秋は拗《す》ねるリベザルに透明な笑みを見せて、後頭部からヘッドホンを耳にかける。

「んじゃーね。いってきます」

「いってらっしゃい」

「うん」

そしてリモコンでプレイヤーのスイッチを入れると、店を出、スケボーに乗って坂を一気に滑り降りていった。

＊

「頂きます」

「どうぞ。召し上がれ」

座木とリベザルはダイニングの椅子に向かい合って、少し遅めの夕食を始めた。メニューはトゥクパと牛タンのパイン乗せ、酢豚《すぶた》、それにデザートに焼きりんごが添えてあった。

組み合わせは多少おかしいが、秋がいない為の彼の嫌いな物コースである。この家にいる限り、こういう時を狙わないと、特に焼きりんごは一生食べるチャンスを失うだろう。彼のシナモンの香り嫌いは好き嫌いの中でも群を抜いていて、終《しま》いには自分が近付いておいて「半径一キロ以内に入って来るな」と不合理を言う始末だった。

「うー、久々のタン、アンかけ、シナモン！　美味《おい》しーですっ」

リベザルはフォークを握りしめて、半ば本気で感涙した。既にお代わり九回目、座木の二倍近くの量を平らげているがその食欲は留まるところを知らない。

「トゥクパならまだあるけど、食べる？」

「頂きます！」

「はい」

座木はクスクス笑いながら、茶色の両手持ち土鍋《どなべ》にうどんとスープを盛り付けてくれた。

幸せいっぱいできしめんを啜り、グズついた鼻をティッシュで拭く。スープも飲もうとレンゲにすくった部分に固まっていた赤い香辛料を見て、不意に昼間の赤服の少年の話を思い出した。

「兄貴。師匠って、いつからこの仕事してるんですか？」

「仕事？　さあ、いつ頃かな？　私が会った時には、既に似たようなことをやってたみたいだけど」

「そんなに前から！」

驚いて、リベザルの頭にふと別の疑問が浮かび上がった。

「……師匠って、今何歳なんですか？」

「分からないけど、私がリベザルくらいの大きさの頃にもう今と同じだったよ。あれで成体なのかな？」

「訊いたことないんですか？」

「訊く気がなかったからね。その謎《なぞ》めいた不思議さこそ、秋には一番似合ってると思うんだ」

座木が目を細めて、焼きりんごの最後の一口を飲み込む。

リベザルはモクモクと麵《めん》を嚙みながら、

「胡散臭《うさんくさ》さがですか？」

と口を滑らせ、自分の反射で動いているかのような言語中枢を後悔した。背後から両耳を冷たい手に摑まれている。痛いのと怖いのとで振り向く首は動かない。

「――し、師匠。早すぎませんか？」

「僕は裏技満載の手品師だからね。それよりもその偽リンゴ！」

秋はリベザルの右手をフォークごと摑み、目の前に一切れ残してあった焼きりんごを刺して強引に口に運ばせた。無理矢理食べさせられて、トゥクパの辛さとりんごの甘さが不協和音を奏でる。率直に言うと、不味《まず》い。

「酷《ひど》いですよ、師匠っ」

「物が入ってる時は口を開くなと言ってるだろう。早くそいつを飲み込んで、この鼻の曲がりそうなシナモンの匂いを消してくれ」

「ただの嫌がらせだぁ」

「未《ま》だ喋るか」

秋は今度はリベザルの唇の両端を摘《つま》んだ。唇を縫い付けられた気分である。しかし今更リベザルが焼きりんごを完食したところで、しみ込んだシナモンの香りは一両日中にはキッチンから消えないだろう。それを分かっててやるのだから嫌がらせだと言うのだ。彼が満面の笑みになっていることは、たとえ見えなくとも明らかだった。

リベザルは味わうのもそこそこに食べ終わってしまった最後の一切れに、怨《うら》みを込めて秋の横顔を睨《にら》み付けた。

「楽しみに取っておいたのに」

「そいつは失敬」

暖簾《のれん》に腕押し、糠《ぬか》に釘《くぎ》。秋は悪怯《わるび》れずに口先だけで謝って、リベザルの隣の椅子にドッカと座った。その顔がやけに無表情で、喜怒哀楽の『楽』以外のどれかのパラメータが甚《はなは》だしく上昇しているのが察せられた。秋の感情と表層の関係はそのようになっている。

「岡目屋ダメだったんですか？」

リベザルはトゥクパの赤いスープを飲み干して、気を遣うつもりがストレートに訊いてしまった。回りくどいことは苦手以前に出来ないのである。

しかし秋はテーブルに頬杖をついて、「まーね」と気のない返事しかしない。座木が前に置いたお茶もスプーンでかき回すだけで、いっこうに口を付けようとはしなかった。蒸気に粘膜が刺激されたのか、赤い鼻を指で押さえている。その顔が涙ぐんでいるように見えて、どう声を掛けていいものかリベザルは分からなくなった。

一時間にも感じられた数分間の沈黙の果てに、秋がハアと頼りなく息をついて自分の顔をカップの水面に映した。

「……がさあ」

「？　何て？　『試合』ですか？」

リベザルには違う単語に聞こえたのだが、いちおう口の形が似ていて今の状況に合った物を照合してみる。

秋は首を振って、彼が最初に思った通りのあまり好ましくない言葉を呟いた。

「死・体、がコート脇のゴミ集積所で見つかって、事情聴取された」

「死体って、誰のですか？」

「知らない。一緒にストバスやってた奴等が見つけて、警察来るまで見てたけど――言ってもいいのか？」

「……心の準備させて下さい」

リベザルは椅子を引いて深呼吸し、肺の全ての空気を入れ替えた。

彼は妖怪といっても、肉食ではないし人食でもない。食事中にスプラッタはちょっとどころではなく嫌だった。死体とか、怪我とか、生身の血みどろ系に自分でも笑ってしまうほど弱いのである。

気遣うような座木の視線に、リベザルは無理に笑い返して続きを促した。

「教えて下さい」

「うん。昨日の雨で地面がちょっと湿ってたから、面子《メンツ》の二人が下に敷く段ボールを探しに行ったんだ。店に貰いに行くつもりがゴミ捨て場にちょうどいい段ボールがあって、中身を開けたら……まあ死体が入ってたんだけど。一言で言うなら『鮮《せん》紅《こう》』？」

「せんこうってどういう意味ですか？」

「鮮やかに紅いと書いて『鮮紅』。子供が入ってたんだけど、見事に箱の内壁から何から赤一色」

「その赤って」

聞きたくない気もしたが、好奇心が恐怖を鼻の差で上回った。

秋はビクつくリベザルに、親指で首をかき切る振りを見せ、至って軽い口調で応じた。

「ピンポンその通り、血だ。首なし死体だったんだ。首どころか手も足もない。あの様子じゃ、出血多量で血管が干涸《ひから》びてそうだね」

「――――聞かなきゃよかった」

「あ、悪い。赤以外にもあった。白」

秋が謝ったのは、話の内容ではなく説明の脱漏《だつろう》についてらしい。おそらく抜け落ちたままで構わない情報。

「それって、骨だったりしますか？」

「冴《さ》えてるな、珍しく。明日は雹《ひょう》だ。肋《あばら》の、この辺の肉が捲《まく》れてて」

秋は手で横腹を示した。続けて細かい描写をしようとするのを座木が「食事中だから」と差し止めてくれたが、もう遅い。消化器官は今にも逆流を始め、せっかく蓄《たくわ》えた栄養をリバースしてしまいそうだった。回る視界を見ないように、精神だけを何処かに飛ばしてしまう努力をする。喋る余裕などもちろんあり得ない。

リベザルはクラゲのようにベシャッとなって、テーブルに倒れ込んだ。

「手足引っ込めた亀《かめ》だと思えば、ちょっと可愛く感じられないか？」

「そんなの無理です」

リベザルの頭が混乱の許容範囲を越え、全身から力が抜ける。

「それでゲームは中止ですか」

「いちおう延期、でも多分中止だよ。くっそー、岡目屋がー!!」

秋が別の理由でテーブルに突っ伏し、既にダウンしていたリベザルは着ていた服を下着ごと残して姿を消した。

「酷《ひど》いですよ、師匠。俺がそういうの苦手なの知ってて」

「だから明るくポップに話しただろ？」

「明るくポップな殺人事件って……」

「興味津々だったクセに」

「――バレてましたか」

「分からいでか」

秋は抜け殻の服をかき分けて、赤いタワシに試験管ブラシをつけたような毛玉を摘まみ上げる。それを机の上に置き、指で弾《はじ》いて転がした。

赤茶色の毛玉に同色の尻尾《しっぽ》、大きな目、小さな手足。動物に例えると、フィリピンメガネザルによく似ている。リベザルの人型は人間を真似て『化けて』いるのだが、こうなってから未だ日が浅い。極度の緊張状態や精神的不安定に陥《おちい》ると元の姿に戻ってしまうのである。

「たまには『原形』も可愛くていいですね」

「可愛い？　きっとザギの感覚って女子高生に近いんだろうな。どう見ても存在としておかしい、とんでもない物まで可愛いと表現する。バーコード禿《はげ》のオヤジをそう評した時は、それしか言葉知らないんじゃないかってボキャブラリーの少なさを疑ったね」

「……それって遠回しに俺のこと、可愛くないって言ってます？」

「お前は僕に『キャー、可愛いっ』って言われて嬉しいか？」

「ちっっっっとも」

台詞《せりふ》中の台詞を迫真の演技でキメた秋に、リベザルは心と力と自信を込めて返答した。

5

中途半端に聞いてしまった死体の描写は変に想像力を駆り立てて、リベザルが瞼《まぶた》の裏のホラー映像に打ち勝って眠りにつけたのは日の出も間際の頃だった。しかし体力は幸い充分にチャージしてあった——つまり昨日は依頼をぶち壊しにしただけで、エネルギーは使わなかった。——ので、人型には簡単に戻ることが出来た。

二日連続の寝坊にばつの悪い思いを抱きながらリビングに行ったが誰もいない。探しに行こうと片足を踏み出して、リベザルは新聞とテレビに目を止めた。冷めた恐怖が好奇心へと形を変えて膨張する。

（ニュースでやってるかな？）

テレビを付け二十四時間ニュースチャンネルに合わせたが、秋が——正確には彼の友人が——見つけた死体の事件は、トップニュースと政治関連の間に発見時のことを数十秒報道されただけで、身元は公開されていなかった。手足と頭がないくらいだから、警察も未だ特定できていないのかも知れない。

テレビをつけたまま、今度は床に普段は滅多に読まない新聞を広げていると、廊下から秋が嬉しそうな顔で入って来た。店に居たらしく眼鏡をかけている——店では視覚効果を狙って伊達《だて》眼鏡を着用していた。童顔を誤魔化《ごまか》す為のささやかな抵抗だ。

「あれ？　ザギ何処？」

「こっちです。今行きます」

台所から返事が聞こえる。どうやらリベザルの存在には気付いていたらしい。リベザルが壁越しに挨拶《あいさつ》をすると、驚いた様子もなく普通に返事が返って来た。かすかに洗濯機の音もするので、正しくは台所向こうの洗面所にいるのだろう。

リベザルは、座木を待つ間ゴム栓をした試験管を新体操の棒みたいに投げて遊ぶ秋に、その中のピンク色の液体の正体を訊いた。

「何作ったんですか？」

「フフフフフ。塩酸アマンタジンを改良したんだ」

「塩酸……？」

「アマンタジン。元々は脳梗塞《のうこうそく》とかの薬なんだけど、あ、ドーパミンの働きを高めるんだ。それにA10神経での影響力を増幅させて」

こうなることが分かっていて、初めから秋も座木を呼んだのだろうか。何のことだかさっぱり分からない。リベザルが、相手になれないのが申し訳なくて顔をひしゃげさせると、秋は反対に「悪い悪い」と謝って、

「有《あ》り体《てい》に言えば、惚《ほ》れ薬だよ。催淫剤《さいいんざい》にも使えるかな」

と説明を括《くく》った。

「それなら、前から何度も作ってるじゃないですか」

「先月も一つ、お出ししたばかりですね」

座木が洗い終わった洗濯物を籠《かご》に山積みにして出て来る。これはあとの二人がそれぞれ一回ずつ当番をサボったが故《ゆえ》の量なので、リベザルは進んでその籠を運ぶのを代わった。

秋は、チッチッチと人さし指を左右に振って、硝子管越しに微笑む。片目が液体を通して歪《ゆが》んで映った。

「今までのとは違うんだな。見ろ、この色」

「色？」

「綺麗《きれい》な桃色ですね」

「だっろー？　この色出すのスゴイ苦労したんだよ。原液が透明なら良かったんだけど変に黄色いしさあ、でも惚れ薬といったらやっぱピンクだろ。おかげでちょっと副作用も大きくなっちゃったけど、そこんトコは御愛嬌《ごあいきよう》だよね」

「副作用ってどんなですか？」

「幻覚、妄想、興奮、悪夢。あと、出るとしたら頭痛か目眩《めまい》か」

「それって……」

御愛嬌、ではない。それでは麻薬である。

しかし、彼のこだわりは効果ではなく見た目にあるようだ。リベザルに説明を試みたのも頷《うなず》ける。一人ではしゃぐ秋に付いていけない二人は、呆れ顔を見合わせた。

「この為に、最近のお客様の依頼は全部保留してたのですね？」

ピンポン、ピンポーン。

「代わりに答えられちゃった」

秋は鳴ったドアベルにおかしな感想を述べて、苦労したというわりには粗雑に試験管を棚の上に放り投げた。彼には終わったことには興味が湧《わ》かない性質がある。

リベザルは、試験管が壁にあたって転がり落ちそうになるのを、危ういところでキャッチした。が、安堵《あんど》した心臓を割り込んで来た無遠慮な太い声が飛び上がらせて、リベザルは隠れるように腕の中の濡れた洗濯物を引き寄せた。

「開けて下さい！　警察の者ですが、少しお話を伺いたい」

身が凍る。後ろめたいことは何もないが、警察というのは何となく怖い。何が、と訊かれても明確には答えられないのだが、とにかく日常生活においてあまり関わりを持ちたくなかった。

そんなリベザルを他所《よそ》に、二人は、

「時間貧乏性だな。ベルを押して数秒と待てないとは」

「いちおう客商売なのに、困りますね」

「店を開けてれば、営業妨害だったのに。惜しかった」

「……惜しくて結構です」

などと、呑気《のんき》な会話を交わしている。

「出ます」

座木がエプロンを外して廊下に出た。

二階、居住スペースの玄関は店のとは別にある。リビングに続く廊下の正面突き当たりがそれで、外からは非常階段で直接上って来られるようになっていた。

秋は部屋のブラインドを全て下ろし部屋を暗くして、玄関正面にあたるリビングのドアの隙間から外を覗いた。リビングのドアは木の格子に曇りガラスが嵌《は》め込んであるのだが、室内を暗くしておけばそこにこちらの影は映らない。

リベザルもそれに倣《なら》う。

座木は二人が玄関からほとんど見えないのを確認して、さも今出て来たかのようにドアを開けた。

「はい？」

「あなたが深山木さん？」

背が低くがっしりとした体格の、いかにも昔の刑事ドラマに出てきそうな男である。暑い中、汗で日焼けした肌をてからせて、目だけが意欲的に光っている。着古した茶色のスーツに緩めた黒のネクタイはよくみると深い緑色で、なかなかお洒落《しゃれ》な模様が刻まれていた。

彼はまるでセールスマンのように片足で外開きのドアの端を押さえると、黒い手帳を開いて見せた。

「上流坂署の衒崎《てらさき》といいます。少しお話を聴かせてくれますか」

「私でよろしければ」

座木が、笑みを絶やさぬままドアを持つ手を放した。寸前に手前に——つまり閉まる方向に引いてから放したので、自然男の足に加えられた力はそのまま伝わる。ドアは大きく開き、陰にいたもう一人の刑事の顔を直撃した。衒崎という刑事の態度が座木は気に入らなかったのだろう。日頃から、礼儀には結構うるさい質《たち》なのだ。

座木は思ってもいないのがありありと分かる朗らかな笑顔で「失礼」と謝った。

とばっちりを食う格好となったもう一人の男は、リベザルが密かに予想していた通り若い。見た目だけなら座木と同世代だ。赤くなった鼻をさすりながら警察手帳を見せ、「高遠《たかとお》です」と挨拶をする。その格好は上司と思われる衒崎よりも数段にだらしない。

髪はいちおう上げて固めてあるもののバサバサで、よれよれのサマーウールのスーツにスニーカーを履《は》いている。ネクタイはしわくちゃで、しかもジャケットのポケットに無造作に捩《ね》じ込まれていた。半分閉じたようなくっきりした二重瞼《ふたえまぶた》が、非常にやる気なさげに見える。

銜崎は彼には構わず、スーツの内ポケットから一枚の写真のカラーコピーを取り出した。そこには中学生と見られる男の子の顔写真と、大まかな服装の描かれたイラストが載っていた。

「この子を御存じですか？」

座木はそれを手に取らずに見て、横に首を振った。

「本当ですか？」

「うちのお客様ではありませんし、私にこんな年頃の友人はおりません」

疑いの眼差《まなざ》しで確認する銜崎に、座木はきっぱりと言った。初対面の彼らには感じ取れなかっただろうが、しかし確実に不満を声に表している。

ヒヤヒヤするリベザルの心配を感じ取ったかのようなタイミングで、高遠がポケットに片手は突っ込んだまま、頭を掻《か》いて口を開いた。

「一階では薬屋をされてるんですね。店の方が開いていなかったのでこちらに来てしまいましたが、お仕事中でしたか？」

何だか眠そうな声だ。しかし、銜崎に比べるとずいぶん感じのいい話し方をする。

「いえ、開店は十一時ですから」

「そうですか。下にあった貼り紙、あれは？」

「オーダーメイドの気分が味わえて良いかと思いまして。実際に作る訳ではなく、症状に合わせて量や種類を変える程度ですが」

「だいたいの人は限定という言葉に弱いですからね」

「ええ」

法に触れるので言わないが、作らないというのはもちろん嘘である。だが、答えた座木の声から棘《とげ》は消えていた。

リベザルは胸をなでおろし、と同時にこの高遠という刑事に警戒心を持った。声だけでは判断しがたいが、それでも無骨な衒崎より、何と言えば良いのか……古風な言い方をすれば、曲者《くせもの》、といった印象を受ける。

前に座る秋の表情を窺《うかが》うと、それはリベザルの意に反して興味深さ最高潮という顔であった。

何を考えているか分からない秋。

（いつものことなんだけど）

しかしリベザルは状況が状況だけに、余計に不安を掻き立てられた。

そして嫌な予感は適中するものと相場が決まっている。

「それで、処方薬の中には『奉仕労働』なんてのもあるんですかね？　例えば、悩み相談のような」

「!?」

世間話からいきなり核心を突いた質問に、座木の反応が遅れた。

高遠が、目だけで笑った。

6

警察は、彼らが探偵まがいのことをしているなどとは知らない。むしろ知られては困るのだ。

一、顔が知られては動き難《にく》い。

一、同情の余地のある犯人を見逃すなど、違法行為が出来ない。

一、自分の好き勝手に、やりたいことが出来なくなる——三番目は秋だけがしている主張である。

等の理由により、深山木薬店では事件の依頼人から不法な薬を売った相手にまで、店に関する情報の国家権力への箝口令《かんこうれい》を敷いている。それがあまりにも怪しい信用ならない客には、一服盛って前後不覚にさせるという徹底ぶりだ。したがって警察が彼らの副業を知っているはずがない。

「では、こちらの少年は御存じですか」

座木と高遠の緊張した雰囲気に取り残された衒崎は、少しムッとした口調でもう一枚の紙を取り出した。どうやら、この二人はあまり気が合っていないらしい。

(あ、あの子だ！)

提示された写真は、昨日依頼人になりそこねた少年であった。座木は表情を変えずに肯定した。

「昨日いらっしゃったお客様です」

それを聞いた衒崎は心なしかパッと目を輝かせた。

秋が小声で「ビンゴ」と人さし指と親指を立てて銃の形を作る。

リベザルには未だ刑事の言いたいことがちっとも分からなかったが、秋にはおおよその見当が付いたらしい。彼は首を引っ込めると片膝を抱えてその上に顎《あご》を置き、何かを考え始めた。

(教えてくれって言っても、無駄だよなあ)

リベザルはより多くの情報を求め、目を秋から玄関に戻した。

衒崎が初めに見せた方の紙をもう一度取り出して、語尾をフェイドアウトさせた

「二日前、六月二十八日の夕方頃からこの少年、佐倉康くんが行方不明になってまして」

台詞《せりふ》を吐く。

(佐倉康？　その名前どこかで……あ！)

「口止めすんの忘れてたな」

徹底が聞いて呆れる。

秋が、大き目のシャツのずり落ちた肩を上げた。

その名前にはリベザルも覚えがあった。あの少年が口にした名前と同一のものである。おそらく彼が、薬屋に頼んだとかそんな証言をしたのだろう。彼ら警察は、秋が佐倉康をここに誘拐《ゆうかい》して来ているとでも思っているのか？

たぶん同じようなことを考えていたであろう座木に、衒崎は咳払《せきばら》いをしてここに来た目的を告げた。それはリベザルと座木の予想の一歩先を行くものだった。

「深山木秋さん。殺人、死体損壊・遺《い》棄事件の参考人として、署まで御同行願えますか」

「殺人？」

座木は衒崎の言葉を鸚鵡《おうむ》返《がえ》しに繰り返した。

行方不明というのは、ただの布石《ふせき》だったのだ。それでは、昨日依頼人が殺してくれと言っていた件《くだん》の少年は、まさしく彼の望み通りに殺されてしまったということか。しかし、そんなに都合良く人間が殺されてしまう訳がない。いったい誰が……。

高遠が銜崎をサポートするように、手帳をめくりながら説明をした。

「椚《くぬぎ》君が事件の話を聞いて、こちらで殺人依頼をしたと言って泣き出した、という知らせが本部に入りました。まあ、子供の言うことですからこちらも頭っから信じてる訳ではないんですが、いちおう署の方で詳しい話を聞かせて頂けますか？　任意同行ですので、そちらに断わる権利はあります」

「高遠！　余計なこと言うんじゃねえっ。さあ、深山木さん」

銜崎が半ば強引に連行しようと、座木に手を伸ばそうとした。

「待って下さい」

その場にいる全員が一瞬固まった。

今までドアに隠れて息を潜めていた秋が颯爽《さっそう》と姿を現したのだ。

「彼を連れて行っても欲しい情報は得られませんよ」

秋は頭を振って視界を妨げていた前髪を払うと、四人の視線を一身に受け座木達の方に歩き出した。そして座木の肩に手をかけ、刑事二人を交互に見比べる。

「しかも人違いとあっては、言い訳のしようもないでしょう？」

「……まさか。じゃあ、君が？」

ようやくといった感じで声を発した高遠に、秋はニッと人の悪い笑みを浮かべて答えた。

「そう、僕がここの店主、深山木秋です。今後ともヨロシク」

表情は見えないがその声は弾むようで、事件のことはさておき、少なくとも今この状況を楽しんでいるのは確かなようである。

リベザルは陰に隠れたまま嘆息した。毎度のことながらホームズよろしく芝居がかった演出をする秋には、寿命を縮められる思いがする。この緊迫した場面で、それを更にごった煮にするような真似《まね》がどうして出来るのか？　せめて彼がそうする理由に『啞然《あぜん》とした人の顔が好きだから』とかいうのだけは聞きたくないと、リベザルは心から願った。

「それならそうと、何でもっと早く言わねえんだ！」

衒崎は自分が間違っていたという事実への羞恥《しゅうち》と、目の前の少年が店主だとは信じられない気持ちとでかなり混乱しているらしく、顔を真っ赤にして座木を非難した。

秋はわざと真剣な表情を作って弁護する。

「それは責任転嫁でしょう、刑事さん。あなた方はこの二十分間、一度も本人にちゃんと確認しなかったじゃないですか。ザギはちゃんと『自分で良ければ』って言いましたよ」

赤い顔を益々上気させた衒崎は、二の句が継げず押し黙った。

困っている人を更に困らせて喜んでるのは秋の方ではないか。リベザルは思ったが、秋が元々そういう性格なのは分かっているので、何も言わないことにした。下手に突っついて、藪蛇《やぶへび》という結果にもなりかねない。

この場における発言権を失い、名実ともに閉口してしまった衒崎をスルーして、秋は靴箱からオレンジ基調のチェックのシャツの色に合わせ黒いバスケットシューズを手に取り、後ろを振り返った。

「リベザル！　僕の財布を持ってきてくれないか。電話の棚のどこかにあるはずだから」

リベザルは突然指名されて、考える間もなくリビングのキャビネットから財布を探し当て、玄関の秋に手渡した。

秋は二つ折りの茶色い財布を受け取り、中身を確認してズボンの後ろポケットに押し込む。それから外して襟首にかけていた眼鏡を取って、リベザルの手の平に落とした。

「コレ仕舞っといて」

「はい」

素顔を晒《さら》していいのだろうか？　リベザルがそれを確認しようとした時、

「はっ、ははは。次から次へと面白い家だね、ここは」

それまで沈黙していた高遠が、額に手をあて吹き出した。

秋が微《かす》かに笑って、それを横目で見る。

「残念ながらこれで打ち止めですよ。高遠さん」

「それじゃ、行かれますか。衒崎さんっ」

高遠は、立ち尽くす衒崎に声をかけると、先に秋を外に出して、残った二人に「御協力どーも」と軽く敬礼すると、静かにそのドアを閉めた。

事件は、始まったばかりである。

＊

暗い。

駅から遠ざかるにつれて、同じ方向に歩いていた人も別の道に分かれ、今は少年一人しかいない。

彼は通い慣れたはずの道を、幾度も記憶と重ね合わせながら早足に歩いた。ただ暗いだけで、いつもの景色も違う世界に見える。こんな時間に、一人で歩いたことはなかったのだ。

飛び出し注意の看板の立った小路から、子供でなくおかしな人が飛び出して来るかも知れない。

ゴミ捨て場には、ゴミの代わりに死体が捨ててあるかも知れない。

川辺には釣り人ではなく、幽霊が血を洗い流しているかも知れない。

湿っぽい熱い空気が、粘膜のように肌に吸い付く。なのに汗だけが冷たくて、服と皮膚の間をツーッと滑り流れ落ちた。

この橋を渡れば家に着く。

背中に、生暖かい風が吹いた。

呼吸が乱れる。

走った。

呼吸が荒くなった。

（あ！）

足を止めた。

橋の中間から数十メートル、それまで黄色のビーズを列《つら》ねたように続いていた街灯が、プツリと切れていた。橋の一部が抜け落ちて見える。

地面が崩れていたら、化け物でも潜んでいたら、闇そのものにも飲まれてしまったら。

（そんなことあるもんか）

少年は、復活する先の光と家の明かりを見て、息を大きく吸い込んだ。遠くを見据え、大股《おおまた》で闇に踏み込む。

それきり、少年は消えた。次の光に当たることなく……。

第二章　狼《おおかみ》と羊飼《ひつじか》い

1

明日から七月だというのに、今年はまだ梅雨《つゆ》明け宣言が出ていない。雨こそ降ってはいないがどんよりと曇った灰色の空は重く、生徒でなくとも気が滅入《めい》って授業など上の空になってしまうに違いなかった。

(何かいい方法はないもんかな)

昨日徹夜で書き上げた研究授業用の指導案を手に、とっておきのスーツに身を固めた空音《あかね》は、後を絶たない欠伸《あくび》を噛《か》み殺した。

「空音先生、おはよーございまーす」

「おはようございまーす」

「お早う。今日はバドミントンしないの?」

空音は、学校の敷地内を通る遊歩道でたむろしている生徒達に、声をかけられ立ち止まった。

彼女の勤める緑《みどり》ヶ丘《おか》中学校は、朝の学級会が始まる時間に教室に入っていれば、それまで校庭で自由に遊ぶことが許されている。だから、始業三十分前には全校生徒の三割くらいの人数が狭い校庭や遊具場を駆け回っているのが通常なのだが、今日はいやに閑散としていた。大袈裟《おおげさ》ではなく、猫の子一匹も見当たらない。

「遊ぼうとしたら、さっき教頭先生に怒られちゃった」

「校庭使っちゃダメだって」

「ねー、空音先生。何で?」

「……何でかな?」

そんな話は聞いていない。

「せんせー、遊んでいいでしょ?」

「せっかく新しいシャトル持って来たのになー」

「なー」

子供達が空音にまとわりついて、甘えるように抗議する。

空音はその頭をいくつか撫《な》でてやってから、腰に右手をあて左手で張った胸を叩《たた》いた。

「じゃあ、あとで先生が教頭先生に訊《き》いといてあげる」

「ホント？」

「任せといて。さ、今日はもう教室に入りましょ」

「はーい」

お互い競うような大声で返事をして、重い学生鞄《かばん》をカチャカチャ鳴らし、生徒達は昇降口に走っていった。

空音はその元気を自分の中に取り込むように、両手で頰《ほお》を叩いた。

「椚《くぬぎ》さん、指導案作って来ましたか？」

「上原《うえはら》先生。お早うございます」

空音が職員室に入ると、同僚の上原一志《かずし》が挨拶《あいさつ》より先に指導案のことを訊いて来た。まるで、宿題を忘れて友達を待ちわびていた生徒のようである。しかし次の台詞《せりふ》は少し違っていた。

「俺も気合い入れてやってきちゃったのにさあ、今日はナシですよ。研究授業」

「中止なんですか？　あたし、徹夜で作って来たのに」

空音は上原の隣の席に座って——彼は二年一組、空音は二組の担任で、教室も机も隣だった——鞄から出した封筒を膝《ひざ》の上に落とした。睡眠不足で気怠《けだる》い肩が重量を増す。

すると上原は後ろ暗いところでもあるかのように身を屈《かが》め、声音を抑えた。

「校庭、見たでしょう？」

「見ましたよっ。訳も言わずに『遊ぶな』なんて、一方的すぎます。そこまで横暴だとは思わなかったわ、あのハ……」

「椚さんっ」

禿《はげ》オヤジ、と続くのを察したように上原が止める。

空音もさすがにまずいと思ってあたりを窺《うかが》ったが、幸い上座の禿コンビには気付かれなかったらしい。難しい顔で何処《どこ》かに電話をしている。

「まあでも、子供に訳なんか言えないんでしょうよ、教頭も」

「何ですか？　それ」

上原の含みのある台詞に、空音は眉《まゆ》を顰《ひそ》めた。短気ではないが、回りくどいことは嫌いなのだ。

上原はその表情を怒気と勘違いしたのか、まあまあと馬を鎮《しず》めるような身ぶりをする。

「もうすぐ職員会議でやると思うけど、生徒が亡くなったんですよ」

「亡くなった⁉」

「榊さんってば！」

上原は周りをきょろきょろしてから、オーケストラの指揮者のごとくに両手を波打たせて、ボリュームを下げろと制した。指にはタクトの代わりに採点用の水性サインペンが挟んである。

空音は謝って小声で話の先を求めた。

「うちの学校なんですか？」

「いや、上流《かみる》坂《さか》中の一年生」

「じゃあ下校中に？」

「だからこんな県のはずれの学校まで、ピリピリしてるんじゃない。部活の帰りらしいけど、きっと今校長が話してるの、県の教育委員会だよ」

学校にいる間はもちろん、登下校も何か事故が起きれば学校側の管理責任が問われることになっている。遠足の帰りの会で言われる『気をつけなさい、家に帰るまでが遠足です』というあれだ。教員が神経過敏になっているのはその為だろう。しかし、だからといって急に校庭の使用を禁止するなんて、短絡的で無意味な処置ではないか。公的機関にはよくあることだが、解せない。

「でもちょっと、大袈裟すぎません？　校庭とか学校で何かあった訳じゃないんでしょう？」

「こういう目に付くところからやっとかないと、五月蠅《うるさ》いんじゃないの？　それよりも、梛さん、事件のあらまし聞きたくないですか？」

「事件ですか？　事故じゃなくて？」

「うちのサッカー部、上中《かみちゅう》と付き合いあってですね。あ、御存じですよね、よく交流試合したり」

「ええ、それで？」

「聞いたんですよ。顧問《こもん》から、話」

上原は一度言葉を切って周りを見ると、声のトーンを再び落とした。彼らのような若い教師はそうでもないが、年輩の、しかも役職に就《つ》く教師ともなるといろいろ大変なのだろう。上座の彼らはしきりに額にハンカチをやって、浮き上がる汗を押さえている。

空音は顔を近付けて聞いた。

「その生徒が亡くなったって連絡を受けたのが、たまたまその顧問だったんだそうです。電話かけてきたのは母親で、初めは『一年二組の佐倉康《さくらこう》の母ですが、今日は欠席させます』って言う」

「？　そんなの……」

おかしいではないか。言いかけて、ふと空音は上原の台詞に引っかかりを覚えた。その名前が記憶の隅の方に触れたのだ。

「佐倉、康君ですか。この間サッカー部の招待試合の打ち上げのあった家ですよね？」

「よく覚えてましたね。そうです。まあ、聞いて下さいよ」

話を途中で中断させた空音に、上原は噂《うわさ》好きのおばさんみたいに手首から先を振って話を続けた。

「そんで、その先生も分かりましたってなもんで紙にメモったんですよ。それから理由を訊くと、お母さん、泣くでも笑うでもない悲鳴あげ始めちゃって、聞いてて背筋がゾッとしたって。正気を保っていなかったみたいですね。すぐにお父さんが代わって、事情を説明されたそうです」

言ってから上原は身震いした。噂話は好きでも、この手の話は苦手らしい。聞いている方の空音も、子供が死んだと聞かされた時よりも蒼《あお》い顔になって椅子《いす》から背筋を離した。子を失った親というのはそんな風になってしまうのか。まだ結婚していない彼女には皆目見当もつかないし、何だか怖い気すらした。

「それで、お葬式は？」

「あの家にはうちの生徒も世話になりましたから、僕がいちおう行きます。でもね、まだ二、三日は先になりそうですよ」

「は？」

空音は目を丸くさせた。

上原は、そこが上の緊張しちゃうとこなんですよ、と身を乗り出して、声が微《かす》かにかすれるほどの小声で言った。

「殺されたらしいんです、しかも変質的に。だから、警察から遺体が帰って来るまでは、って言ってました。それも二、三日のことだろうけど」


バン！

空音はビクッとなって肩を竦《すく》めた。上原が空音の肩ごしに後ろを見て、しくじった、という顔をしている。

振り返って見ると、後ろには日誌を手から落とした少年がその場で立ち尽くしていた。どうやら一部始終聞いてしまったらしい。

「叔母《おば》さん。それホント？」

「こら、椚くん。学校では『椚先生』でしょう？」

彼は三年一組に在籍している生徒で、空音の姉の息子、つまり甥《おい》に当たる。亡くなった生徒と面識があったのだろうか。顔色は青を通り越して真っ白になっていた。

「皆に心配かけちゃうから、先生が言うまでこのこと秘密にできる？」

空音は足下の日誌を拾うと、黒い表紙に付いた埃《ほこり》を払って彼の前に差し出した。

良太は心ここにあらずという様子で、見開いた目は宙の一点を見つめている。と、その目が弛《ゆる》んだと思うと、続いて大粒の涙をこぼし始めた。

「どうしよう、叔母さん。ぼくが、ぼくが……」

何かを言おうとする声はか細く、よく聞き取れない。

「良太。人前では泣かないんでしょう？　ほら、大丈夫だから」

優しい言葉と頭を軽く撫でる手に触発されたように、良太は顔を上げて空音にしがみついた。

「ぼくが昨日、薬屋さんにあいつ殺してって頼んじゃったんだ!」

空音は一瞬、その言葉の意味が理解出来なかった。ようやく飲み込んで、これは話を聞いてやらねばと、何より本当にしろ嘘《うそ》にしろ大人から守ってやらねばと、思ったが時既に遅し。

隣にいたはずの上原は、既に校長席の前に立っていた。参考になれば、とか愛想のいい声で話している。

んにゃろう、と空音はその背中を睨《にら》み付けた。

2

「不味《まず》い」

出されたお茶を一口飲んだ薬屋の心の籠《こも》った一言は、不機嫌な衒崎《てらさき》をよりいっそう不機嫌にさせた。課に備え付けのコーヒーじゃ絶対に嫌だと文句を言った上、半ば強引に自販機で紅茶を買わせておいて、不味いと言うのだから衒崎が怒るのも無理はない。

「椚良太の証言とここまでの経緯は分かったな」

衒崎は苛立《いらだ》たし気に机の上の書類をボールペンで叩いた。この小一時間で、彼の言動にいちいち取り合っていては日が暮れたって何一つ話が進まないということに気付いたようである。

「椚良太は何でおたくに殺人依頼なんかしたんだ？」

「さあ、どんな薬でも出すって貼り紙見て、毒薬でも作ってもらえると勘違いしたんじゃないですか？」

「本当に作るのか？」

「目的にもよりますね」

「それは違法行為にならねえか？」

「どこまでが違法か、御存じなんですか」

薬屋が馬鹿にしたように言うと、衒崎はむむうと唸《うな》ってペンを握り締めた。プラスチックの軸が軋《きし》む。

「俺は弁護士先生じゃないんでな」

「じゃあ、最新の毒物及び劇物取締法も御存じ……ないんでしょうね。何度も大幅に改正されたし」

「多少は知ってるさ。でも麻薬と殺人は係が違うんだよ」

「またそれだ。警察ってそんなに分担作業ばっかりしてて、面倒じゃないですか？」

薬屋はあーあ、と肩を竦《すく》めて、溜《た》め息で紅茶の水面に漂う白い湯気を吹き冷ました。

衛崎の血管が額《ひたい》の端に浮き出ている。ボールペンの先で書類をカツカツ突っついて、積み重なるストレスが手に取るように感じられた。

「お前さんの知ったことじゃないだろう」

「ほら、そうやって変に秘密主義を気取るから、珍奇な刑事ドラマとか批判的な研究書とかが跋扈《ばっこ》するんですよ」

「ばっこ？」

「思うままにのさばること、です。のさばるとは、威張って勝手気儘《きまま》に振る舞うこと」

「ふん、あいにく俺は理数科出身でな」

無知を嘲笑《あざわら》うかのような丁寧《ていねい》な説明に、衛崎の怒気は背中いっぱいに充満した。怒鳴り付ける気か、椅子を引いて立ち上がりかける。

パン！

呼吸の隙《すき》を突く手拍子《てびょうし》。

薬屋が合わせた手の指先を顎《あご》に触れて、犯罪的に可愛らしい笑みを浮かべた。

「理系？　ちょうど良かった。僕、昨日からどうしても思いだせなくて、イライラしてることがあるんですよ。訊いてもいいですか？」

「な、何だ？」

「炎色反応で、青になるのって何がありましたっけ？」

「そりゃおめえ、銅だろう」

「そっか、銅だ、銅。よかったー。僕の覚えた語呂《ごろ》合わせ、青のトコだけこじつけが酷《ひど》くて」

薬屋が嬉《うれ》しそうに言ってから、後半忘れていた言い訳をすると、衛崎は法律や言語の方で苦い思いをさせられた反動か、ふふん、と得意気に鼻先を高く反らした。

「『リアカーなき……』ってやつか？　ありゃ駄目だ。もっと種類が多くて間違い難《にく》い語呂があるんだゼ」

「本当ですか？　すごい、聞きたいなあ。教えてくれませんか？」

「しょうがねえな。薬屋のクセにそんなことも知らないのか？　あのな……！」

衛崎は気を良くしたらしく机に肘《ひじ》を突いて上半身を薬屋の方に乗り出したが、途中、己《おのれ》の言葉で我に返ったように調査書を手の平でバンと叩いた。

「って、今は薬屋《てめえ》の話をしてんだよ」

「ああ、そうでしたね。話が転がっちゃって、忘れるとこでした」

いや、わざとだろう。薬屋は飄々《ひょうひょう》として、つかみどころのない態度を一向に改めようとはしなかった。相手を自分のペースに乗せ、煙に巻いて楽しんでいるようにすら見える。

衛崎は思わず半分浮かせた腰をドッカリ下ろし、頭を抱えて最初の質問に戻った。

「で、毒でも注文されれば作るのか？」

「害虫退治には欠かせませんから」

「庭仕事に興味はねえよ。人間用のを訊いてんだ」

「毒と薬は紙一重。刑事さんの好きそうなお酒だって、毒って言えば毒ですよ」

図星を突かれた風に、衛崎はうっと言葉を詰まらせた。語調が荒れる。

「一般的にだよっ」

「一般的？　どういう基準で言ってるんですか？　アコニチンだって上手く使えば薬になるし、市販の風邪薬《かぜぐすり》だって使い方によっては上等な麻薬になる。薬も毒も使う人次第です」

「そりゃあ、そうなんだけどよ……いやいや、待て。何か違うぞ、訊いてるのはー、だな」

衒崎が頭を抱えると、薬屋は、

「初めから毒として使う目的でも作るのかってこと」

と、自ら叩き落とした奈落《ならく》に手を差し伸べて、クスクスと笑った。

今回の事件はそれほど難解な物ではない。ミステリ小説のような密室でも不可能犯罪でもないのだ。が、発見された遺体の状況は極めて異常で、バラバラにされた残りの部分は未だ見つかっていなかった。

死体発見後、上流坂署内に捜査本部が設置され、派遣されて来た県警の刑事達が捜査を開始した。ある程度大きな事件になると、経験豊富な県警が捜査の指揮をとり、所轄署は労働力と本部設置の場所を貸すことになっているのだ。それ以外の知恵や意見などは、特別必要とされていないらしい。

検死の結果、死亡したのは二十八日の十六時から十八時にかけてで、直接の死因は窒息死、絞殺であることが判明した。首の根元からノコギリのような刃物で切られていたので、絞めた際の凶器は分かっていない。出されていた捜索願いと遺族による身体的特徴の照合によって身元は判明したが、容疑者に心当たりはなく、現時点では通り魔的な無差別犯罪の線が有力視されているようだった。

しかし、そこに降って湧いた薬屋の存在はイレギュラーな上に、信用するしないの問題外の根のなさすぎる情報で、彼への事情聴取は上流坂署の刑事に回された。

信用する気もないが、無視する訳にもいかない。体面を取り繕《つくろ》う為だけの事情聴取というわけだが、おざなりに流してしまうには取り調べの相手も調べる側の刑事も不適当だった。薬屋には事情を訊く前から話を逸《そ》らされてしまうし、衒崎はそれに対抗するだけの会話能力を持ち合わせていない。

「この年になって、経験不足もあるめーし」

事件そのものよりも、よほど難解な彼との会話に、衒崎はペンを弄《いじ》る手を止め、立ち上がって深呼吸した。

3

「葉山《はやま》君」

半開きの鉄のドアを押し開けて、高遠《たかとお》が衒崎の事情聴取に立ち合っていた葉山を呼んだ。

葉山は顔を外に出して、頭ひとつ高い高遠を見上げた。高遠が長身な訳ではない。残念ながら葉山が低いのだ。

「にゃ？　何ですか、先輩」

「衒崎さんを他所《よそ》にやりたいんだけどね」

「あ、オッケーです」

葉山はすぐさま彼の言いたいことを理解して小声で返事をし、高遠と入れ違いに外に出た。それから前に衒崎と他の係の手伝いでやった事件の、書きかけの報告書を机から拾い上げる。

「衒崎さん」

「何だっ！」

「先日の車上狙《ねら》いの件、課長が早く報告書出せって言ってるみたいですー」

「お前が書けばいいだろうがよ」

「オレ、まだよく分からないんです。お願いしますよー」

突然の招集に不満声で怒鳴り返され、葉山は両手を合わせた。

葉山は刑事になってまだ数ヵ月、先輩刑事について回って勉強中というインチキがまかり通る時期であった。それに犬猿の仲の高遠が、衒崎に事情聴取を代わってくれ等と言ったら、意地でも自分でやろうとするに違いない。

その思惑《おもわく》に気付いたのかどうか、衒崎はキッと秋《あき》を睨《にら》み付け、乱暴に高遠を押し退《の》けて部屋を出た。

それを見送ってから、高遠は衒崎の座っていた椅子に大儀そうに腰を下ろす。

「すまんね、葉山君」

「そんな。他ならぬ先輩の頼みとあらば、たとえ火の中組の中」

「じゃあ、今度そっちも頼むことにしよう」

「ぐはっ！　やめて下さい、冗談ですよー」

「心配するな、こっちもだ」

構いませんか、と秋に確認を取ってから高遠は新しい煙草《たばこ》の箱を開け、火を点《とも》した。

「すみませんね、深山木《ふかやまぎ》さん。お時間取らせちゃって」

「いえ、テレビで見てたのより取り調べってのがあんまり面白いんで、退屈しませんね。もっと脅《おど》されたりするのかと思ってました。刑事さんって、皆さんあんな感じなんですか？」

聞くこともろくに聞けぬままだった衒崎を皮肉るように、秋はにっこりとして答えた。

「まあ、普通の入社試験と違って『人との話し方』なんて科目はありませんからねえ。もちろん事件を解決する腕、なんてのもないですし」

「疾風《ジーフオン》知勁草《ジージンツアオ》、ってヤツですか？」

「そんなとこです。磨けば光るのもいますがね」

「磨く人も道具もない。惜しいですね」

（ふへー）

葉山は、目の前で交わされる会話を物珍しそうな目で見ていた。

形式だけの参考人とはいえ、こんなに自由に何の緊張感もなく話している秋も珍しかったし、いつも眠そうな顔をしている高遠が進んで事情聴取に当たるのも、そうそうないことだったからだ。衒崎相手の時とはまた違った緊張感が、見ていて愉快である。

（しかも……）

葉山はドアの側に立って、高遠と向かい合う秋をまじまじと見た。

高遠達が出かける前は『薬屋の主人』と聞いていたので、まるきり中年の白衣の男を想像していた。ところがいざ帰って来てみると、連れてこられたのは一瞬女の子かと見紛《みまが》うような少年だったのである。頭に『美』という文字を付けても遜色《そんしょく》ない。

高遠の向かいの安っぽい椅子に深く座った秋は、不揃《ふぞろ》いに伸びた茶髪の隙間から整った顔を覗《のぞ》かせている。背は高くはないが細身で手足はすらりと長い。確かにその表情は、少女というよりヤンチャな少年を思わせる。もちろんヤンチャという年でもないのだろうが。

（……あにゃ？　『薬屋の主人』っていうけど、何歳なのかなあ？）

「どうした？　葉山君」

秋に見入っていた葉山は、高遠に呼ばれて仕事中だったのを思い出した。

「はい！　あ、いや綺麗《きれい》な子だなーって。オレ、もっとおじさんが来るのかと思ってました」

正直に答えた葉山に高遠は笑い出し、秋はいったん無表情になってから苦笑混じりに軽く笑った。

「そういう刑事さんも、外人離れした顔立ちですよね」

「えー、そーですかー？　嬉しいなー」

「喜ぶなよ、葉山君。単なる日本人ってことじゃないか」

「およ？　……あ、言われてみれば。ガーン」

葉山は喜んでしまった自分を馬鹿みたいに思い、両手両肩、頭と首までダランと垂《た》らした。

「根は真面目な奴なんです。からかわないでやって下さい。ところで」

高遠は可《お》笑《か》しそうに笑って秋に視線を向けてから、フッと真顔に戻って、頰《ほお》を左右から潰《つぶ》すように口元を押さえた。

「どこかで、お会いしたことありませんか？」

「ナンパですか？」

秋が顔色一つ変えずに訊き返す。

「とんでもない。署内でそんなことしたら、課長の鉄拳《てっけん》が飛びますよ。それは日を改めてゆっくりと」

た。

「冗談だよ、葉山君」

高遠は衒崎が名前と住所だけ書いた書類に目を落とし、肘をついた手に頭を乗せ

「『深山木』さん」

「はい」

「あ、いえ、呼んだのでは。珍しい名前だから、一度聞いたら忘れないと思うんだがなあ？　記憶違いかな」

「さあ？」

秋が首を傾ける。

高遠は「すみません」と謝って、質問を再開した。

「家にいた彼らは、ご兄弟ですか？」

「同居人です。店では経営協力者ですが」

「ザギさんと、リベザルさん、でしたか」

「よく聴いてらっしゃいましたね。が、彼は座木《くらき》です。ザギはあだ名でして」

「なるほど」

「先輩、仕事中っ」

秋の口調が固い。他人には呼ばせない、ということか。

それを聞いた高遠は嬉しそうな顔をして書類ではなく、自分の手帳にメモを取った。このあたりは職権乱用、自分の趣味のようである。

その公務とも考え難い高遠の一連の動作に、秋は肩を竦《すく》めるように椅子の座布団の縁に腕を立てて、

「テレビでインタビュアーが下らない質問すると、チャンネル変えたくなりませんか？」

遠回しに非難した。

高遠は弛《ゆる》んだ表情を引き締め、手帳を戻して取り調べ書類上にペンを置いた。

「そうですね、本題に入りましょう。深山木さんのお友達に妖怪《ようかい》がおられるというのは……」

「————高遠さんの御意見ですか？」

その、あまりにも突飛な質問に驚いたのか、秋は間抜けなインターバルの後、遅すぎる回答を高遠の台詞《せりふ》の語尾に続ける形で出した。

「元ネタは椚君です」

高遠はスーツの内ポケットからぐちゃぐちゃに丸まった紙片を取り出し、読み始め

る。

「椚君が深山木さんの名前を出した経緯は、先ほど衒崎が説明した通りです。その後で彼を訪ねたんですが、薬屋に頼んだと言うんですよ。『妖怪に食べさせて下さい』と」

用を果たした紙片を横で聞いていた葉山に渡し、高遠は二本めの煙草をくわえた。紙には確かに『妖怪』の二文字があり、赤丸で幾重にも囲まれていた。高遠の無言の葛藤《かっとう》が窺《うかが》える。

「食べられちゃったんですか？」

「まあ、つまみ食い程度ですが」

「妖怪か。フフ。子供って、発想がシュールですよね」

秋が高遠の不謹慎な台詞に小さく笑って、ダークブラウンの目を一瞬葉山に向けた。上目遣いがなお可愛い。無機質で堅い部屋に花が咲いたようだと言ったら大袈裟か、しかし葉山の心境はそれに近いものがあった。男相手に馬鹿馬鹿しいと思う気持ちが、勝手に踊ってしまう心に完全に負けている。目が合ったくらいで浮かれるとは、まるで女子の些細《ささい》な言動に左右される中学生の頃に戻ってしまったかのようだ。

高遠はどう思っているのか、唇近くまで迫った煙草の火をゆっくりと灰皿に落として、赤ラインの入った書類を秋に示した。灰皿から二筋の煙が螺旋《らせん》状に立ち上る。

「頼まれた内容は、これで間違いないですか？」

「はい。でも何のことかさっぱり分からなくて……うちは薬屋なのに、何処からそんな噂が立ったんでしょう？　ね？」

「ありゃ？　そうですよ。おかしいです。先輩、栩君に訊かなかったんですか？」

自分に言われた気がして、葉山は喜々として会話に参戦した。その葉山を介した秋の疑問に、高遠はジッポライターの蓋《ふた》を開け閉めして答える。

「いや。衒崎さんは学校の先生づてにしか聞いてないんだ」

「先輩は行ったんでしょう？」

「もちろん行ったし、それも訊いたが……妖怪なんて衒崎さんに言ったら、ふざけるなってこっちが怒られるしな」

「あはは一。そうですね一。この間も、交通課の女の子のミニスカートに喰《く》ってかかってましたよね」

「古き良き時代、というか何というか」

つまりは古臭い価値観の持ち主だと。葉山はその時の衒崎と、逆に怒る婦警の光景に思い出し笑いした。

「楽しいですよねー。衒崎さん」

「そうかな？」

「あー、またー。ダメですよ先輩。顰《しか》めっ面《つら》！」

「したくてしてる訳じゃないんだが……っと、失礼しました」

高遠は、二人の話に置いてきぼりを喰う形になっていた秋に向き直った。手帳を開いて話を戻す。

「埼玉県の東条《とうじょう》さんって方は御存じですか？　椚家の亡くなった旦那さんの、従兄弟《いとこ》の嫁の友達とかなんとか。まあ、まったくの他人ですね。縁あって遊びに行った時に、話を聞いたと言ってましたが」

「聞き覚えがありません」

「そのようですね。実は、東条さんの方にも既に裏をとってあるんですよ。答えは『そんな知り合いはいない』でした」

「そうですか」

「よかったですね。噂の元が間違いなら、噂も嘘ってことですもんね」

葉山は俄《にわか》に芽生えた『守ってあげたい騎士精神』に翻弄《ほんろう》されて、参考人の秋にフォローを入れた。つい、だ。その報酬は、

「有難うございます」

という礼の言葉に、安心したような——それによって容疑が晴れるのだから当然だろう——満面の笑みだった。

葉山は意味もなく照れてしまい、右の耳たぶを指に挟んだ。

とにもかくにも彼の容疑は晴れたのだ。これで紙の上で整理をつける為だけの事情聴取に戻り、三人はこの場から晴れて解放されるのである。

「先輩。事情聴取、終わりですか？　お名残《なごり》惜しいですー」

「いちおう最後に確認なんですが、椚君の依頼は引き受けていないんですね？」

高遠が机の上を片付けながら念を押すと、秋は三秒ほど天井の方に視線を移した後、机に両肘をつけて手を重ね合わせた。

「一つだけ教えて下さい。その子が亡くなった時間」

「死亡推定時刻ですね。何処に書いたんだったかな」

「それまだマスコミにも公表してないのに。いいんですかっ？」

高遠が手帳のページをめくって捜査会議で書いて来たメモを確認するのを、葉山は慌てて止めようとした。こちらは取り調べる側であって、相手に非公開情報を教えてやる義理はない。

しかし高遠の返事はいたって簡単だった。

「どうせ明日の朝刊には載ることだよ。もうすぐ記者会見の時間だ」

確かに十時間やそこら知るのが早まったとしても、問題はないだろう。彼が犯人なら——疾《と》っくに知っているのだから——なおさらだ。

葉山は納得し、ぎっしり詰まった文字からなかなか目的のものを探し出せない高遠に代わって自分の手帳を読み上げた。

「行方不明になったのは六月二十八日の下校中、死亡推定時刻は同日十六時から十八時の間です」

「では、万が一僕が殺し屋なんかの斡旋業《あっせんぎょう》をしていたとしても、僕と少年は事件とは関係ないと断言できます」

「何故？」

秋は当然の質問に、ハキハキと答えた。

「僕は何の報酬もないのに、頼まれたからといって知らない人を殺すほど、ボランティア精神旺盛《おうせい》じゃありません。だいいち椚君が来たのは二十九日の午後三時、その日はまだ彼とはお友達にすらなれてませんでした」

「そうですか」

「椚君、に訊かれなかったんですか？」

「本人は取り乱していて、まともに話の出来る状態ではなかったので、彼の叔母が通訳のように間に入っていたんです。いえ、これはただの言い訳ですね。——そうですか。初めにそれを訊いておくべきだったな」

高遠はカバーの剝《は》がれた回転椅子にもたれ、安堵《あんど》したようながっかりしたような顔をした。期待が外れて嬉しかったのか残念なのか。とりあえず今の証言の確認を取ろうと、葉山は自分の手帳に椚良太の薬屋到着時間を走り書きする。

「オレ、後で電話確認しておきます」

「ああ、頼むよ」

「僕、もう帰っても構いませんか？」

秋が袖《そで》の上から巻いた腕時計に目をやってから、その手首を返して時計の文字盤を二人に見せた。バックライトで蛍光に光ったディスプレイに、黒い文字が四時を示している。事情聴取はとうに二時間を越えている。

それを見て慌てたように高遠が椅子から立ち上がり、腰のまがったまま秋に軽く頭を下げた。

「ああ、もうそんな時間ですか。スミマセンでしたね、こんなに遠くまでご足労頂いて」

「え？　深山木さんの家、上流坂じゃないんですか？」

「久彼山《くがやま》だよ。衒崎さんが連れて行くって聞かなくてね」

「うりょ〜、わざわざ？」

葉山が口をポッカリ開けて秋を見ると、彼はたいしたことじゃないと言って胸の前で手を左右に振った。

（いい人だー）

葉山の中の秋に対する好感度が、また三十点ほど上昇する。

高遠はボールペンをボードに挟んでから手帳を取り出した。そして自分の名前と電話番号を書き、そのページを切って秋に差し出す。

「『高遠三次《さんじ》』さん。三男ですか？」

秋がそんな物を渡されたことよりも、彼の少し珍しい名前に気を取られた風に訊いた。

高遠は鼻の下に人さし指を当てて、自嘲《じちょう》的に笑う。

「いやあ、はは。四男なんですよ。父の名が次郎《じろう》といいまして、長男が境次《きょうじ》、続いて初次《はつじ》、双次《そうじ》と」

「三の次ってことですか。単純そうで捻《ひね》ってあるんですね。いい名前だと思います」

「気に入って頂けて嬉しいですよ」

高遠の口調は穏やかで、嫌味ではなさそうだ。秋もである。

「何か思い出したり、気付いたことがあったらこちらに御連絡下さい。それと、できれば深山木さんの連絡先なんかも控えさせて頂いて構いませんか？」

既に家に行ったのだから、住所も電話番号も分かっているだろう。つまり高遠が個人的に、という意味で許可を取ったのである。言葉遣いといい、外見に反比例して礼儀正しく几帳面《きちようめん》な人なのだ。

「――やっぱり似てる」

「誰が誰にです？」

秋は答える代わりに苦笑して、机の上のせっかく書いた事情聴取記録の紙の裏に、汚い字でデカデカと名前と電話番号を書きなぐった。

4

「はあ――――っ」

葉山は息の続く限り、感嘆を余すとこなくアピールすべく嘆息した。

「どうした、葉山君。そんなにあの子が気に入ったのかい？」

「それはもう！　可愛かったですねー。一喜一憂すべてが可愛い」

「それを言うなら、一挙一動だろう」

「それです。先輩。オレ、この署に配属になってよかったって、つくづく思いましたよー」

「野郎だけどな」

「それは言わない約束です」

葉山はふにゃーと肩を落として、情けない声を出した。

秋を帰した後、二人は向かい合った机で報告の書類を書きながら、ガランとした誰もいない刑事課で定時までの暇つぶしに無駄話をしていた。

上流坂署刑事課は建物の二階で、免許書き替えの写真を撮るスタジオの真上にある。この署では刑事課は交通課の次に広くて、南向きの窓は冬のひなたぼっこに最適だった。

机は人数分＋α、東の壁沿いに二つ取調室があって、ロッカーはその反対の西側、北には出口と階段、階下の踊り場部分に他の課と共有の休憩室があった。署内の自動販売機はここにしかない。

今、お偉方の刑事はみな捜査本部の救援に出払っているので、残っているのは自称給料泥棒の二人だけだった。――そういえば同様の立場にいるもう一人の姿が見えない。

「衒崎さん、いませんねー」

「捜査本部じゃないか？　あっちなら雑用も沢山あるだろう」

「先輩は行かないんですか？」

「さっきの書類をまとめて出さないといけないだろう。まったく、デカデカと」

高遠は台詞のわりには嬉し気に笑って、秋のサインに無駄にされた調書を葉山に見せた。

「することまで可愛いですねー」

「そう、こっちにはこっちの仕事がある。それに」

「それに？」

「今回の事件には食指が動かない」

「つまらないですか？」

「いや、出る幕なしってことだよ」

高遠は周りに人がいないのを確認してから小声で言って、署で子供に配るようなマスコット付きのボールペンを紙の上に走らせる。

葉山はやりかけの仕事もないので、机に肘をついてコーヒーを吹き冷ました。

「そう言えば、先輩。さっき深山木さんの言ってた中国語みたいなあれって、どういう意味なんですか？」

「読み下すと『疾風《しっぷう》に勁草《けいそう》を知る』」

「漢文ですか？　それ」

先ほどは訊くに訊けなかったが、実は結構気になっていたのだ。

文系出身で故事に詳しい——本人は受験戦争の名残だと笑う——高遠は、本日二箱目の煙草を開け、箱の端をトントンと叩いた。しかし、ぎっしりつまっていて一本目はなかなか出て来ない。結局指で取り出して銜《くわ》えて火を点《つ》けた。

「風がなければどの草も同じに見えるが、疾風が吹いた日こそどれが強い草なのかが分かる、と。『水滸伝《すいこでん》』だか『三国志』だかの言葉じゃなかったか？」

秋は、事件に当たってみて初めてその無能さに気付くなんて、なんとも非効率的な採用の仕方だ、と貶《けな》した訳だ。

だが、それは仕方のないことではある。どこの人事課も役員も超能力者ではない。

初めから、誰某はどんな人物で……などと見抜けるわけがないのだ。ただ、だからこそ上司には部下を勁草に鍛え上げる腕が必要とされるのだが、衒崎を見る限りそれも出来ていないようなので、高遠も反論しきれなかっただろう。

「ほえ〜。あの子、頭も良いんですねえ」

葉山は感心してカップをぐるぐると回した。

高遠の言う通り、葉山はかなり彼のことを気に入っていた。外見はもちろん、特に惹《ひ》かれ興味をそそられたのはその話し方である。

彼はとても頭を使った話し方をする。少し間違えば粋《いき》がってる嫌なヤツ、という印象を与えかねないが、そこまで考えてのことか持って生まれたものなのか、不快感はまったくない。

特に変わった話術を使ったわけでもないのに、ただそれぞれの相手に合わせた話し方が小気味良くハマっているのだ。見ているだけでこちらまで楽しくなってくる。彼本人の持つ雰囲気の所為《せい》もあるかも知れないが、とにかく一緒に居て『空気の気持ち良い』少年だった。

「楽しい子でしたねー」

「そうだな」

「おい、高遠！」

「銜崎さん」

ほのぼのとした雰囲気を、がなり声が一瞬で吹き飛ばした。刑事課の入り口で、行方知れずだった銜崎が仁王立ちになっている。その様は形相までが仁王状態で、葉山はその動きを立てたプリントの束の陰からそっと見守ることにした。

「『銜崎さん』じゃねえ。薬屋はどうした？」

「帰しましたよ。椚良太の証言に有効性がないことは確認できましたから、今、報告書書いてます」

「この馬鹿！　たかがそれだけの為にここまで連れてくる訳がないだろう。これ、見てないのか？」

銜崎が顔を蒸気を吹くヤカンみたいにカッカさせて、紙の束を高遠に押し付けた。

「昨日の遺体発見者の調書ですか？　それなら昨日コピー貰《もら》って読みましたよ」

「挟まってる野次馬の写真だ」

「え？　ああ、これは……」

「分かったら、もう一度とっ捕まえに行って来い！　今すぐだ!!」

銜崎は高遠の台詞も終わらないうちに頭ごなしに怒鳴り付けて、写真を彼の手からかっ攫《さら》った。

見ていた写真を取られた高遠は、わずかにムッとした顔で長さの増した煙草の灰をたたき落とす。

「本部には報告したんですか？」

「何？」

「衛崎さんも会ってから気付いたんでしょう？　何で先に教えてくれなかったんです？」

また、そんな言い方を。葉山は見ていられなくなって、完全にプリントの陰になって目を逸《そ》らした。普段は寝惚《ねぼ》けたような物言いしかしないのに、衛崎相手になると高遠は何故か挑戦的な口調になる。本人曰《いわ》く、理由もない相性の悪さ故《ゆえ》、だそうだ。

衛崎は図星をさされたらしくグッと言葉を詰まらせて、少し考えるように写真を握り締めてからその写真で高遠を指差した。

「薬屋は上流坂に任されたんだ。ちゃんと成果を上げてから報告するのが筋だ。分かったらさっさと……」

「明日、朝イチで行きますよ」

高遠に書類作成の片手間に返事を返され、衛崎は何かを言いかけたようだったが止めて、廊下にドスドスと歩いていってしまった。

「せんぱーい」

「よかったなあ、葉山君。またあの子に会えるぞ？」

「えっ、ホントですか？」

葉山は衒崎とのことを責めようかと机の上に乗り出したのだが、シミュレートしていた以外の答えに思わず素直に喜んでしまった。

目を伏せていた高遠がそのままでクスと笑う。

「実行犯ではないかも知れないが、まるきり無関係とはまだ言い切れないようだ」

「それって？」

「君も読んだだろ、それ」

高遠にボールペンの尻《しり》を向けられて、葉山は自分の持っていたプリントに目を落とした。

「本部が調べたヤツですよね、現場の事情聴取の」

「その中に深山木さんがいたらしい。見覚えがあったのはこの所為《せい》だったかな」

「ええっ？　どこにですか？」

葉山は心底驚いて、事情聴取した人間の住所氏名の控えを探した。秋がこの中に入っていたのにも驚いたが、あの希代《きたい》な名前を見逃したらしい自分に何より驚いた。リストになった名前を一列ずつ目で追って見つからず、今度は住所の中から『久彼山』を探す、が、ない。

「嘘じゃないですかー」

「嘘つきはあっちだよ。多分偽名を使ったんだな。衒崎さんが現場の野次馬の写真から彼を見つけた。発見したストリートバスケットのメンバーの一人だ。ひょっとしたら……」

「『発見者が実は犯人ということは、結構よくあるパターンだ』なんて、考えてるんですか？」

「え……」

「うひゃあっ、深山木さん！」

葉山は驚きのあまり、椅子から転げ落ちそうになった。

渦中の人。ポケットに両手を突っ込んで、ドアに寄り掛かり秋がこちらを向いていたのだ。

帰ったはずだ。衒崎が廊下に出るのを見送った時は、そこにいなかった。絶対。

「いつ？」

「ずっといましたよ。幽霊や怪盗でもあるまいし、神出鬼没って訳にはいきません」

「いやまさに。何か、忘れ物かな？」

高遠が開いた口を塞《ふさ》いで立ち上がった。

秋は一歩前に出、取調室のドアに視線を送る。

「何を？」

「時計です」

高遠の目の前まで来てニコリと微笑み、秋はポケットから何も付いていない左手首を出して見せた。いつ外したのだろう？

高遠は先に通常の動きを取り戻して取調室に歩き出した。

「こちらも、もう少しお訊きしたいことがあるんです。あ、そこで構いませんから。葉山君、葉山君！」

「は、はいっ」

葉山が呆《ほう》けていたのを飛び上がって返事をすると、高遠は部屋の隅にあるコーヒーメーカーを指さした。

「コーヒーを……いや、紅茶でしたか」

「僕は参考人なんですよね？」

「どうせもう、うるさいのは誰もいませんよ」

「じゃあ、コーヒーを。スミマセン」

秋が丁重に頭を下げる。

「すぐ淹《い》れますね。？　あ、あー！　粉がないっ」

あまりにもアメリカンなコーヒーに妙に思って蓋《ふた》を開けると、粉の自動交換機の補充用タンクの中身が空になっていた。いくら補充ボタンを押しても、変化がない訳である。

「あれー？　入れたばっかりだと思ったんだけどなー」

「あの……」

「ちょっと隣から分けてもらって来ますね。待ってて下さい」

秋の心配そうな声に応え、葉山は彼を残して刑事課を出た。


「お待たせしました」

「本当だよ、葉山君。早く君も座りなさい」

「はい」

葉山が交通課からコーヒーを貰って戻って来ると、高遠は自分の隣の席――衒崎の机だ——に秋を座らせ世間話をしていた。メーカーをセットする間に聞こえて来た単語から予想するに、トランプの話らしい。キングとか、スペードとか言っている。

「どうぞ」

「すみません」

「ありがとう、葉山君」

「何の話ですか？」

葉山は向かいの自分の席に座り、盆を置いて訊ねた。

「ドボンの必勝法だよ。さて、これなんですが」

高遠は何の未練もなく話を止め、書類の中から先ほど衒崎の持って来た写真を選び取った。

秋はコーヒーにミルクだけを三つも入れて、白いプラスチックのマドラーで渦を作る。

「僕ですね」

「何故、言って下さらなかったんですか？　自分も第一発見者の中に居た、と」

「——知らなかったからです」

「知らない？」

二人が同時に訊き返し、秋がコクンと細い首を折り曲げる。

グオン、とクーラーが出力を上げた。

「僕が見たのは段ボールの中の骨と、肉と、血です。手も足も頭もなかった……」

秋がコーヒーに虚《うつ》ろな目を落とす。顔が青ざめ、唇が紫に変色し、コーヒーの水面は細かく波打つ。彼は震えていた。

当然だ。佐倉康の遺体は、写真でも目を逸らしてしまうような有り様だった。それを何の心構えもなく直接見てしまったら、大の大人でも暫《しばら》く肉料理は食べられまい。

高遠は表情に後悔の色を映した。

「嫌なことを思い出させて申し訳ありません。ですが」

「分かってます。お仕事でしょう？　僕は大丈夫です」

健気《けなげ》にも弱々しく微笑んだ秋の顔に嘘は見えない。店長といっても、あんな風に強気で衒崎らと話していても、中身は見かけ通り子供なのだ。葉山は自分のことのように辛くなった。

居ても立ってもいられなくて訴えかけるように見た葉山の視線に、高遠は頭を掻いてそのまま手と一緒に下げた。

「いや、本当に、」

「ホントに大丈夫です。僕が事件に関係ないことを証明出来ればいいんですよね。二十八日の夕方は花屋が配達に来ていました。応対も僕がしたので、訊けば証明してくれると思います」

「花屋、ですか」

「？　何の？」

秋には似合っているが、薬屋には不似合いな気がした。

秋はよってたかって投げ掛けられる疑問にちょっと困ったような顔をして、

「ハーブの仕入れ先なんです」

と答えた。ハーブには漢方薬のような効果もあるという。その為だろう。

葉山は納得して、紙と鉛筆を引き寄せた。

「電話番号、訊いてもいいですか？」

「はい。それから、二十九日ですが」

秋は高遠に向き直った。

「あの日、上流坂に行くのが決まったのは当日の朝です。試合するからって電話を貰って、行った時にはもうあの段ボールはあそこにあったと思います。確かではないですが、皆に訊いてみて下さい」

「名前を偽《いつわ》ったのは？」

「ごめんなさい。そうした方がいいって言われて。あの場にいた学生チームと見つけた二人以外は、ほとんど偽名です。身分証明書も持ってなかったし」

「まあ、そんなもんなんでしょうね」

高遠は手帳に何かを走り書きして、パタンと閉じた。

何にしてもこの二点の確認が済めば、彼に対する容疑はほぼ完全に晴れるのである。が。葉山の頭に別の疑問が浮かんだ。

「ありゃ？　深山木さん。どうして、事情聴取の時にそれを言わなかったんですか？それってのはあの、花屋さんと」

「柵君の無罪の証明が先だと思って。あの段ボールのことで疑われるとも思ってなかったですから。柵君は、僕以外の人にはあんなこと、頼んでいませんよね？」

「ええ。君だけです」

高遠が答えると、秋は安堵《あんど》の表情で椅子の背に身を預けた。

「よかった」

「…………」

思いやりだ。ジーンと来て、葉山は目頭が熱くなった。彼は自分が疑われているのに、少年を庇《かば》う為に敢えて彼にも有効な証言を選んでしたのだ。段ボールの件は、あの無惨な死体を思えば同一人物だと分からない方が正しい。

「どうした、葉山君?」

「いえ、これでお終いですよね。深山木さんに帰って貰って、いいんですよね?」

「そうだが、君の口からそんな台詞を聞くとはね。てっきり、どうにか引き止めたがるものと思っていたのに」

「だって、悪いじゃないですか。深山木さん、お疲れ様でした」

「いえ。それじゃあ、僕は」


カターン。


立ち上がった秋の腕から時計がすり抜け、床に落ちた。

秋がしゃがむ前に高遠が拾って手渡す。

「有難うございます。これ、すぐ抜けちゃうんですよ」

「そのおかげで、二度も伺う手間が省けました」

「僕もです。ではでは」

「御苦労さまでした」

葉山がペコッと頭を下げると、秋もそれに合わせて会釈をして、起き上がりざまにフワッと笑った。

(可愛い――――っ!)

秋の姿が見えなくなってから、葉山は反対側の窓に走って門から出て行く彼に手を振る。振り返った秋が小さく手を振り返した。

「ほう」

「せっかくの感動に水をさすようで悪いんだが、葉山君」

「何ですかー?」

葉山が窓に張り付いて滑りの悪い顔を回転させ、ググッと高遠の方に動かした。

高遠は何かを思い出すように自分の右手の平をジッと見て、首を捻《ひね》る。

「あの時計、もっと細い所にベルトの穴があるのに、何であんな風に付けているのかな?」

「穴? 模様とかに合わせてるんじゃないですか?」

「うーん。でもなあ、取調室に落ちてた時と、使ってる穴が違ったんだよ」

「ほえー。良く見てましたね、先輩」

高遠が時計を拾った時、その動きはスムーズで、ジッと見ている様子はなかった。葉山は感心して一種尊敬の眼差しを送ったが、高遠は照れたように顔を背けて煙草を銜《くわ》えた。

「余計なとこに記憶力が働く質《たち》でね。まあ、たいした理由じゃないんだろうが」

「そうですよ。ほら、アレルギーで、ベルトをキツく締められないとか」

「ああ。さて、書類仕上げて、衒崎さんに叩き付けて、さっさと帰ろうか」

「せんぱーい。またそんな風に」

葉山は溜め息を窓に吹き掛け、トホホと肩を落とした。

5

秋が警察から帰って来たのは、完全に日が暮れてからだった。一時間ほど前に電話で夕食は先に食べて欲しいとの連絡を受けてそうしたが、食欲不振に効くというイカと梅のスパゲティもまるでリベザルの喉《のど》を通らなかった。

そんなリベザルの心配にも拘《かかわ》らず、秋の帰りを知らせる声は意外なほどに明るかった。両手には大きなビニール袋を下げている。

「師匠《ししょう》、おかえりなさい。大丈夫でしたか？」

「何が？」

リベザルが心配そうに駆け寄ったのに、秋はケロリとしてリビングのソファに座り袋の中身を開け始めている。出された中身は大量の駄菓子で、あっという間にガラステーブルの上を埋め尽くしていた。その半数近くが多種多様なラムネで構成されている。秋の好物だ。

「帰りに思い立ってさ。横町まで行って来た。欲しいのあったら持ってっていいぞ、ラムネ以外なら」

「そうじゃなくて、警察の方のです」

「僕は、喉元を過ぎると熱かったことすら忘れる質《たち》なんだ」

「じゃあ、やっぱり何かあったんですね？」

熱かったこと、つまり何かまずいことが。

秋は駄菓子の中からシャボン玉セットを取り出すと、蓋を開けてストローでふうっと吹いた。光に色めくシャボン玉越しに、リベザルが真剣な顔で秋を見る。秋はストローをくわえたまま、先を上下に動かしながら笑った。

「忘れちゃったから、分からないな」

「師匠、誤魔化《ごまか》さないで……」

「教えてあげたらどうですか？　リベザルは心配してくれてるんですから」

ダイニングから座木が出て来た。秋の夕食を用意していたらしい。シャツは腕をまくり、赤と黒のエプロンをしている。

「リベザルに心配されるとは、僕も堕《お》ちたもんだな」

「師匠」

リベザルがムッとして睨《ね》めつけると、秋はストローを指に挟んでホールドアップした。

「嘘うそ。だけど僕は今ちょっと、ザギの部屋で調べ物があるんだ。話は明日、か、調べながらしたいんだけど」

「調べながら聞きます！」

「その台詞は間違ってる。調べるのは僕で、聞くのはリベザルだ」

「そんなのはどうでもいいですから」

リベザルは駄々っ子のように、バタバタと手足を動かした。

「でも、あの部屋に三人も入ったら窮屈《きゅうくつ》だろう？　な？」

「それは……」

そうだ。座木の部屋は狭くはないが物が多い。フローリングの床に寝るスペースとして畳二畳を角に敷き、残ったすべての空間に本と本棚がのさばっている。本棚は人一人がやっと通れるくらいの間隔を空けて所狭しと並んでいるし、ロフトの上もカラーボックスでいっぱいである。僅《わず》かな隙間は積み上げられた本で埋められていた。地震が来たら一番危ない部屋だ。

リベザルは返答出来ずに唸《うな》った。

それから静かになるのを待っていたのか、座木が割れて落ちるシャボン玉からスリッパの足で床を庇《かば》い、口を開いた。

「秋、食事は召し上がりますか？」

「んー、後でいい。気になることがあってね」

「それでは調べ物をしながら、話を聞かせて下さい。私が元に戻れば、それほど狭くはないでしょう？」

「だな。そうしてくれ」

秋が頷《うなず》くと、座木は徐《おもむろ》にエプロンを脱いで畳み、シャツの第三ボタンまでを外した。そしてその姿が炎のように揺らいだかと思うと、台を失った服が床に崩れ落ちる。

「行こっか」

「はい」

蹲《うずくま》った服の中から座木の声がして、襟首から黒茶の動物が顔を覗かせた。

全長約三十センチ。子狐《こぎつね》のような体軀《たいく》をしているが、若干《じゃっかん》耳が大きく毛が短い。しなやかな四肢とスッと通った鼻筋、黒い鼻、鋭《するど》く光る深く暗いグレーの瞳《ひとみ》。これが座木の原形である。

「行きましょう」

座木は秋とリベザルの間を――ドアの開け閉めが出来ないので――鋭い爪《つめ》をカチカチ鳴らしながら歩いた。

リベザルはその後ろ姿に羨望《せんぼう》の眼差しを向け、自分の姿と脳裏で見比べて大きく息を吐き出した。


カチャ。


「兄貴、また増えてませんか？」

リベザルはフローリングに収まりきらず、畳の上まで積み上げられた本に唖然《あぜん》とした。はみ出した本の山は分類し切れず、種類も滅茶苦茶に重ねられている。『金魚・トップブリーダーへの道』『食物事典』『初めての頼まれ仲人《なこうど》』『文化人類学入門』『儒教を語る』『微分積分が楽しくなる方法』

読んでいたという少女小説とやらは見当たらない。下の棚のどこかだろう。見上げた正面の棚には、推理ものから古典文学まで、日本国内の文庫本が綺麗に並べられていた。

「無差別だな。海外の本は上か？」

「はい。本棚の方はだいたい分類できてると思います」

「よし」

秋はシャツを畳に放って左手を右肩に置き、腕をグルングルンと回した。黒のタンクトップが見せる細い肩が、いかにも頼りない。彼は二人の存在を忘れたように、気合いを込めるかけ声をかけ棚の向こうに行ってしまった。

「師匠！」

「分かってるよ。話すから座ってろってば」

五月蠅《うるさ》そうに応えて、実際に話が始まったのはそれから十分後だった。

「面白かったよ」

秋は唐突に言った。勿体つけていたのではなく、一冊めの本を調べ終わって次の本を探し始め、話をする余裕が出来たらしい。ロフトの上から棚の間を歩く足音が聞こえる。

「刑事さんが変な人でさあ、一人目は大事なこと訊かないし、三人目は関係ないことしか言わなかった」

「二人目は？」

おそらく座木にドアをぶつけられたあの刑事、高遠のことだ。リベザルは、座木と広げていた絵本から顔を上げて訊いた。

「合格。話を切り出すタイミングを知ってるんだ。ザギの反応が遅れたのも頷ける。僕も一回引っ掛かりかけたもの」

「……師匠、気に入ってたみたいですね？　名前で呼んでた」

秋には気に入った人間以外、本名で呼ばない癖がある。

リベザルの僻《ひがみ》とも受け取れる発言に、秋は少し間を置いて、ギリギリ聞こえるぐらいの音量で忍び笑った。

「ちょっと、ね。あの人ならアンドロアルフュスにも勝てるんじゃないかな、と。話の筋をなかなか見失ってくれないんだ。踊らされてくれない」

「アンドロ……ってなんですか？」

「屁理屈《へりくつ》の魔神。会ったことはないけど」

本当に楽しそうだ。だが、いくら状況が切迫していても、その場を楽しめるのが深山木秋の深山木秋たる所以《ゆえん》だ。態度だけでは安心は出来ない。リベザルは半分苛《いら》ついて結果を急《せ》いた。

「それで？　どうなったんですかっ⁉」

「ああ。心配してくれて有難《ありがと》な。疑いは晴れたよ、大丈夫」

返事はあくまで明るい声。

「そう、ですか」

「Chouette」

感嘆の声――らしい――の後、またページを捲《めく》る音と沈黙が流れ、五分後に話は再開された。

「――……」

「――……」

「忘れ物をしたんだ」

「は？」

　またしても唐突である。

「忘れ物。で、取りに戻ったら、もう一回事情聴取をする相談をしてた。その場には二人しかいなくて、片方は忘れて来た時計を探しに、もう一人は切らしたコーヒーを求めて部屋を去った」

「？」

　何が言いたいのか分からない。


　パチン！


　指の音がしたかと思うと、頭上から絵本の上に黒い袋が降って来た。主に生ゴミコーナーに使われる、小さな袋である。口はきっちり縛《しば》ってあるが、リベザルの嗅覚《きゅうかく》の妨げにはならなかった。

「コーヒー？」

「お土産《みやげ》。そんな袋で悪いけど」

　リベザルは話の前後が頭の中で繋《つな》げられなくて、救いを求めて座木を見た。

座木は濡《ぬ》れた鼻をツイと秋の方に向けた。

「珈琲《コーヒー》上流坂署仕様、ですね。何が見つかりましたか？」

「事件の概要、捜査の方針、関係者の調書のコピー、ぐらいだな」

「え？」

「つまり秋は、人払いする為にあらかじめ珈琲の粉を抜き取って、わざと時計を忘れたんだね」

「え？　え？　だって、刑事さん居たのにどうやって？」

座木の説明を秋の話と比べ合わせて、リベザルはどう反応していいのか分からなくなった。刑事の目を逸らして情報を得る為に、刑事の目を盗んでコーヒーを抜き取る。準備の方が目的よりよっぽど困難に思えた。

「ややこしく考えるなよ」

不規則な足音が止まる。

「二つしか仕掛け作ってないのに、親父刑事が帰って来た時はさすがに失敗かと思ったけど。日頃の行いが良いからね」

秋がさらりと冗談——でなければバレバレの嘘だ——を言った。

座木は猫が狭い所を好むのと同じように、本の積木の隙間に潜り込む。頭しか通らないような細い空間にスッポリはまり、前足でピンと張った髭《ひげ》を撫でた。

「秋の行動の善悪はさておいて、事件に何か気になるところでも？」

「『さておいて』。それは冷たい」

「気になるとこって、どういうことですか？」

秋の嘘泣きを含んだ感想は無視して、リベザルは床に伏せて座木と向かい合った。

座木が瞬《また》きをして、黒目ばかりの瞳を返す。

「一度は断わった事件に、望んで関わるような理由があるのかと思ったんだけど」

「それは単なる好奇心だよ。ちょっと面白そうなことがあってね。今調べてる。——事件の話をしようか。警察は死体の異常さから、変質者と怨恨《えんこん》の方向で捜査を進めている。怨恨は主に両親を軸に調査中らしい。

被害者は佐倉康、十三歳。上流坂中学校一年二組五番。家は川沿いの大山二丁目十五番地にあり、両親と、住み込み家政婦二人の計五人暮らし。

父親は佐倉隼人《はやと》。日本史学者で、私立梶枝《かじえだ》大学で助教授をしている。母親は旧姓加々美《かがみ》享菜《ゆきな》。花火職人——僕とは気が合わなそうな職業だが——の一人娘で呉竹《くれたけ》外語大四年次にフランスへ留学、同時期にパリを旅行中だった佐倉パパと知り合い、帰国後、電光石火の早業《はやわざ》で入籍した。まもなく被害者が生まれてるから、その所為《せい》かな？

学校、家庭ともに外から見る分には問題なし。

行方不明になった六月二十八日、父親は研究室の合宿に、母親は夏祭りの花火を作りに実家に帰っていた。ついでに実家に置いていた旅行用の荷物も持ち帰ってるね。事件がなければ、夏休みは家族でヨーロッパだったらしい。優雅なもんだ。

二十八日夜から二十九日の夕方までのどこかで、犯人は被害者の両手足と頭を切断した後、段ボールに詰めて上流坂駅前に放置した」

（あれ？）

死体の形状に既知感を覚えた。

「もしかして師匠が見つけたのが、依頼人の言ってた『佐倉』だったんですか？」

「そ、よく気が付いたな。危うく事情聴取を、容疑者と発見者の二度手間にされるとこだったよ。――――なるほどね、面白い」

閉じた本から空気の漏れる音がした。何が面白いのか、秋の小さな笑い声が聞こえて来る。続いて本を棚に仕舞う音、梯子《はしご》の軋《きし》む音、こちらに向かう足音、そして秋本人が満足気な顔を現した。

「調べ物は終わりましたか？」

「うん。残りパーツの発見が楽しみだな。でも、そうなると……」

秋はポケットから取り出した五百円玉を親指で弾《はじ》いて、ぼーっと抜けた顔をした。頭の回転が早い彼のことだから、こんな顔をしても何か考えているのだろう。しかし、一周で済むところを五周ほど余分に回って考えるくらい回転が早いので、時々考え過ぎて頭の回転が到達点で止まらないことがあった。中途半端に止まって回転半分のキテレツな台詞もしょっちゅうである。

「リベザル。お前、暫《しばら》くよっしーの調査に行って来い。これは茶代にやろう」

秋は早速付けたらしいあだ名で椚良太の調査を命じ、リベザルの頭の上に五百円玉と手を置いた。

当たり前のことのように言う秋に、リベザルは焦点の合っていなかった目を一気に絞り込む。

「何言ってるんですか？　依頼は受けてないのに」

「受けてないから、責任を取らなきゃいけないのさ」

「……？」

全く訳が分からない。

「じゃ、そういうことで。何かあったら随時報告、いいな？」

混乱するリベザルを取り残してさっさと話をまとめると、秋はザギを呼んで肩に

──前足を右肩に、後足を左肩に置いて襟巻きのように──乗せた。

「お腹空《す》いた気がする。今日の夕飯は？」

「イカと梅のスパゲティに南瓜《かぼちゃ》のスープです」

「旬物？」

「そうです。良い野菜が久彼山モールで手に入ったものですから」

「アッハハ、所帯じみてるな。しかしそう考えると冬至《とうじ》の南瓜はどういうつもりなんだろうな。森の熊《くま》さんと同じぐらい、矛盾を感じる」

「……食事の用意しますね」

「何だ、今の間は？」

「少々、思考回路にバグが発生しました」

「脳みそごと真っ白になる薬、作ってやろうか？」

「結構です」

「そ。──リベザル」

「！　はい」

遠くで聞こえていた二人の会話が、急接近してこちらにかかる。外界から隔絶してしまっていたリベザルは、いきなり正気づいて直立した。

秋がリビングの方を指差す。

「飯。また喰うか？」

「……いりません。もう寝ます」

「そっか」

「おやすみ、リベザル。ここ出る時は、電気消してね」

「はい。おやすみなさい」


パタン。


ドアが閉まる。

（調査？　何をすればいいんだろう。何でしなくちゃいけないんだろう？）

リベザルは途方に暮れて、うねる意識とぐらつく頭を両手で押さえ付けた。

6

「何で俺が調査なんか」

リベザルはブツブツ文句を独り言にして、日光の照り返しのキツイ長い坂を下った。

久彼山町は、雑木林に覆われた小さな山——久彼山の麓《ふもと》に広がるこれまた小さな町で、深山木薬店はその山の登山口に繋がる坂の中腹にあった。有名な山でもなく、見どころもないのでロープウエイなどは設置されていない。

坂を十分降りて、畑道を五分歩くと久彼山町内で唯一栄えている駅前に出る。緑駅《みどり》の向こう側はもう隣の緑市なので、発展の仕方も今イチ中途半端だ。

不動産屋の条件風に言うなら『最寄り駅から徒歩十五分』とそんなに悪い立地条件ではないのだが、そのうち半分以上が坂というのがネックになって、住宅街と呼ぶのも厚かましいくらい土地がスカスカに空いている。

椚少年の家は、この駅を挟んだ向こう側の緑市にあった。

カンカンカンカンカンカンカン……。

踏切の長い腕がたわんで、行く手を遮《さえぎ》る。この鉄の道を渡れば緑市だ。

「あっ」

警告音の合間、停止する車のエンジン音に紛れて細い声が叫んだ。

リベザルが頭を上げると踏切の向こう側に、サッカーボールを持った少年が真っ青な顔をして立ち尽くしていた。

「椚……良太」

である。

良太はしばらくリベザルを凝視したまま固まっていたが、ギュッとボールを握り締めると線路脇の横道に走り去った。

「ちょっと待って！　あ！」

ガ――――ッ！

水色の電車が目の前を駆け抜ける。

カンカンカ。

警告音が止まって、黄色と黒のアームが道を開ける。

リベザルは走り出す車の前を横切って彼を追ったが、良太の姿は影も形もなく、土地鑑のないリベザルに追跡は不可能だった。


「逃げちゃったんですよ！　人の顔見るなり、非道いですっ。あんまりですっ」

リベザルは、頭から蒸気を吹き出しそうな勢いで喚《わめ》き立てた。

「お前が、逃げられるような怖い顔してたんじゃないの？」

「怖い顔って」

「こーんな顔」

秋は読んでいた雑誌を膝に置いて、両手で目の端を釣り上げる。

隣のソファで洗濯物を畳んでいた座木が、クスクスと笑った。

「そんなことっ」

「顔は気、気は心だぞ。面倒だと思うから、不満が自然に顔に出るんだ」

「…………」

リベザルはタオルを畳む手を止めて、昼の自分の顔を思い出した。確かに、ウキウキというのとは少し違っていたように思える。それというのも、

「だって、無駄なことです。妖怪もいない。依頼もない。こんなことしたって、誰も

喜ばないです。俺には……」

「『俺には』？」

「――俺には、あの子が分かりません」

他人を殺したいと思う心。それを他人に託そうとする神経。根にあるのは悲しみか、憎しみか。

リベザルが悩みの淵《ふち》に沈んでしまうと、秋は左手の人さし指を立てて「いいか？」と注意を惹《ひ》いた。

「『与えられた状況を疑うのも罵《ののし》るのも嘆くのも大いに結構だ。でも無視をしてはいけない』」

「え？」

「アメリカの詩人の言葉さ。他人を嫌うも怒るもそれはお前の自由だが、シカトだけはするなよ。それは相手の存在を消すのに等しい行為だ」

口を挟ませない厳しい口調で言って、秋は雑誌でパッパと自分の立った足元を払った。そして、聞き返す間もなく外に出ていってしまう。

リベザルは部屋を歩き回ってアイロンと台を用意する座木の動きを目で追って、一所に落ち着くのを待った。

「兄貴、あの、今のって」

「意訳すると、『頑張れ』かな」

「それはいくら何でも、改竄《かいざん》のしすぎじゃ……」

座木はシャツの内側から脇の部分に丁寧にアイロンをあてる。それから返して襟《えり》の皺《しわ》を伸ばし、

「じゃあ、私が言おうか。頑張っておいで」

と微笑んだ。

「俺、調査なんか出来ません。人と話すの苦手だし、何を調べたら良いのかも分かんないです」

「違うよ。秋がリベザルにしてもらいたいのは、椚君と友達になること、だと思うよ」

「友達？　誰の為にですか？」

リベザルは調査以上に目的が見えなくなった。

リベザルの訝《いぶか》しみを抑えるように、座木はそっと赤い頭を撫でた。それから少し悲しそうな顔をする。

「これはリベザルにしか出来ないことだから。ね？」

「……はい」

納得してはいなかったが、座木の淋《さび》し気な表情を見るのは忍びないので、リベザルは渋々承知した。

＊

雨でも降れば良いのに。

リベザルは重い足取りを緑市に向け、青い空をじっとり睨《にら》み上げた。七月に入って二日目、梅雨《つゆ》はもう明けたのだろうか？　雲一つ見当たらない。

秋達の役に立てるのは嬉しい。だが人見知りの激しさは、自分でもどうにもできないのだ。せめて理由や目的があれば気もまぎれるだろうに、それも教えてもらえない。

（師匠達と会った時は、どうしたんだったたっけ？　あの時は自分から……）

ガシャ―――ン！

リベザルの浮かべた回想の雲を蹴散《けち》らすように、金属が何かに衝突する音がした。公園の方からだ。リベザルは原因を見ようと、敷地を囲む白いフェンスをよじ登った。

広い公園である。円形の土地を三分の一ずつ区切って、芝と土の広場、林、遊具場が作られている。一区画にだいたい野球場が二つから三つ入るぐらいの大きさで、それぞれの間に三種類の木の仕切りがある。音の主は広場にいた。

鉄とプラスチックで出来たベンチをサッカーゴールに見立て、二メートル置きにある障害をこなし、シュートの練習をしている。障害は並べられたサッカーボールだ。赤い服を着た少年は、スタート地点からボールを蹴り出した。五つのサッカーボールをジグザグにかわし、足を振り抜いてベンチのゴールに蹴り入れる。

ガシャ――――ン！

ゴールは暫《しばら》く揺れて、持ち上がった片足を地面に降ろした。

(凄《すご》い力……あれ？)

その華麗なドリブルと威力のあるシュートに、リベザルはしばし見とれて声を失っていたが、三周目になっておかしなことに気が付いた。スタートした時持っていたボールと、ゴールしたボールが違うのである。

（あ！）

少年は、障害の前に来ると素早くボールの動きを止めて、代わりに置いてあったボールに持ち替えていたのである。流れるような動きは一度たりとも滞ることなく、ボールは寸分違わぬ位置に固定されていく。

「スッゲ――！」

リベザルは興奮してバランスを崩し、公園の内側に顔から落ちた。

足音が近付いて来る。

「……あ、あの、大丈夫？　わっ」

「ねえねえ、さっきのもう一回見せてっ」

リベザルは飛び起きて、両腕をぐるぐる回した。

「君、薬屋さんにいた……」

「もう一回だけでいいから、あ、でも出来ればあと三回くらい見たいな。贅沢《ぜいたく》言えばやり方も教えて欲しいっ！」

リベザルが早口で捲《まく》し立てると、少年は二、三歩後ずさり、大きな瞳を何度も瞬いた。怖がっているようにも見える。

「駄目、かな?」

リベザルが上目遣いで身を引くと、少年はフニャと表情を崩して笑った。

「ううん、一緒にやろ。えっと、君、名前は?」

「リベザル」

「ぼくは椚良太っていうんだ」

その名前を聞いて、リベザルは完全に失念していた仕事のことを思い出した。しかし今の彼には、そんなことは最早どうでもよくなってしまっていた。

良太のサッカーの腕には目を見張る物があった。中学校サッカーというのはこれほどレベルが高いのかと感心したほどである。運動神経には自信のあったリベザルも、完膚《かんぷ》なきまでに叩きのめされてしまった。一対一、九戦全敗である。

「もう一回! 十回目の正直!」

「いいよ」

リベザルは顎《あご》の下の汗を拭い、足元にボールを落とした。良太がディフェンスにつく。

良太とその向こうのゴールを一直線に見つめ、リベザルは先ほどまでと景色が違うことに気付いた。

(? おかしい)

頭が、良太の身長が高い。腰が落ちていないのだ。

ガシャン!

リベザルはベンチに跳《は》ね返って転がるボールを拾い、口をへの字に曲げた。

「今、手抜いた!」

「え?」

「そんなのしてもらったって、俺、全然嬉しくないからねっ」

「怒った? ごめんね」

「……………」

「ごめん、ごめんね。もうしないから」

良太は何度も謝った。どう見ても年下のリベザルにも同学年のような扱いをし、怯《おび》えたように謝り倒す。

もともとそんなに怒ってなかったリベザルは反対に悪い気がしたが、何となく彼の卑屈とも言える態度が鼻に付いた。

「そんなに謝んないでよ。俺の方がヤな奴みたいじゃん」

「あ、ごめんね」

「また！」

「だって……」

良太は謝るのを止めたが、どよんと暗い空気を周囲に漂わせて俯《うつむ》いてしまった。自分が責めたようで嫌な気分になり、と同時に臆病《おくびょう》な良太に腹が立った。

「いいよ。早く続きやろーよ。良太がオフェンスからねっ」

「……うん」

勝手にきつくなってしまう口調に、良太は傷付いた風な顔をした。それが更に気に障《さわ》って、リベザルはムキになってボールを奪い取ろうと良太の足にしつこく纏《まと》わりついた。

厳しいチェックに耐えかねて、苦し紛れにボールが後ろに下げられる。と思ったのは、リベザルの大きな勘違いだった。

ボールは良太の踵《かかと》に引っ掛けられ真上に上がり、かと思うと、それに気を取られているうちに本人はリベザルをかわしてゴール前のスペースに入る。消えたボールはそれを追うように飛んで、良太の目の前にストンと落ちた。

リベザルはまるっきり動けなくなってしまった。

ガシャ————ンッ！

ゴールを決めて、良太が振り向く。

「あの……リベザル君」

「スッゲ——！」リベザルは良太の背中に飛びついた。「何なに？　今の、どうやったの？　俺にも出来る？」

リベザルが自分の分のボールを拾って来てピョンピョンと飛び跳ねると、良太は赤いシャツの袖で汗を拭き、凍っていた表情を緩めてクシャッと微笑んだ。

「今のはね……」

＊

家の中には淡々と冷たい雰囲気が充満していた。

子供とはいえ一家の跡継ぎで一人息子である長男が死に、そのうえ殺人事件であった為、遺体はまだ家に帰って来ていなかった。葬式も出せず、半信半疑なまま事後処理が進められていく。

そう、『処理』。

身近な者が亡くなった時に湧き起こるべき感傷が、どこか欠けているのだ。この家の中には。

襖《ふすま》を取り払って二部屋繋げた和室をぐるりと囲んだ鯨幕《くじらまく》、白い布のかかった祭壇。最上段には遺影が飾られ、その下に和菓子、果物、蠟燭《ろうそく》、線香《せんこう》、そして両脇には送り主の名札の付いた花籠《はなかご》が並んでいる。

当主が産まれた時からこの家に勤めていた古参の家政婦である彼女は、少年の明るい顔を思い出すたび白い前掛けで涙を拭《ぬぐ》っては、ササゲ飯に入れる大角豆《ささげ》を選《よ》り分けた。

長男が亡くなり、悲しみのあまり夫人は狂ってしまわれた。若い家政婦が面倒を見ているが、息子が死んでしまったという事実だけがすっぽり抜け落ちてしまったように、前と変わらず日課だけをこなしている。

しかし、ただ忘れてしまっただけかというとそうではなく、家に出入りする刑事を当主の友人と間違えて笑顔で対応したり、突然大声で笑い出したり、両手いっぱいの黄色い花を買って来て庭に撒《ま》いたりした。行動には一貫性が欠け、その唇から意味ある言葉は紡ぎ出されない。

当主はそんな状況にも生活のペースを崩されることはなく、通常通り大学に通って論文作成に明け暮れていた。昔から学者肌の人間で、世間や常識に疎《うと》いところがある。現実的な判断力に乏しかった。

そうして誰もいなくなった後を任されたのは、この家にとってまったく他人の葬儀屋と警察と弁護士で、それ故に故人への追悼《ついとう》までもが機械的に行われているのである。彼女は死んだ子供を想うと、それが不憫《ふびん》で悲しくて仕様がなかった。

位牌《いはい》の代わりに壇上に飾られた学生服を見るのがこんなに苦痛に感じられる日が来ようとは、入学式のあった三ヵ月前には夢にも思わなかった。彼女の前掛けは、最早濡《ぬ》れ布巾《ぶきん》のようになっている。

「横山《よこやま》さん！　横山さん!!　どうしましょうっ」

「これ、騒がしい。康様が亡くなった以上に、何をそんなに驚くことがありましょうか」

「庭の山梔子《くちなし》の花が、全部折られてるんです！」

まだ二十代の若い家政婦が台所に飛び込んで来て、彼女に信じ難い報告を齎《もたら》した。

横山は今日の朝、庭を掃除中に六分咲の白い山梔子の花を見たばかりだった。夫人がとても大事にしていた木で、この家に嫁入りして来た時に植えた物である。

「まさか……」

横山は慌てて勝手口からサンダルを引っかけ、山梔子の咲いていた南庭の花壇を目指した。

本当になかった。

木や葉は残っているのに、花の付いていた枝だけが全て折られている。あたりには花びら一枚見当たらない。

「ああ、奥様が御覧になられたら、どんなに悲しまれることか」

その光景は彼女の悲しみに輪を掛けて、横山はその場に座り込み、湿った前掛けの裾をあててホロホロと泣いた。

フワッ。

風が、どこからともなく甘い香りを運んで来た。仄《ほの》かに甘く、それにどこか少し酸っぱいような香り。

「これは、山梔子の……」

横山は首を巡らせ風向きを見た。風は西から吹いている。そちらに目を遣《や》ると、彼女がここに上がるより昔からある朽ちかけの土蔵が見えた。香りはそちらの方向から漂って来る。

彼女はゆっくりと痛む足腰を伸ばし、香りに誘われるように蔵の戸口に歩み立った。

香りが強くなる。

「どうしてこんなところから？」

扉に鍵はかかっていなかった。横山は黒い格子戸を引き、木の扉をおそるおそる内に押し開けた。

カラカラカラカラカラ。

甘い香りと酸っぱい香り、それに埃《ほこり》の臭《にお》いが強く感じられる。

開けてしまってから彼女は、もしかしたら山梔子を手折った犯人がこの中に潜んでいるのではないかと思いつき、入り口から一歩も入らず奥に声をかけた。

「どなたか、どなたかいらっしゃるのですか？」

返事はない。物音も、何かが動くような気配もない。

高い天窓から光が筋になって注ぎ込み、反対側の壁を照らしている。陽が傾いている為、下の方はハッキリとは見えなかった。

「どなたか」

横山は思い切って片足を踏み入れた。日陰の磨かれた木の床が素足に冷たい。

「どなたかいらっしゃいませんか？」

もう一度繰り返して、注意深く周囲に目を配りながら歩く。

「どなたか……!!」

彼女は蔵のほぼ真ん中まで来て、全身を一気に凍り付かせた。

蔵の中央のタンスの上には、七宝《しっぽう》の花瓶《かびん》が立っていた。山梔子の花はそこに活《い》けられていた。が、活けてあるのはそれだけではなかった。象牙《ぞうげ》色に、乾いた茶色をあしらった子供の手が二本。まるで花びらのように、広げた指を天井に伸ばしていた。

第三章　外連《けれん》

1

胴体から遅れること三日、佐倉康《さくらこう》の残りの二箇所が見つかった。両腕が、自宅の土蔵に転がっていたという。

最初は通り魔的犯行と考えていた警察だが、家までつきとめ、遺体を運び込んだ事に違和感を覚え、次には家族を疑った。しかし彼らにアリバイがあり、証拠と動機がないことから、反対に佐倉家の人間を恨《うら》んでいる者の人選に捜査の軌道修正がなされた。

更に二日後の七月四日、そのニュースが新聞で報道されたのを店のオーナー席で読んで、秋《あき》はファアとつまらなそうに欠伸《あくび》をした。

「はりきってるなあ、警察は。果てのない道を歩くのはさぞ楽しかろうに」

「秋は犯人を御存じなんですか？」

座木《くらき》が棚の整理をしながら訊《き》くと、秋は新聞を一枚引き抜いて折り紙のようにパタパタ折り始めた。

「犯人は知らない。でも近道なら見つけてあるよ。尤《もっと》も、本当に近道かどうかは行ってみないと分からないけどね。通ってみたら工事中だったりして」


パン！


三角形に折り上がった新聞を上から下に振り降ろすと、中の一枚が袋状に飛び出していい音を鳴らした。

「退屈くつくつ退屈くー」

秋が不可解な台詞《せりふ》を吐いて、新聞を丸める。

座木は綺麗《きれい》に磨いた銀のスプーンを棚に戻して、隣のワイングラスを布越しに摑《つか》んだ。

「そんなに退屈なら、その近道を確かめてみたらどうですか？」

「いーよ別に。興味ないもん。ところでさあ、ザギに頼みがあるんだけど」

「？　どうぞ」

「よっしーの身の回りを調べてくれないか？」

秋が口元に拳《こぶし》をあて真面目な顔でそう言った。目を合わせてくれない。

「あ」

座木は急に気付いて、思わず自分の顔に手をやった。

（上手く隠していたつもりだったんですが……）

秋のその頼みは、まさに座木の願望だった。

椚良太《くぬぎりようた》のアフターケアをリベザルに任せ、経過は良好だと思われた。が、こんな昼間から遊びに出かけるのは、どう考えてもおかしい。リベザルはともかく、良太には学校があるはずなのだ。

彼の周りに何か良くないことが起こっている、予想は付いていたが実際の状況と打開策を探りたかった。

しかし、命令もなしに動くことは出来ない。彼が家を空ければ、休業しなくてはならなくなるからだ。座木の中の優先順位とそれに負けた捨てられない不安が、秋に気を遣わせる結果となってしまった。情けない。

「すみません」

「何を謝る？　お前がいなくなれば、僕は堂々と店を休んで遊びに行ける。それだけだよ」

「すみません。夕方までには……」

「そんなに焦《あせ》ることないよ」

秋が台詞の先を読んで、力こぶの出ない細腕をポパイのように曲げて見せた。

「飯なら心配御無用だ。僕がこのスペシャラーな腕を揮《ふる》ってやろう」

「——何の為に食事当番がないのか、御存じですよね？」

座木は言葉を厳選して、その馬鹿な考えに歯止めをかける。

秋は小さく舌を出して曲げた腕を耳に付け、指で電話の形を取った。

「重々。ピザでも頼んどく」

「はい。行ってきます」

「いってらっしゃい」

珍しく逆に送りだされた座木は、聞き慣れないその言葉に耳をくすぐられ、手の甲で耳を折り耳孔《じこう》を塞《ふさ》いだ。

＊

事件後の現状を把握する、といって、本人や家を探るのは真っ正直過ぎるだろう。座木は少し考えて学校の内部を窺《うかが》ってみることにした。秋が警察から聞いてきた話では、椚良太のいたサッカー部は、被害者の上流坂中《かみるさかなか》と交流があったらしい。二人の接点もそのあたりだろう。

箝口令《かんこうれい》が敷かれていたとしても効きそうにない子供達の方が、話を訊《き》くには適している。だが、その場合自分のルックスに不都合があった。迂闊《うかつ》に近付いたところで、怪しいおじさん、と思われるのが関の山だ。

準備が必要である。

座木は骨格を細めに作り替え、前髪を降ろし、サングラスをかけた。黒のノースリーブに黒いミニスカート、大き目のイヤリングと揃《そろ》いのネックレスを首にする。買い物の紙袋にミシン目カッターで切れ目を入れ、中にオレンジやリンゴ、缶詰など丸くて重い物ばかりを詰め込んだ。

（ベタなやり方ですね）

座木はやや自嘲《じちょう》ぎみに今の自分を笑って、教員住宅から学校に向かう道を目指した。

「きゃっ」

座木は目的の相手を確認するや否や、秋に見られたら一年も笑い続けられそうな演技で袋の中身を道路に転がした。程よく破れた袋から、四方八方に転がり出る。

「大丈夫ですか？」

かかった。

狙《ねら》い通り、緑《みどり》中《ちゅう》サッカー部顧問《こもん》——上原一志《うえはらかずし》は両手いっぱいに果物を拾って座木に近付いて来た。上手くはいったが、男性相手に鼻の下を伸ばされても……複雑な気分である。

「スミマセン」

「重そうですね。手伝いましょうか？」

「いえ、すぐそこですから」

「どこですか？」

「そこの喫茶店です。《キュリアス》っていうんですが」

「あ、それなら方向おんなじだ。これから緑中に行くとこだから」

それも調査済みである。喫茶店《キュリアス》は、緑中を通り越して五十メートルほど先にある店だった。店員の殆《ほとん》どがバイトで、入れ代わりも早い。

「持ちましょう」

上原が溢《あふ》れた中身を腕の中で塔のように重ねて言ったので、座木は殆ど空の紙袋を持って彼の隣に並んで歩き始めた。

「サングラス……」

上原が不遠慮な眼差《まなざ》しで顔を覗《のぞ》き込んで来る。

座木は目を隠して片手でそっと眼鏡《めがね》の端を押さえた。

「ごめんなさい。目が弱くて、日光が駄目なんです」

「ああ、そうなんですか。いや、とてもよくお似合いですよ」

呵々《かか》と笑って、上原は取り落としそうになった缶詰を追って踊った。そこに後ろから声がかかって、彼は結局桃缶を一つ落としてしまう。

「せんせー、練習何時からー？」

「お？　お前ら、一回帰ってたのか」

「先生だってー」

上原はしゃがんで桃缶を拾い、子供達に顔を向けた。

話しかけて来た子供達は手にスポーツバッグを持って、服装はジャージやTシャツである。サッカー部の生徒のようだ。

「ねーねー、先生の彼女ー？」

「こ、こら！」

そういう存在とは縁遠い男らしい。子供のからかいに赤面して片手を振り上げ、今度は缶詰を三つ、手から零《こぼ》した。

「今日は」

「こ、こんちは」

「……こんにちはー」

座木が子供達に挨拶《あいさつ》をすると、そちらも照れたようにボソボソと返事を返す。

「こ、これじゃあ持って行けませんね。ささ、さっき家で紙袋を差し上げれば良かった」

「うちィー？」

「やっぱ、彼女なんじゃーん？」

「お前達は！　い、今、職員室から何か袋取って来ます。加東《かとう》、射手園《いてその》、斉田《さいた》。コレ持ってろっ」

　上原はますます赤くなって、荷物を子供達に分けて持たせると、脱兎《だつと》のごとく校舎に向かって走って行った。

　座木は少し離れて、三人の後ろについて上原の去った方に歩いた。

（さて……）

　座木がやっと手に入れた待望の状況に目線を下げると、生徒は揃いも揃って人見知りをして、自分達だけの会話を作ろうとしていた。加東と呼ばれていた小柄な少年が、背のヒョロッと高い射手園に話しかける。

「今日、椚、来るかなあ？」

「来ないんじゃねーの？」

「もう今月の大会で引退なのに。あいついなくて勝てるかなあ？」

「来なくていいよ。あいつ、嘘《うそ》つきだもん」

　絶好のチャンス。座木はサングラスを外して、三人の話に割って入った。まったくの初対面よりは、上原の存在が緩衝材《かんしようざい》になっているはずである。

「お友達のこと、そんな風に言うのよくないですよ」

「だ、だって、なー」

「なー」

「？」

座木が首をかしげると、言い訳をするように斉田が口を開いた。

「来なくていいよ。あいつ、怒ると怖いしさあ」

「生まれてすぐ、親にも捨てられたんだって、上中のヤツが言ってたよな」

「なー」

「俺、母ちゃんにも椚とは遊ぶなって言われたし」

「あ、オレもオレも。あのケンカの後からさ」

（親に捨てられた？）

聞き捨てならない台詞《せりふ》である。座木にはその言葉自体も、子供にそんなことを言わせる原因も見過ごすことは出来なかった。

「それ……」

「何話してんだ!? 加東、射手園、斉田！」

「げっ！」

座木が詳しく訊く前に、上原が取っ手の付いた紙袋を振り上げて走って来、話を遮《さえぎ》った。

「もういいから、お前らボールの用意してろ！　それからグラウンド十周！」

「え——」

「えー、じゃない。さっさと行け」

三人は先生に怒鳴られて、すごすごとグラウンドに向かった。悪いことをした。

「あの」

「気にしないで下さい。ちょっと、他校の生徒と喧嘩《けんか》したのがいて。喧嘩ってもたいしたものじゃないですよ、ホント」

上原は袋に子供達の置いていった缶を入れて、更に座木の持っていた破れた袋の中身も仕舞ってくれた。

座木は切れ目を見られないように袋をさっさと畳んで、サングラスをかけ直す。

「でも、親に捨てられたって……」

「根も葉もない、ただの売り言葉ですよ。枡はちゃんと母親もいますし、実の叔母《おば》だって——この学校の教員なんですが、いるんですから。ただちょっと、その喧嘩が原因で不登校になってますけど、いや、いじめとかでは決してないですよ」

「喧嘩の相手の子は？」

「それはー、まあ、明日その叔母の先生と、様子を窺《うかが》いに葬式の……あー、いやいや何でも」

上原が失言を誤魔化《ごまか》した。生徒の滑らせた口を慌ててフォローする言葉が空回りして、自分で掘った墓穴を埋める土を得るのに、更に新しい墓穴を掘っていく。

喧嘩の相手はほぼ間違いなく佐倉康。頭と足がまだ見つかっていないのに、もう葬式を出すとは、身内の希望か……何にしろ情報を集めるチャンスである。

喧嘩の原因や何かを詳しく訊きたいとは思ったが、これ以上の長居は得策ではないと、座木は気まずそうに目を合わせない上原から袋を受け取った。これ以上の話を訊くなら大人の彼にではなく生徒に、である。

「大変ですね。お仕事頑張って下さい」

「あ、いや、はい」

「有難うございました、それじゃあ」

「はい。《キュリアス》、今度行かせてもらいますね」

ぎこちない笑顔で言った上原に、座木は軽く会釈をして《キュリアス》のある方に歩き去った。

これから二週間、上原は居もしない架空の店員の姿を求めて、喫茶店《キュリアス》に毎日通う羽目になる。

2

翌七月五日。座木は夏には暑い喪服《もふく》に身を包んで被害者宅を訪れた。度の入っていない太い黒ブチの眼鏡をかけているが、基礎はいつもと同じ男の形である。本当は人相も変えられれば良いのだが、原形の時と同様に、人型の時も造れる顔形は一種類しかない。身長も、声も同じ、体格が若干《じゃっかん》変えられる程度である。

警察、新聞記者、学校関係、いろいろな言い訳を用意して佐倉家に向かったのだが、それらは全て徒労に終わった。あまりに家が大きくあまりに弔問客《ちょうもんきゃく》が多かった為、すんなりと中に入れてしまい、誰も座木に気を留める者はなかったからだ。

両親はそれぞれ好きな仕事に就《つ》いているようだが、元は地主の家系らしく、この辺では名家と呼ばれる存在だった。いかにも偉そうな中年の客も多い。

座木は縁側沿いに設置された来客用特設テントで焼香を済ませ、庭を一通り見渡した。広く、石や置き物は少ないが植物が多い。サツキやツツジの植え込みをバックに、柘榴《ざくろ》は真っ赤な花を咲かせている。カンナとグラジオラスが蕾《つぼみ》を軽く綻ばせ、足元に朝顔の蔓《つる》を絡ませていた。花は綺麗だが、残念ながら薬効の高そうな植物は見当たらない。

（……秋が伝染《うつ》ってますね。花は花、薬は薬）

座木は浮かんだ思考に苦笑いして、門の両脇に植えられた柊《ひいらぎ》の葉を指で掬《すく》った。まだ硬化していない若葉が白い日光に透けている。その足元に野良猫が捨てて行ったのか、干涸《ひから》びた魚の頭が落ちていた。なかなか情緒的と言えないこともない。

門まで来てもう一度中を振り返った。人の出入りはまだ多く、だが遺体のない葬式は何処《どこ》か白けていて悲愴感《ひそうかん》が希薄である。庭で立ち話をする客の間の噂《うわさ》では、この葬式は息子の死を悼《いた》む父親の強い希望らしい。おそらく遺体が揃えば、また同じようなことをするのだろう。今回のこれはいわば仮の式、鎮魂《ちんこん》の儀式だ。あるいは生者の気を鎮《しず》める為の。

座木は問題の土蔵に近付こうとして、庭の一角に黄色いテープが張られているのを見つけた。警察の立ち入り禁止のテープである。

「可哀相に」

テープの張られた花壇には、枝を折られた山梔子《くちなし》の木が頼りなく立っていた。いまの時期なら花や蕾で清楚《せいそ》でかつ華やかなはずなのに、無惨に手折られた枝がギザギザの棘《とげ》を突き出して、自分を取り囲む外界を拒《こば》んでいるようにすら見られた。

こんな風に隔離されているからには、事件に何らかの関係があるのだろう。被害者の腕の発見状況を知らない座木は、ただ漠然とそう思うばかりである。彼がしばしそこに立ち、山梔子と事件に考えを巡らせていると、

「どなた？」

声を掛けられ振り向いた先に立っていたのは、被害者の母親にしてはもう少し年のいった、初老の女性だった。黒い着物に割烹着《かっぽうぎ》を着て、真っ白な髪を一つに丸めてある。この家に二人いるという家政婦だろうか。やわらかな口調が耳に優しく響く。

座木は葉から手を引き、木から一歩下がった。

「スミマセン。あまりに痛々しくて、つい。見事な山梔子だったようですね」

「はい。今年も綺麗に咲いておりました。……それをあんな風に」

初老の女性はその言葉に涙を浮かべ、白い袖で目頭を押さえた。

(あんな風？)

『こんな』ではなく。つまり切られた先は、ここことは離れた場所で何かに使われたのだ。新聞でそのような報道はされていない。だが、これほど目に見えて落胆している老女に、そんな話を持ち出す気にはなれなかった。

座木は残った分厚い小さな葉に触れて、折られた枝を彼女に向けた。

「この木はまだ生きています。切り口をちゃんと手入れしてやれば、また来年、綺麗な花を咲かせますよ」

「本当でございますか？」

「保証します。この木はまだ生きようとしていますから」

「奥様が聞いたらどんなにか喜ばれることでしょう。あの失礼を承知でお伺い致しますが、貴方様は？」

「上流坂中の教員で、倉田《くらた》といいます」

彼女は少し安堵《あんど》した表情を見せ「家政婦の横山《よこやま》」と名乗った。先生という肩書きは、この世代には無条件に良く効くことがある。

横山は枝切り鋏《ばさみ》を持って来て——先ほどは警察に許可を貰《もら》い、テープを外しに来たところだったそうだ——木を座木に言われるがままに手入れしながら、花の話をしてくれた。

「奥様は花がお好きでいらっしゃいます。お仕事でも、それは華麗な花の絵を空にお描きになられるのですよ」

「今度の夏祭りでは、それを見せて頂けるのでしょうか？　あ、そちらの枝はもっと短く……そうです」

横山はパチンと枝を切って、暗い顔を見せた。

「それは無理でございましょう。奥様はお心を狂わされてしまいました。先日も数え切れないほどのダリアを買って庭に撒《ま》かれる始末。それに山梔子までこんなことになってお可哀相に」

「これも佐倉君のお母様が？」

座木は横山の手から鋏をそっと外して、自分で枝の手入れを始めた。彼女の手が俄《にわか》に震え始めたからである。その理由は、折られた山梔子にあった。

「いいえ、いいえ！　奥様がどうしてさようなことをなさいましょう。鬼でございます。鬼が花を残らず折って……うっ」

「横山さん！」

座木は鋏を投げ出して倒れ込んだ彼女を支えた。

横山は吐き気を催《もよお》しているようだった。

「無理なさらないで下さい。さあ、家に」

「鬼に相違ございません。そうでございましょう。あんな惨《むご》いことを人間にできましょうか？」

「惨いこと？」

「あれは……」

横山の黒目が小さくなり、記憶を再生し始めたのが感じ取れる。

座木は彼女の視界に、無理矢理別の花を押し込んだ。隣に咲いていたクレマチスである。

「不粋《ぶすい》なことを伺いました。言わなくて結構です、思い出さないで下さい」

だが、横山の耳には座木の言葉は届かず、すっかり思い出してしまった光景を口にすることで消そうとしているようだった。皮が骨に張り付いたような手がブルブルと震え、顔を覆《おお》おうとするがうまく動かない。目が明後日《あさって》の方向に見開かれた。

「康様のお腕と一緒に花瓶に……私はもう山梔子は見とうありません。でも、奥様が喜ばれるのなら、今すぐにでも満開にして差し上げたいのです」

「——この木は手入れしましょう」

座木は最後の一枝の先を切り、ロックをかけた鋏と一緒に落ちた葉を拾って彼女に渡した。

「咲かないこの木を見ても、きっと貴女は悲しくなります。もしこの花を見て辛くなったら、それを見る奥様の顔を見て下さい。きっと心が安らぐでしょう」

横山の目は徐々に正気を取り戻し、その葉を、そして山梔子の木を愛《いと》おしそうに眺

め、

「そう致します」

と、弱々しい笑顔を見せて頷《うなず》いた。

横山を勝手口まで送り届け、座木は門の外で真の目的である椚良太の叔母の登場を待った。ずいぶん時間を喰《く》ってしまったから、その間に記帳だけしてもう帰ってしまっている可能性も高い。

緑中の図書室に侵入して見ておいた彼女の写真の記憶と、人波に貼られた顔を照合する。

座木は長期戦覚悟で、佐倉家正門から斜向《はすむ》かいの電柱の陰にジッと身を潜めた。

3

「あーあ、逃げちゃった」

空音《あかね》は佐倉家の馬鹿に広い庭の端で、防風に植えられた白樫《しらかし》の木にしなだれかかった。

土曜ということもあって上原と一緒に葬式に来てはみたが、いざ親族に挨拶という段になって、急に怖《お》じ気付いて逃げ出してしまったのだ。今頃上原は、この薄情な裏切り者に憤慨《ふんがい》しながら、遺族に頭を下げていることだろう。

この気持ちは、そう、彼女の姉の家出を手助けした後の、両親から逃げて祖父の部屋に籠《こも》った時の気持ちに似ていた。

「帰ろ」

空音は焼香は庭先の特設テントで済ませていたので、上原を置いて先に帰ることにした。今更どの面《つら》下げてノコノコと、行けたものではない。

屋根の付いた立派な門を見上げて潜り、だらしなく開いた口を閉じて人の流れに加わった。その時。

「椚空音さん？」

思わぬ所でフルネームを呼ばれ、空音は首と目を忙しく動かした。彼女と目が合った瞬間軽く頭を下げたのは、見たことも会ったこともない青年だった。

遠近法が役に立たないくらいの長身と、黒髪、黒眼鏡、黒い服。人目を惹《ひ》くような派手な造りの顔ではないが、わりと彼女の好みにハマっている。

(好みとか、そういう問題じゃないでしょ)

空音は自分の稚拙《ちせつ》な人間観察に心の中で叱咤《しった》して、余所《よそ》行きの顔で青年の前に進み出た。

「何でしょう？」

「椚空音さんですね？　良太君の叔母様の」

「！」

空音は咄嗟《とっさ》に青年の腕を引っ摑んで、人の少ない路地に力ずくで移動させた。

「警察の方ですか？　それとも雑誌社？」

空音が睨《にら》むように彼を壁際へ押しやると、青年は困ったような顔をして、されるがまま壁に背中を付けた。

「薬屋の者です。座木と申します」

「薬屋の……」

空音はハッとして反射的に低頭した。薬屋といえば、良太の為に迷惑をかけてしまった相手ベスト３に数えられる人である。幸い対佐倉家用に陳謝の言葉を考えてあったので、それがすぐに口を突いて出て来てくれた。

「その節は甥《おい》が御迷惑をおかけして、本当に申し訳ありませんでした」

「お顔を上げて下さい」

「でも、警察にいろいろ訊かれたでしょう？」

「――――」

沈黙による肯定。空音は思わず、もう一度頭を下げ直した。

「本当に、そんなに畏《かしこ》まらないで下さい。少しお話を伺えたらと思いまして」

「あたしも！　お訊きしたいことがあるんです」

空音が顔を上げると、座木は「それでは、場所を移しましょう」と、橋の向こうの大通りを指差した。


少し離れたファミリーレストランに入ったが、どちらからとも話し出しづらい雰囲気に、空音は注文が来るまで膝《ひざ》の上に組んだ自分の手を見つめていた。しかしこれでは駄目だと思い、コーヒーが運ばれ店員が行ってしまってから、空音は頭の中で何度も繰り返した台詞《せりふ》を口に出した。

「警察の方は、何と言われてましたか？」

「何も。良太君もうちも、疑いは晴れました。もともと、警察もそれほど深刻には考えていなかったようですね」

「……よかった」

空音は安堵《あんど》の溜め息をついた。亡くなった佐倉康には申し訳ないが、彼女は彼の事件そのものよりも、良太の方がずっと気になっていたのである。身内なのだから当然だろう。

すると座木はカプチーノの泡を唇に付けず上手に飲んで、カップを降ろして微笑《ほほえ》んだ。

「やっと笑って下さいましたね」

ひどく気障《きざ》臭い台詞をポロッと自然に言われて、空音は反応が遅れてしまった。しかも歯も浮き切らぬうちに、追加が来る。

「彼のことを純粋に想っていてくれる人がいて、安心しました。それだけが気掛かりだったんです」

（——この人って……）

彼は空音を見つめるでも、自分の言葉の照れ隠しに笑うでもなく、ごく自然に元の動作に戻ってコーヒーに白く曇った眼鏡をハンカチで拭いている。

どうやら、彼にはそういう下心も打算もないらしい。これらの台詞は心からの言葉で、これが素なのだ。彼の方こそ驚くべき純粋な性格である。

そう思うと、空音は俄《にわか》に恥ずかしくなって、両手を振りながら否定した。褒《ほ》められ慣れていないのだ。

「そんなこと……、ただあの子は、事情があって小学校に上がるまで母親と離れて椚の実家で育ったんです。その頃あたしはまだ高校生だったので、良く一緒に遊んだんですよ。甥というよりは、可愛い弟みたいなものです」

「そうでしたか」

「新しい父親とも仲良くて、真っ直ぐないい子だと思っていたんですが、いえ、今でも思ってます。でも」

「周りの方が？」

つい出てしまった愚痴《ぐち》めいた言葉に絶妙の相の手を入れられて、空音は視線を落とした。自分達に長年まとわり付いて来たわだかまりが新しい事件と融合して、ドッと脳裏に押し寄せる。

「何で大人って、一度や二度の失敗でその人の全てを否定したりするんでしょうね？」

「――……」

初対面の人間にこんな訳の分からないことを言われても、大抵《たいてい》の人間は途方に暮れるだけだろう。空音は我に返って「今のなし」と言おうと両手を合わせた。

しかし座木はそんな雰囲気ではなくフワと柔らかく微笑んで、カップの柄に指を絡めた。

「『過《あやま》ちて改めざる、是《これ》を過ちと謂《い》う』。私の敬愛する方が、好んで使う言葉です」

「『大切なのは過ったということではなく、その後どうするかである』？」

空音が大学時代の授業の断片を思い出して、暗記したままの言葉を意味も考えずに暗唱した。

「櫓さん。『三つめのパン』って話を御存じですか？」

「？　いいえ。何ですか？」

「ある日、お腹を空かせた少年が家に帰ると、三つのパンが置かれていました。まず、彼はアンパンを食べました。しかしまだ満足ではありません。次に、ジャムパンを食べます。ところがまだ物足りない。最後にカレーパンを食べて、ようやく彼のお腹は満たされました」

何の脈絡もない話に、空音は戸惑いながらも耳を傾ける。

座木はコーヒーを一口飲むと、カップを置いて真面目な顔をした。

「彼は友達と遊ぶ約束をしていて、大変急いでいました。それで、こう言ったんです。『何だ。これなら初めからカレーパンを食べておけば良かった』と」

「まあ」

空音はたまらず笑い出した。

「初めの二つがあってこそのカレーパンなのに、三つめのパンですか」

「ええ、『前にそれがあってこそ』です。失敗したとしても、それを認めて乗り越えれば、それはプラスとなるのです。いつか、周りの大人も気が付きますよ」

座木は空音に微笑み返した。

失敗があってこそ、それを改めてこその成長である、と彼は言うのだ。

空音は心の底から、まあぁ、と感嘆の声を上げた。

「ホントにそうですね。薬屋さん、トップセールスマンになれますよ。全然関係ない話だと思ってましたのに、あたし、完全にのせられちゃいました」

「伝えておきます。実はこれもその方の受け売りでして」

「素敵な方なんですね。そんな方と出会えたなんて、羨《うらや》ましいです」

座木は、その言葉を噛《か》み締めるようにして「ええ本当に」と呟《つぶや》いた。

空音にとって、久しぶりに充実した時間だった。彼女が調子に乗って事件と全く関係のない学校の話や家族の話をしている間でも、座木は本題に対するのと同じように適確な相槌を打ち、嫌な顔もせず話に付き合ってくれた。

聞き手が優れていると、誰でもお喋《しゃべ》りになるものである。しかし座木には、何を話しても「余計なことを喋ってしまった」という気がしなかった。その辺りがまた、聞き上手なところかも知れない。最後は実家の近所の犬の話までしていたようだ。

追加オーダーで頼んだ夕食も済んだ頃、いたくご立腹の上原から携帯電話に学校呼び出しのメールが入って、後ろ髪を引かれつつもその場はお開きとなった。

「あたしったら、学校代表で行ってたのをすっかり忘れてました。帰ったらお小言ですね」

「すみません。お引き止めしてしまいました」

「そんなつもりで言ったんじゃありませんよ。夕飯、御馳走《ごちそう》様でした」

「私がお誘いしたんですから。それから今日のことは警察には……」

彼の気負いしない雰囲気と気を遣わせないエスコートは、一緒に居て心地いい。そしてその分、穏やかな空気が少しでも崩れるのは、何とかして留《とど》めてやりたくなった。

空音は胸を張って、グーの手でポンと叩いた。

「もちろん、心得ているつもりです。せっかく解放されたのに、また下手なとこで疑われるのは嫌ですものね」

「有難うございます」

低頭して上がった座木の顔に戻った穏やかな表情は、空音の不安な心をまた暖かく落ち着かせた。

4

長かった陽は街に沈んだが空気はまだじっとりとして、時折吹く涼風などでは吹き飛ばせない蒸し暑さが地表に淀《よど》んでいる。近くの民家から聞こえる風鈴さえも鬱陶《うっとう》しい。

リベザルは座木の話を聞くや否や、それらを消してしまうほどの大きな声で怒鳴り、彼を、彼の口から伝えられた誰かの言葉を詰《なじ》った。

「『生まれてすぐ親に捨てられた』？　何ですか？　それ」

「子供の情報網、侮《あなど》り難《がた》しだね。それで？」

リビングの窓枠に座って片足をぶらつかせながら、秋が話を先に流す。

「子供達の話を繫《つな》ぎ合わせるのには限度があります。ある子供の話では、良太君が先に暴言を吐いたのだと……」

「そんなの嘘だ！」

思わず叫んで、リベザルは秋にテニスボールをぶつけられた。最後まで聞け、ということらしい。話は続く。

「別の子の話では、いきなり被害者——佐倉康君が良太君の服を破いたのだと言います。他には、『被害者が良太君にジュースをかけた』『良太君が被害者に殴《なぐ》り掛かった』『二人が試合の結果で言い争いを始めた』『被害者の……』」

「もういーよ。とにかく二人は何らかの理由でケンカして、その一言がよっしーにここまで足を運ばせた。合ってるな？」

会談を暗唱するだけの長広舌《ちょうこうぜつ》に、秋がうんざりしたように手を振って中身を要約すると、座木は「おそらくは」と慎重に応えた。

「で、肝心の……」

言いかけてた秋が、ほんの一瞬リベザルと目を合わせ、逸《そ》らした。

「何ですか？」

「いや……——うん。ザギのことだから、既にある程度は調べて来てるんだろーな、と思って。当ててみようか？　例えば、栩家の事情とか？」

ろ？　ザギの性格上」

「山勘だよ。『家の事情』なんて曖昧《あいまい》な言い方をされて、そのまま報告できないだ

「お見通しですね」

「はい。それで、実家のある茨城《いばらき》まで行ってみました」

「えっ？　茨城って、納豆《なっとう》とか霞《かすみ》ヶ浦《うら》とかある、あそこですよね？」

（あまりに遠い）

その印象はかなり独善的ではあるが、遠いというのは事実だ。リベザルは口をポッカリと開け放した。座木はその礼儀正しさからか、仕事は完璧《かんぺき》にやり遂げないと気が済まない、潔癖性《けっぺきしょう》の感があった。それにしても、茨城。やり過ぎである。

「茨城といっても埼玉《さいたま》と栃木《とちぎ》の県境で、そんなに遠くはなかったんだよ」

「それで？」

「はい。近所の噂話のレベルですが、当時大学生の母、椚良海《よしみ》さんは生まれたばかりの良太君を連れて突然帰省。次の日から単身、行方不明になっています。父親は不明。その五年後、病院からの連絡で両親が駆け付けると、すっかり衰弱してベッドに寝ていたそうです。精神的なショックもあったのではないかと、タミさんが」

「タミさん？」

「あっ……」

座木はパッと口を押さえたが、一度出た言葉は決して戻らない。座木は少し赤面し、誤魔化すように冷静になり切れていない口調で、歯切れ悪く説明した。

「近所の、今年八十五になる自称『オードリーにも負けないイケてるオールドレディー』で、当時、車の運転の出来ない榊家の御両親を病院まで送ってあげたそうです。その、レンタル薬箱の営業を装《よそお》っていたので、庭先でお茶を飲んでいた御婦人方に……ですね」

「井戸端会議に混ざる兄貴」

「それは是非とも見たかったな」

二人が個々に想像して笑いだし、座木は気を取り直すように咳払《せきばら》いをした。

「続けます」

「はいな」

「その後、退院してすぐ、タミさんの勧めでお見合い、結婚。良太君は八歳でいっぺんに父親と母親が出来たことになります」

「反発は？」

「なかったようです。もともと、両親は仕事で海外に行っていると教え込んでいたのと、親類が大切に育てていたのが幸いしたのだと、これは空音さんの意見です」

「へー、いいなあ」

「妹が生まれたのは、再婚してすぐか」

「はい。良太君が二年生にあがった年です。それから二年後に父親が事故で亡くなり、良海さんの希望で親子三人引っ越して、今に到る、と。それと書類上は再婚ではなく、この見合い結婚が良海さんにとって一度目の結婚になります。一応お伝えしておきますと、父親——お相手は乃木坂朗《のぎさかろう》さんと言って」

「婿《むこ》に入ったってコトだな？」

「そうです」

むー、とうなり声をあげて、秋が窓枠に沿って背中を丸めた。

「母親の空白の五年間が気になるとこだなー。衰弱ー、神経ー、……あ！」

秋が勢い良く起き上がった。

「さっすが師匠《ししょう》！　何か思い付いたんですかッ？」

「そうそう！　トランプゲームの神経衰弱って名前、いったいどういうつもりで付けたんだろうな」

「——……」

秋を除いた二人の溜《た》め息がシンクロした。考えてるのか、いないのか。リベザルには、時々彼が異星人に思えた。さっぱり理解不可能、である。

「やっぱ、神経使って衰弱するからだろうな。嫌なゲームだ。かの椚母は何に神経使ってたのか、さすがにそこまでは分かんないか」

「すみません。ただ、川辺に立っては泣いているところをよく見かけたそうです」

「ふーん。ま、いっか。それよか、リベザル。確か、僕に訊きたいことがあるって言ってたよな？　あれはもういいの？」

秋は両手を上げて背伸びして、話を逸らしたがっているみたいに急に話の向きを変えた。先の態度からして少し、いや、かなり不自然である。

(不自然っていうなら、この世間話もだ)

どうして座木が、良太と佐倉康の噂を子供から探り出しているのか。まさかとは思うが、

「事件に、良太が関わってたりするんですか？」

「それはない。で、何？　訊きたいことって」

秋が真正直な表情で言った。

それでひとまずは安心して、秋の不自然な行動の解明は諦《あきら》める。

「こないだ良太が、勝負してる時にズルしてわざと負けたんです。勝つならともかく、何でそんなことするのかなって分からなくて。何でですか？」

「その時、お前はどうした？」

「怒りました。そしたら今度は謝って……。謝るくらいなら初めからしなければいいのに」

秋は一服する間、思案顔で話を切って、煙草を窓枠で消してから目だけをこちらに向けた。

「嫌われたくなかったんじゃないの？」

「まさか！　だって、一度好きになったものを、それぐらいで嫌いになる訳ないじゃないですか」

適当に出された馬鹿げた答えにリベザルが目を丸くして反論すると、秋は無表情からいきなり笑い咽《む》せて、吸い込んだ煙を咳と一緒に吐き出した。

「ならそれを、僕じゃなくてよっしーに言ってやればいい。声は思ったことを表現する為の、最も有効な道具だよ。自分に自信がない人間には、目なんかじゃ全然足りないのさ」

面と向かって。

その場面を想像して、リベザルは頭を抱え込んだ。まるで告白だ。

「……何か、照れますね」

「フフ、座木で練習すれば？」

「秋の方が向いてます。身長も良太君に近いですから」

「やだよ、格好悪い」

「『自分がされたら嫌なことは、人にはするな』って聞いたことありませんか？」

「するのは僕じゃなくてリベザルだもん」

「――……」

「――……」

睨《にら》めっこでなくとも、笑った方が負けである。二人はまったく自分勝手な『秋理論』にすっかり落とされて、苦笑いの顔を見合わせた。

しかしその時リベザルはまだ、それらの言葉の持つ本当の意味を、引き起こす負の感情を、完全には理解できていなかったのである。

＊

今日もまた、代わり映えのしない一日が始まる。

朝起きる。

顔を洗う。

制服に着替える。

混み合った車両に、規格以上の人数を荷物のように押し込む。

次の電車が来るまで、黄色い線からはみ出さないよう乗客の足元を見ている。

電車が来る。

押し込む。

見る。

そして人がいなくなれば、今度は私服に着替えて学校だ。

今日提出のレポートも終わっていない。早めに行って誰かに写させてもらわなくてはならないのだが、連日の暑さが祟《たた》って体が思うように動かなかった。

九時を回ってやっと空《す》いたホームのベンチに腰を下ろし、背中を丸め膝の間に頭を垂れた。ここは日陰だが季節も伊達《だて》に夏を名乗ってはいない。重く温い空気の所為《せい》で気温は高く、線路に反射した光が顔にあたって眩《まぶ》しい。

体に移った様々な香料は不愉快だったが、元である乗客に接している時よりはだいぶ薄れている。夏は汗を誤魔化す為、香水を使う人間が増えるのだ。それが余計に不快な異臭を呼ぶことは考えない。

眠気で閉じかかる目で視点を定めずに放心していると、背中合わせのベンチの下から子供の足が見えた。白い靴下と靴、それに足も茶色く汚れている。バイト中でもなかなかこんな足にはお目にかからない、とんでもない汚さだ。

手元——手は見えないがそのあたり——には七夕《たなばた》の笹《ささ》が一枚、今日の為に五日前から、階段の昇降口にある旅行のポスターと一緒に飾られていた物である。

(盗《と》ったな、このガキ)

普段なら面倒だし見逃すところだが、今日は何となく注意してやろうという気になった。それに、そのTPOとの不釣り合いさ——今日は月曜日で、学校は休みではない——とこびり付いた汚れも気に掛かる。

ゆっくり頭を上げてみた。肩ごしに様子を窺うが…………いない？　背中合わせに椅子が十あるベンチは、自分以外誰も座っていない。笹が一席を埋めているだけである。

少し瞬《またた》いてから、再度、天橋立《あまのはしだて》のように股《また》の間から後ろを覗《のぞ》いた。足は、ある。

「どーなって…………！　ギャアア!!」

代わり映えのしない日常結構、彼は振り返るべきではなかった。

幻覚ではなかった。

笹の下に足はあった。

但《ただ》し、その上にあるべき体が失われていたのだ。

まるで何処《どこ》かに置き忘れて来たかのように。

第四章　失意の行方《ゆくえ》

1

「昔マンガで、そんな道具がありましたよね。体を切り放して動かすってやつ」

「マンガはあまり読んだことがないんだ。で、そいつは元に戻るのかい？」

「戻りますよ、ばっちり。上半身だけ遊んだり、下半身だけ買い物したりして、用が済んだらくっつけるんです」

「いっそ、今回の事件もそうだったらいいのにな」

「うえー、足だけ電車に乗ろうとしてたんですかー？　先輩、それ変ですよー」

「君が言い出したことだぞ、葉山《はやま》君」

「そうでした」

葉山は笑って舌を出したが、事件は笑い事ではなかった。

上流坂《かみるさか》駅から十分ほど都心に上った辻堂《つじどう》駅で、七月七日、佐倉康《さくらこう》の足が発見された。発見者はホーム整理のバイト学生。靴を履《は》いてベンチに座った状態でホームに捨てられていたらしいが、不審人物は見ていないらしい。

『朝のラッシュの収まった直後のことで、痴漢《ちかん》以外は誰もが他人に気を配らない――そんな余裕もない時間帯ですから、気付かなかったのでしょう』

という駅員の証言もあるから、犯人は人込みに紛れて死体の一部を放置したのだろう。

遺体はこの暑さでかなり腐乱していた。様々な香水や化粧品の混在する朝のホームでなければ、その臭《にお》いであるいは不審人物の特定も出来たかも知れない。用意周到なことに、足には桃の香水がたっぷり振りかけられていたのだが。

結局足の発見は、何の手掛かりにもならなかった。

薬屋の件は、花屋とも上流坂駅前のバスケグループからも不在証明が取れた。そう報告書を出すと、割合あっさり捜査の目から外されてしまった。それというのも捜査本部の調べによって、容疑者が浮かび上がって来たからである。

「藤枝竜也《ふじえだたつや》。三十四歳会社員。どうやって選んだんですか?」

葉山が本部から頼まれたコピーの原稿を排紙孔から一枚拾い上げて、同じくコピーし終わった原稿を数えていた高遠《たかとお》に訊《き》いた。

高遠は答えようと顔を上げて数えていた枚数を忘れてしまったらしく、もう一度紙を揃《そろ》え、数え直し始めた。その合間に答えを返す。

「多分、犯行に使われたと思われる凶器を、上流坂のミリタリーショップで買った。リストラされたことを家族には言えず、犯行時刻は一人で駅周辺をぶらついていた。傷口や犯行状況から予測される犯人像に合っている、等々。だそうだ」

「いい加減ですねー」

「プロファイリングの成果らしいな。この体格じゃあ、深山木《ふかやまぎ》君があっさり候補から外れても仕方ない」

「百八十九センチ、百二十キロ。うひえー、巨漢ですね。まだ逮捕しないんですか？」

「現物証拠が挙がってない以上、迂闊《うかつ》にそうもいかないんだろう」

「まだまだ難航するっぽいですか？　ですよね」

「だからそれは……」

「高遠君、高遠君っ、コピーまだ？」

彼の言葉が終わる前に、係長がハンカチで首の後ろの汗を拭《ふ》きながら走りよって来た。

「今終わります」

「早く頼むよ。もう、捜査会議が始まっちゃうからね」

「オレ達も出るんですか？」

「ああ、まあ、一応ね。とにかく急いで急いで」

係長は犬を追い払うように両手の甲を振って追い立てたが、人間はとにかく、機械はいくら彼が急《せ》かしても作業スピードを上げるはずもない。彼はやきもきして二人の周りを行ったり来たりしていたが、耐えきれなかったらしくその往復二十三回目にして終《しま》いには二人を置いて廊下に出て行ってしまった。

「ヒエー、張り切ってますねー、係長」

葉山は原稿を差し換えて、緑のボタンを押した。古い本体が震えて、蓋《ふた》の隙間《すきま》からスキャナーの光が流れる。

高遠は煙草《たばこ》を銜《くわ》えたまま、器用に煙を吐き出した。

「というよりは、中間管理職の哀愁を感じるよ」

ウィーン、キュウゥゥウゥ……。

コピー機の音が収束して最後の一枚が吐き出された。

高遠は数えるのを諦《あきら》めカウンターで枚数確認すると、一種類ずつ縦横交互に重ねて一番上を軽く叩《たた》いた。

「行こうか、葉山君。このプリント持ってくれるかい？」

「ラジャりました」

まとまると意外に重い紙の束を抱え、葉山は高遠の後を小走りに追った。

捜査会議では各担当から簡潔に捜査状況が報告され、確証と令状が取れ次第、容疑者の家に踏み込むことになった。が、葉山や高遠には関係のない話だった。

捜査もそうだが犯人確保となると、ことに出番はなくなる。出世街道から平行に十キロほど離れた道を歩いている二人には、そういった華々しい役割は回って来ない。手柄は上の重役候補生に優先的に取らせるのだ。

そういう訳で、もうこの事件に関しては用なしとなった葉山は、部屋に帰ってコーヒーでも飲みながら待機することにした。

一緒に引き上げて来た高遠も手持ちぶさたに、手の中で灰皿を玩《もてあそ》んでいる。サボっている訳ではない。これがいつも通りの光景である。普段は本当に平和な管轄《かんかつ》なのだ、上流坂は。

（あー、お昼まだだっけ。今のうちに食べとこー）

引き出しから買い置きのおにぎりを出してビニールの帯を引いた。あまり一気に引っ張ったのでビニールが途中で切れてしまった。仕方なく、指先でガリガリやって海苔《のり》を不用意に砕いていると、電話のベルが鳴って高遠に名前を呼ばれた。

「葉山君、電話二番。緑署《みどり》から」

「はーい。もしもし、お電話代わりました」

受話器を取って二のボタンを押すと、聞こえて来たのは無骨な男の声だった。

『緑署、刑事課三係の刈谷《かりや》です。そちらから頂いていた資料と同じ手口で荒らされた車がうちの管轄で見つかりまして』

「あ、ホントですか？　すぐ、っていっても一時間くらいかかりますけど、行きます」

『お願いします』

「はい、失礼しまーす」

葉山は向こうの受話器がおかれるのを確認してから電話を切り、本の上に無造作に置かれた捜査ファイルを手に取った。我知らず、ため息がこぼれる。

ここしばらく葉山が衒崎《てらさき》と担当していた車上狙《ねら》いの犯人は、狡猾《こうかつ》で抜け目がなく、その上ちょっとした怪盗を気取っているところがあった。盗《と》った後に必ずピカピカの一円玉をばらまいて行くのだ。花やカードならともかく、一円玉とはしまらない話である。

仕事でストレスの蓄積された社会人の犯行という見解が当初の衒崎と葉山の捜査方針だったが、ウィークデーは節操なく犯行を繰り返すくせに、土日だけはきっちり何も盗まれないところから、その案は却下された。暇なフリーターか、学校をサボった子供の集団犯行か。外回り業の会社員や主婦を考えれば結局意味のない符合ではあるが。

「オレ、ちょっと出掛けてきますね」

葉山はやっと開いたおにぎりを一口食べて、もう片方の手に被害届のファイルを持った。

「何だ？」

「緑署で『一円玉』らしいのが出たそうです。盗品と状況確認行って来ます」

同じく担当の衒崎に訊かれて言う。すると衒崎は使っていたボールペンの後ろで頭を掻《か》いて、それを高遠に向けた。

「高遠、お前も行って来い。どうせ暇なんだろうが」

「分かりました」

「いやに素直じゃねーか」

「行こう、葉山君」

高遠は灰皿の中身を部屋の隅の吸い殻用のバケツに捨て、机上に丸めて放置されていたジャケットを羽織り、ポケットに両手を突っ込んだ。

「先輩、オレ一人でも別に大丈夫ですよ？」

もしかして不機嫌になったのではないかと防衛策を申し入れてみたが、高遠にまったくそんな様子はなく、変わらず眠そうに笑い返した。

「衒崎さんと二人きりでいてもすることないし、それにまた緑市だ。これも縁だよ」

「あー、ほーいえはほーれふれー」

「食べるか喋《しゃべ》るか、どっちかにした方がいいな」

「ふいまへん」

葉山は安心して食べたおにぎりを、階段を降りてすぐ側にある冷水タンクの水で押し流した。

＊

緑署で見せられた車は間違いなく今までの被害届と同様の飾り付けで、指紋採取等はすでに執《と》り行なわれた後だった。車の内外に白い粉が吹いたように付着している。しかし犯人の痕跡《こんせき》は見つからなかったらしい。

この事件の担当は上流坂署であったので、葉山は被害届のコピーを貰《もら》い、来る時よりは若干《じゃっかん》傾いて弱まった日射しの中に出た。

「葉山君、少し遠回りしてもいいかい？」

「いいですよ」

「煙草《たばこ》が切れてしまってね」

高遠は白い空き箱を雑巾《ぞうきん》のように絞って、署の前にあった地図を頼りにのんびり歩き出した。

「この辺にはコンビニがないんだな。小さなショッピングセンターが……ああ、あれだ」

「うえー、コンビニないんですか？　緑署の人達、お昼どうしてるのかなあ。！」

下腹がシクッとなった。それは急速に範囲を広げ強さを増し、葉山は前触れもなく道端に座り込んでしまった。

「どうした？」

「先輩、お腹が痛いですー」

「腹？」

「むー。やっぱり昼のいくらおにぎりが……ててっ」

痛みに歩き続けられなくなって、触られた団子虫のように丸まった。よくよく考えるとあのおにぎりを買ったのは三日前になる。葉山は高遠を灰皿のある自販機の所に置いて、近くの公園の公衆トイレへと飛び込んだ。

「あんなヤツいなくなっちゃえばいいんだ！」

遊具場と広場を分ける目的で並んで植えられたモミの木ごしに、その声は聞こえた。

葉山がそっとコンクリートのトイレの窓から覗《のぞ》き見ると、子供の声が二人、言い争いをしている。

遠くて姿ははっきりしないが、ところどころ『母さん』とか『家族』とか断片的な単語が聞こえた。子供同士の喧嘩《けんか》の種が家族とは、珍しいものだ。葉山はついそちらに耳を傾けかけたが、すぐにぶり返した痛みに体勢を戻した。

「っ痛ー、痛いよー、兄ちゃーん」

葉山が汗と涙目で泣き言を呟《つぶや》いた時、

「もういいよ。——の馬鹿！　本当に……てから泣いたって知ら……な！」

大音量の涙声が公園に響いた。

声の強弱の所為《せい》で聞き取りづらかったが、今の名前は……。しかし確認しようにもここからではよく見えないし、今は立ち上がれる状態ではない。

苦しい時間はずいぶん長く感じたが、時計は五分ほどしか進んでいない。どうにか落ち着いて、葉山が汚い水道で手を洗い、外に歩きかけてもう一度広場を見た時には、もう子供の姿はなくなっていた。

公園から出てショッピングセンターのアーケードを抜けると、自販機の側で高遠が早速煙草に火を点《つ》けていた。長さはもう半分くらいになっている。

「すみません、先輩。お待たせしました」

「大丈夫か？　まだ顔が青いぞ」

「はい、何とか。ところで先輩。さっきの、聞こえましたか？」

「何を？」

「子供達の喧嘩です」

「盗み聞きなんて、悪いじゃないか」

見ず知らずの、しかも自分に気付いていない子供にまで礼儀正しい。高遠は最後の一服をして灰皿に煙草を擦《こす》って苦笑いした。

「でも、それが……」

そしてその苦笑は、葉山の次の言葉を聞いて凍り付いたのだった。

2

七月九日。

今日もリベザルは良太《りょうた》と遊ぶ為、昼一番にボールを肩にかけて家を出た。ボールは秋《あき》から、ボールを入れる赤と黒のリュックは座木《くらき》からのプレゼントである。

公園に着くと良太は既に来ており、芝生の上でストレッチ運動をしていた。

「リベザル君」

「おーっす。ねえねえ、今日は何する？」

「うん、それなんだけど……」

良太の表情が曇った。

「帰っちゃうの？」

リベザルが不安になって訊《たず》ねると、良太は「違う違う」と首を振って鞄《かばん》を指差した。

「今日は一緒にフェイントの練習しようと思って、昨日サッカーの本用意してたんだけど、鞄間違えて持って来ちゃったみたいなんだ」

「なんだ。じゃあ、取りに行こーよ。家近かったよね？」

「……うん、そうだね」

良太は公園の時計台を見て、上の空で返事をした。

彼の家は、公園から五百メートルほど離れた住宅街の真ん中にあった。白い壁に緑の屋根、二階建ての小さな家である。庭には猫の額《ひたい》ほどの花壇があり、木や花が無秩序に混在していた。

「良太？」

女の人の声が、花の間から彼を呼んだ。背が低く、色白でぽっちゃりとした顔はどことなく暗いが、良太の面影《おもかげ》をとてもよく映している。母親らしい。手にはシャベルを持っていて、花壇の手入れをしているようだった。

脇から年端も行かない女の子が顔を出す。

「兄様、おかえりなさーい」

「ただいま」

「おかえりなさい。お友達？」

「うん」

「こんにちはっ」

リベザルが慌てて頭を下げると、その女の人は淋《さび》し気な顔でそのまま笑って、シャベルを置いた。

「いらっしゃい、よろしくね」

「リベザル君、ぼく、すぐ取って来るから。ちょっと待ってて」

「え、あ、うん」

リベザルが見たこともない良太の固い顔と声に驚いているうちに、彼は走って家の中に入って行ってしまった。

二人は軽く会釈をして見せ、作業に戻る。

リベザルはなんとなく手持ち無沙汰《ぶさた》になって、控えめに目線を巡らせた。

縁側には風鈴と朝顔の鉢植え。銀色のポストには『椚良海《くぬぎよしみ》、良太、良乃《よしの》』と三人の名前がマジックで書かれ、ベランダには大小三組の布団が折り重なるように干してある。その下には大人用の自転車と子供用の自転車、赤い三輪車が一台ずつ。使われなくなったチャイルドシートがフェンスに掛けられ、植木鉢の台になっていた。

花壇に目を向けると、二人は新聞紙の上にいくつかの球根を並べ、土を掘りおこしていた。

妹――良乃が母――良海の袖《そで》を引く。良海が傾《かし》げた首に、良乃が小さな手で耳を覆《おお》って内緒話をするのだが、声の加減が出来ずに外まで聞こえてしまっていた。石の陰にトカゲを見つけたらしい。

それに良海も耳打ちで返事をして、二人が幸せそうにクスクスと笑った。それから手や顔に付いた泥に気付いて、タオルで拭《ふ》き合いまた微笑《ほほえ》む。

見ていたリベザルの方にまで温かさが伝わって、顔が自然に緩んでしまった。これが、家族というものなのだ。

「ごめんね、リベザル君」

「良太。ううん、待ってないよ、全然」

後ろから不意に声を掛けられて、リベザルは悪いことでもしていたかのようにビクつき、花壇に背を向けた。

良太の目がリベザルの見ていたものを追って、頬《ほお》と目《め》尻《じり》に微《かす》かに皺《しわ》が寄る。

「もう行くの？　いってらっしゃい」

「——行こ、リベザル君」

「うん、お邪魔しました」

「またゆっくり遊びに来てね」

「ばーいばーい」

良乃が振った両手も顔もろくに見られないまま、リベザルは大股《おおまた》で歩く良太を追って椚家を後にした。

「ねえ、待ってよ。良太っ」

「え？」

良太は広場の中央まで来て、目の覚めたような顔をして立ち止まった。

「変だよ。急に、どうしちゃったの？」

「ごめんね」

「……謝んなくてもいいけどさ」

「うん……」

それきり良太は黙ってしまって、クローバーの草原に座り、持って来た本をパラパラと開く。が、そのページは速く、明らかに読んでいないのが分かった。何か探しているのとも違う。最後のページまで行ってまた最初に戻る、その繰り返しだ。

リベザルは少し困って、目では四つ葉を探しながら良太に話しかけた。

「優しそうなお母さんだね」

「！　そんなことないよっ、全然」

彼には不似合いなキッパリとした口調で言われて、リベザルは驚いて良太を見返した。予想だにしない反応だった。

良太は両手を握り締め、黙ったまま動こうとしない。

「良太？」

「母さんは、ぼくのこと嫌いなんだよ。……あんなヤツ」

「あんなヤツって、お母さんのこと？」

否定しない。良太は短い沈黙の後、呟くように言った。

「見たでしょ。優しいのは、良乃にだけなんだ。母さんのぼくを見る目、泣きそうな目。学校に行かなくても何も言わない」

「学校……」

失念していた。そういえばこの一週間、良太は学校のある日もここに居た。もちろん、今日もだ。彼がリベザルのことをどう思っていたのか知れないが、わざと話題に出さなかったのはそれなりに罪悪感のようなものが働いていたからだろう。しかし、だから何なのだという思いがリベザルにはあった。全ての理由が分からない。

良太はページを進める手を止めて、自嘲《じちょう》的な笑いをリベザルに向けた。

「何でか知ってる？　母さんはね、ぼくを外に出したくないんだよ。嘘《うそ》つきで、妖怪《ようかい》なんて言って、頭がおかしくて……どうせ、人様に顔向け出来ないとか思ってるに決まってるんだっ」

「!!」

(責任って、そういう意味だったんだ)

理解出来た考えを直視し難《がた》くて、リベザルは目を伏せた。

佐倉康のことであんな証言をした彼に、周りの大人はどんな反応を示したのだろう。決して好意的ではないことは、リベザルにも予想がつく。しかもそれは嘘の証言と処理されたと聞いた。秋達は——リベザルに因《よ》るところが大きいのだが——少年が決死の思いで持ち込んだ依頼を聞くだけ聞いておきながら、はっきりと断わってやることが出来なかった。それ故、彼はあの事件が妖怪の仕業《しわざ》であると思い込んでしまったのである。しかも立場上その主張を認めるわけにはいかず、それは結果的に彼を嘘つき呼ばわりする大人達に加担したことになるのだ。

良太がそんな風に奇異な目で見られない為の手段を、講じられたハズなのに、しなかった。だからこそその内面をフォローしてやらなくてはならなかったのだ。

リベザルは、悲しいのと申し訳ない気持ちとで押し潰《つぶ》されそうになった。だが謝ることは出来ない。それは良太を侮辱《ぶじょく》するにも等しい行為に思えたからだ。

「心配してくれてるんだよ」

「違う」

「だって、親子なのに」

「違う、違う！　母さんはぼくなんか……」

良太は息を吸い直した。声が湿っている。

リベザルは何か言ってやりたかったが、自分はその言葉を持たないことに気付いた。何も出来ない。

「最近、母さんはぼくの顔見て泣くんだ。顔背《そむ》けて、良乃のこと抱くんだ。——あんなヤツ」

良太の声が裏返る。

リベザルは、嫌な予感がして全神経を良太のいる方向に向けた。

「あんなヤツ、いなくなっちゃえばいいんだ！」

パンッ。

リベザルの平手が良太の頰《ほお》で鳴る。

「家族なのに、何でそんなこと言うんだよ！」

「要らないから要らないって言ってるだけだよっ」

「家族がいて、家があって、名前一文字貰って、そんなの」

そんなの。リベザルは後が続けられなかった。自分が何を言いたいのか、何を考えているのか、分からなくなって、足下がふらついた。ただ、良太が間違っているのは分かっていた。

リベザルは、一生懸命足元を踏みしめた。

「お母さんじゃないか。その服繕《つくろ》ってくれたのだってお母さんじゃないの？　育ててくれてんのも、心配してくれてるのも」

「うるさいっ！」

良太が赤いシャツを握り締め、リベザルに向けて本を投げ付けた。本はリベザルの肩口をかすめて、草むらに消える。

「あんなの、周りを怖がってるだけだ！　ぼくが邪魔なんだ。それを……心配してる？　ぼくを縛《しば》り付けて、人から隠したいだけなんだ！」

「違う！　守りたいんだよ」

「君なんかに分かるもんか！」

良太のことが？　彼の母親のことが？　所詮《しょせん》家族ではないから。所詮他人だから。

リベザルの胸が杭《くい》を打たれたように痛んだが、それでも負けじと責め立てた。直感した。ここで引いてはいけない。良太の為にも、自分自身の為にも。

「分かんないけど、心配なんだ。分かってないけど、もし俺の言うことがあってて、そしたら良太、どうするのさ？　お母さんを一生誤解したままになっちゃうよ！」

「お節介！　もういらない、みんないらないんだ！　どっか行っちゃえ！」

たとえそれが勢いで出た言葉だとしても、リベザルをたたき落とす力は充分にあった。

リベザルは肌という肌をあますところなく真っ赤にして、最大音量で怒鳴った。

「もういいよ。良太の馬鹿！　本当にいなくなってから泣いたって知らないからな！」

ただその場に居たくなくて、居られなくて、リベザルは方向も滅茶苦茶に走り回った。

青かった空は黒く変わり、頭上に信号の赤が見えて立ち止まる。どれだけ走ったのか、すっかり息があがっていた。横隔膜《おうかくまく》が痙攣《けいれん》して上手く息が吸えない。膝《ひざ》に手をあて項垂《うなだ》れると、瞳《ひとみ》を覆《おお》う熱い水滴で視界が濁った。

リベザルは泣いていた。いつから泣いていたのかは分からない。ただ、流したその涙は、彼の小さな頬全体を覆うほどだった。

「ちくしょう。ちくしょう！」

リベザルはボールを抱き締めて泣いた。力のない自分が腹立たしかった。幸せに気付かない良太が妬《ねた》ましかった。

なにより、良太に突き放されたことが悲しかった。

そのまま泣いて、泣いて、全てを忘れそうになるまで泣き続けた。

3

「ただいま、帰りました」

リベザルが家に着くと、リビングに続く半透明のガラスが嵌《は》め込まれたドアから、明かりと話し声がもれていた。そっと近付いて中を覗くと、二人が楽しそうに話しているのが見える。

それは、リベザルには向けられたことのない種類の笑顔。絶対的信頼で結ばれた、気のおけない空間。ささくれだった気分の所為《せい》かもしれないが、リベザルにはそう認められた。

昨日言いかけた話の続きでもしてるのかもしれない。邪魔な自分がいない間に。

リベザルは泣きそうになるのをぐっと堪《こら》えた。

「いい加減、入って来れば？　ザギが餓死《がし》寸前で泣いてるぞ」

「秋、誰がですか」

「ザギが」

カチャ……。

「御飯、待っててくれたんですか？」

「ま、いちおーね。鍋物《なべもの》だし」

「夏に鍋ですか？」

「秋がやりたいって言ってね。……リベザル。泥だらけだね。どうかした？」

「あ、ボールがどっか行っちゃって、探してるうちに」

「そう」

探していたのは良太が投げて草むらに隠れてしまった本の方なのだが、遅くなった理由にはこちらの方がいいと思った。

二人は顔を見合わせたようだったが、それ以上は何も訊《き》かずにバラバラに立ち上がって、

「手、洗っておいで。御飯にしよう」

「いっそ、風呂《ふろ》入った方がいーんじゃない？　泥田坊じゃないんだからさ」

「……そうします」

暖かい。

僻《ひが》みっぽい自分の感情がいっそう情けなく感じられた。

「風呂は無理だな」

秋の声が遥《はる》か頭上から聞こえた。服が足元に沈んでいる。また戻ってしまったのだ。

リベザルはしゃがんだ秋に首の付け根を摑まれ、猫のように持ち上げられた。

「浴槽《よくそう》で溺死《できし》なんて格好悪すぎる。流しで我慢しろよ？」

「ごめんなさい」

「Forget it.」

秋は洗面台に栓をした。シャワーから微温湯《ぬるまゆ》を出し、「どこまでをシャンプーで洗うべきか」などと言いながら、鼻歌混じりにリベザルを洗う。

鏡に映ったその姿は、濡《ぬ》れた毛が体に貼り付いていて、何だかとても貧相に見えた。

＊

ダイニングには既に夕食の用意が整っていて、カセットコンロの上の鍋から美味《おい》しそうな匂《にお》いが漂っていた。

リベザルがテーブルの上の大きすぎる食器を前に正座すると、座木が菜箸《さいばし》で具をよそってくれる。

秋は箸を手に合掌して鍋を突つき、「で？」と軽いムードで訊いてきた。

リベザルは爪楊枝《つまようじ》で白菜を口に運び、今日のことを思い返した。

暖かい家族に見えた。それは母娘二人だけのことだと良太は言う。しかし良太を見る母親の目は、疎《うと》ましいという雰囲気ではなかった。だからといって愛情溢《あふ》れる、というのでもないが。

淋し気で、心配しているような、そんな感じだ。リベザルでさえ分かったその色を、向けられている良太が、もっと身近にいるはずの彼が何故分からないのだろう。

だが、脳裏に焼き付く彼の顔を思い出すたびに悲しみがリベザルを包み、宇宙に独りで投げ出されたように途方に暮れてしまうのだった。

「俺、良太が大切にされてるのが羨《うらや》ましくて。なのにあんなこと言うの、我慢出来なかったんです」

「よっしーには伝わってなかったのさ。言ったろ？　目に口ほどの威力が発揮されない相手もいるんだよ」

「でも、毎日近くで見てるんですよ？」

「近くで、ね」

そう言ったかと思うと、秋は何の前触れもなくリベザルの首根っこを摑んで、自分の顔の三センチ前にぶら下げた。画面いっぱいに茶色の目と健康的な肌がクローズアップされる。

「僕の顔が見えるか？」

「み、見えません」

「こういうことだ。少し離れてみた方がいいことだってある。それに今、よっしーの目には疑心暗鬼フィルター、もしくは人間不信レンズがかかってるしな。分かれったって無理があるさ」

「？」

リベザルが解放された安堵《あんど》で火照《ほて》った顔を冷ましていると、今度は座木が鍋の具を足して言う。

「良太君はちゃんと分かってますよ。ただそれが、信じられなくなってるだけです」

「『だけ』って、それが一番大きな問題だよ。あ、この鱈《たら》、もう引き上げ時だな」

「そうですね」

どちらに同意した言葉か、ともかく良太が母親の気持ちに気付いていたということには間違いないらしい。リベザルは榎茸《えのきたけ》を蕎麦《そば》のように啜《すす》って、顔を顰《しか》めた。

「分かってるって、良太がですか？」

「リベザルと喧嘩した時、良太君がどんな顔してたか覚えてる？」

「ずっと怒ってて、でも俺が怒鳴った後、一瞬、あいつ泣きそうな顔してました」

「何でか考えてみた？」

「……気にはなりましたけど」

リベザルは回答に困って座木を見返した。

秋が後を引き継ぐ。

「よっしーは、母親のこと嫌ってないと思う。『君なんかに分かるもんか』なんて、独占欲の現れだ。お前に母親のこと語られたくなかったんだ」

「じゃあ、何であんなヤツだなんてっ」

矛盾している。リベザルは、ミルクの入ったコップに両手をかけ、その表面を見つめた。口にした疑問と一緒に、良太の自分に対する拒否が頭じゅうに反響する。

「お前も聞いていただろう。よっしーが佐倉康に言われたこと」

「佐倉？　あの被害者が……あ！」

リベザルは、昨日聞いた二人の確執の話を思い起こした。佐倉康が良太に浴びせかけた言葉。

『生まれてすぐ、両親に捨てられたクセに』

「大事にされていると思っていた、自分も母親が好きだった。そんな母が自分を捨てたと言われて、どう思ったか。彼の持った不信感にも同情の余地はあるんじゃないか？」

秋は切って捨てるように追い討ちをかける。

「あ、忘れ……てた。どうしよう」

リベザルは自分と良太との会話を反芻《はんすう》した。

彼は一度自分は捨てられたのかと、母親に確認も出来ず悩んだだろう。母が自分を見て泣くのをどんな気持ちで見たことか。小さな妹を抱くその背中を見て、きっと傷付いたに違いない。

「どうしよう。俺、良く考えもせずに、酷《ひど》いこと言っちゃったかも知れない。絶対言った。良太、ごめん、どうしよう」

半泣きで混乱するリベザルに、座木がティッシュを一枚渡して訊いた。

「リベザルは今でもまだ、良太君と友達になることを『義務』や『仕事』だと思ってる？」

「思ってないです。……ごめんなさい、俺、初めから仕事だってことも忘れてて」

リベザルは怒られるのも覚悟で神妙に謝った。

しかし座木は逆に安心したように微笑《ほほえ》む。

「じゃあ大丈夫」

「え？」

リベザルが鼻をぐずぐずいわせて、視線を座木の見ている先——秋に返す。

「自分が嫌いな相手に怒鳴られたって、その場では悲しくも何ともないのが普通じゃないか？　まして泣きそうな顔なんてするわけがない」

秋は笑いはしないが穏やかな表情をしていた。

「良太……明日も来てくれますか？」

「多分ね」

「謝ったら許して貰えると思いますか？」

「さーね」

秋は口の片端をあげて、意地悪く笑った。

それでも嬉しくなって元気を取り戻したリベザルの顔を見て、代わりに座木が反撃する。

「秋、いつもと言ってることが違いますね」

「それはアレ、臨機応変ってヤツ？」

「激しく意味が違います」

「これは失敬」

リベザルは一緒に笑って、冷めた御飯を胃に流し込んだ。

明日、謝ろう。彼に本を返して、またサッカーを教えてもらうのだ。

暗雲に一筋の光を見つけたように、リベザルの心は晴れの兆《きざ》しを見せた。

しかし。

一難去ってまた一難。嫌なことはえてしてして続けざまに起きるものである。

＊

見つけた、次の邪魔者達。

どうしてまだ彼が笑ってくれないのか、理由は簡単だったのだ。彼女の存在が、彼の心に重圧を与え、幸せを妨げていたからなのだ。

証拠を残してはいけない。彼に迷惑をかけることは許されない。頼まれた訳ではないが、愛《いと》しい彼の為である。これは自分に課せられた義務なのだ。そう思えばこそ、計画を練るのは楽しい。

準備をするのは楽しい。

邪魔者を殺すのは楽しい。

怨《うら》みに足をすくわれないように、それだけが唯一最大の難関である。忘れ物はないか、落ち度はないか、脳裏で行われたシミュレートを回想するだけで笑いが込み上げた。

夜更けが良い。夜明けが好い。月と星と日の出を見て、また感動に浸るのだ。

全てをなし得た、あの達成感に……。

第五章　砂漠に降る雨

1

「ひゃー」

あまりの惨状に静まり返る中で、最初に口火を切ったのは葉山《はやま》だった。

昨日までの彼の経験の中に、未だにドラマのような事件現場に遭遇《そうぐう》した覚えはない。たまたま現場の近くを歩いていた為、普段拝ませてもらえないような光景を見る機会を得たことを、幸と呼ぶか、不幸と呼ぶか。どちらにしろあまり気分の良いものではなかった。

それだけで視覚を狂わされそうな部屋一面の赤。頸動脈《けいどうみゃく》を一息に切られているようだった。本人にも床にも、壁や天井まで血飛沫《ちしぶき》が飛んでいる。庭に面したその部屋は日の光を浴びて更にその色を際立《きわだ》たせ、散らされた桔梗《ききょう》の花と割れたガラスの花瓶《かびん》がそれに色と光を添えていた。

そして中央には、人間だった赤い固まり。

「まさか本当に殺されてしまうとはな」

高遠《たかとお》が溜《た》め息をついた。半信半疑のその半分の疑いから防げなかった殺人の、全ての責任を背負い込むかのように奥歯を嚙《か》み締めている。

葉山はなす術《すべ》なく彼の復活を待ってその横顔を見つめていたが、高遠は復活するどころかフラリと上体を揺らして、具合悪そうに額《ひたい》を左手で押さえた。

「先輩、大丈夫ですか？」

「血は平気なんだが、ここ酒臭くないかい？」

「そーですかー？　そんなことないと思いますけど、先輩アルコール弱いから過敏なんですよ。きっと台所に……あぁーっ！」

葉山は鼻をクンクンと鳴らしながら首を上下左右に回して、目に入ったそれに仰天した。

「先輩！　あ、あれ、あれって」

子供だ。部屋の隅に子供が二人座り込んでいる。片方は少年で、その腕には妹らしい女の子を抱いたまま放心していた。

「二人は無事だったか」

高遠は爪先立《つまさきだ》ちで、血溜《ちだま》りを触らないように避け、二人の所に辿《たど》り着いた。葉山も後に続く。

「こっちにおいで」

葉山が声をかけるが少年は動こうとしない。瞬《また》きすら忘れてしまっていた。

「先輩、この子が？」

「椚《くぬぎ》良太《りょうた》君だ。そっちが妹の良乃《よしの》ちゃん」

「へえ」

葉山は現場を目に焼きつけるように見入っている高遠に代わって、二人の生存者の保護と事情聴取に努めた。が、二人ではなかった。

「椚君、大丈夫？　……！　せ、せせせせっせっ先輩！　この子、死んでます！」

葉山は回らぬ舌に力を込めた。

肩を叩《たた》こうと伸ばした手に当たった少女の首が、ダランと奇怪な角度に曲がったのである。葉山の手の甲には血が付着し、仰向けになった少女の顔からは幾筋もの血が滴《したた》り、流れていた。

高遠は「冗談じゃない」という顔で彼女の首筋に手を当て、愕然《がくぜん》として血色を失った。既に冷たくなっている。

「良太君の方は……生きてはいるな」

生きているだけ。葉山には彼が、言外にそう言っているように聞こえた。

高遠は縁側の廊下に血の痕《あと》がついているのを認め、その元を目で辿った。血の筋は廊下を曲がって、隣の部屋に入っている。

「どこから、引きずって来たようだな」

「見て来ます！」

葉山は現場を荒らさないようにして血痕を追った。

二人の足元から繋《つな》がる血は途切れ途切れの筋と足の形を象《かたど》り、風呂場《ふろば》まで続いていた。

曇り硝子《ガラス》に血の手形が付いていて、一瞬ドキッとする。大きさから見て、おそらく良太のものだ。葉山が袖《そで》に手を引っ込めて布越しに半分閉まったドアを押し開けると、中の様子は彼に犯行の凄惨《せいさん》さをありありと見せつけた。彼女の死因であろうステンレスの蛇口が拉《ひしゃ》げて、管が真っ赤に染まっている。風呂場の排水口には、湯の代わりに血が溜っていた。

少年が殺された——もしくは事故死した——妹を見つけ、母親の所へ運ぶ。しかし運んだ先に母親はおらず、あるのはあの狂気じみた光景だった訳だ。

(ううー、不憫《ふびん》すぎるー)

葉山は死ぬより辛い目を見た少年を思い、鼻の頭を赤くした。

「どうだった？」

「お風呂場ですー。蛇口にぶつけた跡がありましたー」

「そこで、何で葉山君が泣いてるんだい？」

「ううー、だって、この子が可哀相で……」

葉山が汚い音をたてて鼻をすすると、高遠はポケットから縒《よ》れたティッシュを差し出して「確かにな」と呟《つぶや》いた。

肉親を殺され、放心している彼にこの後待っているのは、警察の執拗《しつよう》な尋問と、身元引受人の探索地獄だけだ。

「とにかく通報しなくては」

「？　先輩、何見てるんですかー？」

電話の前に立った高遠が、受話器を上げずに機能ボタンを押していた。黄色いバックライトのついたディスプレイには『7／10　8:02　コウシュウデンワ　1／1』と表示されている。

「着信履歴だよ。一時間前に一件、外からだ。犯人か？」

「まっさかー。これから殺そうって人が、電話なんかしますかぁ？」

「だが玄関も開いていたし、現場が客間というのも気になる。電話が在宅確認なら、かけたのが犯人でもちっとも変じゃないだろう？」

「ふむう、そうですかー？」

玄関に鍵《かぎ》をかける習慣のない椚家に押し入った強盗が、居間——位置と内装からいって、客間に使われていた可能性は高いが断定は出来ない——にいた被害者と逃げた妹を殺したとしても筋が通るようにも思えるのだが。

葉山がそれを指摘すると、高遠は「それもそうか」と苦笑いして受話器を上げた。

まもなく、けたたましいサイレンとともに捜査員や検死官が到着し、椚良太は救急隊に保護されていった。

2

「うがーっ、疲れたー」

「疲れるほど、何もさせてもらってないじゃないか」

「あの雰囲気に疲れたんですよー」

第何回目になるのか、ともかくいいかげん飽き飽きして来た捜査会議を終え、高遠と葉山は休憩室でうだっていた。

佐倉康《さくらこう》のバラバラ殺人事件で犯人と目《もく》されていた藤枝竜也《ふじえだたつや》は無実だった。犯行時刻に彼と一緒にいた人物の証言が取れたのだ。アリバイがあって、証拠がない。最悪である。

警察の看板に泥を塗った挙げ句、捜査が振り出しに戻ってしまった訳だが、彼のことをまだマスコミに広報していなかったのがせめてもの救いだろう。しかしそれが逆に警察の、藤枝犯人説への不安と自信のなさをも表していた。下手に広報して間違いだったとなれば、それは警察にとっての大きな汚点《おてん》となるからである。

兎《と》にも角にも、もう暫《しばら》くはこの退屈な会議に付き合わされる訳だ。

捜査に深く関わる仕事は特にないのに、形式上は一人前に参加、拘束《こうそく》される。気は長い方だと自覚していた葉山もいい加減げんなりとしていた。しかもさしあたってやらなければならないのは会議とは何の関係もない、車上狙《ねら》いを探し出すことである。

犯人との格闘で名誉の負傷をしたり、銃撃戦で流れ弾に当たったりなどと派手な仕事を望んでいるつもりはないが――そもそも警察がそんな確実性に欠ける危ない捜査をすることはまずない――そうは言っても地味だ。比較対照の問題だろうか。

今朝の椚良海・良乃の親子殺人事件に対する本部の判断は、この事件は前の事件とはまったく関係なし、というものだった。当たり前だ。死因も手口が違う。何しろ遠い。

散らばった硝子《ガラス》の破片と花に、先に発見されている現地で行われた奇妙な飾り付けが頭を擡《もた》げたが、台所の印鑑などが入った引き出しが荒らされていたことから、強盗の疑いが濃くなっている。花などは争った跡だろう。

従ってあちらには県警から別の応援が派遣され、緑《みどり》署に捜査本部を設置し、上流坂《かみるさか》署とは何もリンクしないことになった。

唯一の生存者である椚良太は、容疑者と目撃者の両方の意味で重要参考人とされていたが、本人は精神的に外界との交流が不可能な状態にあり、現時点では微塵《みじん》の証言も得られていない。参考までに、家内から凶器は見つからなかった。

「椚良太の思いのままの展開か」

「でも先輩、椚君、ショックであんなになってるんですよ？　この間の事件とこれと、深山木《ふかやまぎ》さんに関連があるなんて思ってないですよね？」

「思いたくはないが……」

高遠は腕組みをし、目を閉じて黙り込んでしまった。初めて見た人にはうたた寝をしているように思えないこともないそのポーズは、彼が何かを考え込む時の癖《くせ》である。

葉山はそれを知っていたので、口を挟まずに元に戻るのをジッと待った。自分が考えても分からない問題は、彼に任せることに勝手に決めている。

しかしその空気に強引に終わりを告げたのは、高遠得意の寝起きのような声ではなく、ドスの利いた低い男の声だった。

「何してるんだ、お前ら。担当は？」

「衒崎《てらさき》さん」

「オレと先輩は一課室待機です。仕事が出来るまで、通常業務してろって言われました」

「だったら部屋にいろ。全く揃《そろ》いも揃って、眠そうな面《つら》に眠い声出しやがって」

と、悪態をついて、衒崎は自販機に小銭を入れて赤く点灯したスポーツドリンクのボタンを押した。もちろん前者は高遠、後者は葉山のことである。

「衒崎さんは何するんですかー？」

「お前らとはそう変わらん」

そう言って自嘲《じちょう》気味に笑い、衒崎は会話に参加しようとせずに腰を屈《かが》めている高遠を見た。

「どうした？　珍しく真面目《まじめ》くさった顔をしてるじゃないか」

「非道《ひど》い言われようですね」

「今朝の緑市の事件のコトだろう？」

「！」

衒崎の言葉に弾《はじ》かれたように、高遠は体を捻《ひね》って彼を見た。衒崎は高遠の胸ぐらを掴み、二人の間に頬を寄せて声を潜める。

「お前ら、二つの事件が繫がってると思ってんだろ？」

冷や汗が流れた。

「――そうです。でもどうしてですか？　そんな風に……」

「俺もそう思うからに決まってんだろーが」

「嘘《うそ》……」

意外だった。本部の決定や与えられた義務には決して逆らえないと思っていた彼から、そんな言葉が出るとは思わなかったのだ。

高遠はざっとあたりに誰も居ないことを確認してから、灰皿に長くなった灰を落として衒崎に尋ねた。

「具体的には、どう考えてるんですか？」

「ガキの証言を信じた、被害者の身内の犯行。と言いたいトコだがそれはないな」

「ガキって……被害者が何か言い残してたんですか？　オレ聞いてないですよー」

「違《ちげ》えよ、バカ。佐倉康《ガキ》を殺そうとしたって証言を椚良太《もうひとり》がしただろう。あー、ややっこしいな。こう同じような年頃の中学生《ガキ》が絡んでやがるからな」

「佐倉家には、椚君のことは知らせていません」

高遠の冷静な言葉に、衒崎は髪をかきまぜていた手を止め真顔に戻った。自販機の取り出し口から紙コップを出し、軽く口をつける。

「本部の考えもそうだ。佐倉家にも既に不在証明は確認してある。両親は二人揃って大学に、他の人間は一歩も外に出ていなかった。それに報復なら真っ先に本人と薬屋にするだろう。……俺はな、また薬屋が一枚噛《か》んでんじゃねえかと思うんだ。勘だがよ」

葉山は驚いた。長年の勘というのを馬鹿にする気はないが、彼は椚良太と薬屋の少年の会話を聞いていないのである。高遠と葉山は死体発見時のことを、先の事件の話を訊きに椚家を訪れたと報告しただけなので、その話は二人だけしか知らないはずだった。

「それ、本部に言わないんですか？」

「言っても無駄さ。俺にそんな権限はねえ。精々、世間話でならお偉いさんの古株にも顔が利くってくらいだ。それで物は相談なんだがな」

「何です？」

「お前ら、薬屋と二つの事件を徹底的に洗い直す気はないか？」

「!!」

高遠は危うく火のついた煙草《たばこ》を落としかけ、葉山は口からコーヒーの滝を流すところだった。

衒崎は間抜け面をする二人に舌打ちをして、休憩室の入り口を閉めて高遠の隣に座る。

「そこまで驚くこたねーだろ」

「いいんですか？　バレたら……」

「だから。俺が上には上手くフォローしてやるから、その代わり俺にも結果を知らせてくれっつってんだよ」

今は天然記念物とも張る、希少価値を覚えるほど上下関係にうるさく頑固一徹な衛崎の、部下に頼み事をする姿が見られる日が来るとは。しかも、上層部の判断に逆らうのである。

葉山は理由もなく動揺してしまって高遠を見た。高遠は、煙を換気孔に向けて吐いて、短くなった煙草をぎゅっと灰皿に押し付けた。

「分かりました。御協力お願いします。でも、衛崎さん」

「何だ？」

「衛崎さんは本部の説に賛成だったのでは？」

衛崎は苦虫を噛み潰《つぶ》したような顔で、高遠から視線をそらした。

「俺にはいくら考えても薬屋を犯人にしたてる案は思い付けねえ。だがな、あいつには絶対何かある」

「根拠……何をもって、そう思われるんですか？」

高遠は、慎重に言葉を選ぶように訊いた。隣でやっと落ち着いた葉山が、それに視線を重ねる。

衛崎は二人の顔を見ないままスックと立ち上がり、

「勘、のみ！」

と堂々と言い放って部屋を出て行った。

「さてと、葉山君はどうする？」

「？　何をですか？」

葉山がキョトンとして訊き返すと、高遠は言葉を付け足してもう一度言った。

「このまま調べると、深山木君を犯人もしくは殺人幇助者《ほうじょしゃ》として扱う訳だが、葉山君はそれでいいのかい？」

「そんなの、当たり前じゃないですかー。深山木さんでも犯罪者は犯罪者だし、犯罪者でも深山木さんは深山木さんなんですから」

「——何となく分かったよ。素晴らしい考えだ、……多分」

葉山の犯罪持論に高遠は半端な了承を示し、公衆電話にカードを差し込んだ。

3

♪〜

適当にボタンを弄《いじ》っていて発見した新機能——音楽と動画による電話の呼び出しで空音《あかね》は目を覚ました。枕元《まくらもと》に手を伸ばすと、時計は十時を回っている。無論、今日は休日ではない。慣れない音楽が電話と結びつくのには、暫くの時間を要した。

「やばっ」

空音はベッドから飛び出した。電話はたぶん学校からだろう。

「もう、何で鳴らないのよ!?」

自分が無意識に止めた目覚ましに八つ当たりして、受話器を取る。

「はい、もしもし椚です」

『椚先生っ!?　上原《うえはら》ですけど』

予感というよりは必然。声の主は、上原一志《かずし》だった。

「はい。スミマセン、実は寝坊をしてしまって」

『そんなことはどうでもいいんです！　あの、その』

人の話を遮《さえぎ》ったわりに、上原は用件を言わぬまま口籠《くちごも》る。

空音は呆《あき》れたと、感情を露《あらわ》に訊き返した。

「何ですか？　今からすぐ行きますから、授業の方は……」

『あの、学校はいいですからお姉さんの家に、あ、いや、今は無理かな。えっと、病院にですね……。あ、えーと、いったん学校の方がいいのかな?』

さっぱり分からない。その時、

プルルル、プツ、ツッ、プツ、ツッ。

「あ、ちょっと待って頂けますか? キャッチホンです」

一言断わってから空音が切り替えたその電話の向こうから低く響く男の声が、上原とは違って用件だけを簡潔に告げた。

空音はその後、どうやって電話を切ったか、家を出たのか覚えていない。

*

「遺族の方ですか? 遺体の御確認をお願いします。こちらへ」

緑《みどり》ケ丘《おか》総合病院に着くと、待ち構えていたように何人かの背広の刑事が空音を霊安室に誘った。

これは夢かも知れない。

足元はフワフワして地面を踏んでいる感覚がないし、刑事の声も自分の足音も、水中にいるかのように遠くに聞こえる。目の前を歩くはずの男の頭がいやに小さく見えて、廊下以外の景色はほんの少しも目に入っては来なかった。

髪を耳にかける自分の指先が不思議なほど冷たくて、触れた首筋に鳥肌が立った。

「こちらです」

キイイイイイイ。

鉄の扉が神経を掠《かす》めるような音を立てて、ゆっくりと開かれた。

部屋の中はひんやりと涼しく、首筋を流れる汗が暑かったことを思い出させる。線香の臭いが厭《いや》な記憶ばかりを呼び覚ました。

「少々崩れていますので、準備が出来ましたら御自分で外して下さい」

誰かが事務的な口調で言う。

目前に示された白いシーツの山。

ビニールの様にパキパキと、奇妙な突起を作っている。

（準備？）

何の準備だろう。何が崩れているというのだろう。

テーブルクロスのような手触りのシートを、思考とは別の部分の脳が捲《まく》らせる。

「!」

言葉が出なかった。涙も出なかった。それは最早、姉でも姪《めい》でもない。壊れて修復不可能な、土気色のただの人形だった。

一通りの事後説明を受けた後、空音はその病院の三階にある病室に通された。薄暗く無彩色な個室に、ベッドとそこに座る人間の影だけが黒く、寸分の身じろぎすらしない。

「死体を目の当たりにしまして、それからこのままなんですよ。犯人を見てるかも知れませんし、何とか喋《しゃべ》らせてくれませんかね?」

一緒に入った刑事が、上辺ばかりの丁寧《ていねい》語で話し掛ける。

空音が無言でベッドに近寄ると、無駄と思ったか了解と取ったのか、刑事は部屋を出て行った。

良太の目はガラス玉のように目の前の物を映すだけで、個々の物質情報が脳まで伝えられていない。口は軽く開いたまま動かず、手足や髪の先に到るまで生気というものが感じられなかった。

衝撃的な状況に瀕《ひん》したり、目の当たりにした幼児がその記憶によって自分の殻に閉じこもってしまう事例は数多く挙げられている。大学時代、児童心理学の授業で習った話だ。たかが紙の上のことと言葉にして思った訳ではないが、現実感をもって考えたことはなかった。学生の間で、授業では内容よりテストへの出題頻度が重要視されていた所為《せい》もある。

しかし、目前でしかも身内ともなればそんなことは言ってはいられない。そんな生《なま》易《やさ》しいものではなかった。まるで、今までの彼が嘘だったのかと思うほど、内面の傷は面《おもて》に表れていた。

「……良太？」

自分でも不思議なくらいに嗄《か》れた声で名前を呼ぶ。

返事はない。ごく僅《わず》かな反応もない。自分の呼びかけの方が、よほどこの場に不似合いな気すらした。空音は為す術《すべ》なく、両手で良太の頭を抱え込んだ。

伝わる体温だけが、彼が生きていることを証明してくれる。

「大丈夫だよ。もう大丈夫だからね」

何が大丈夫なのか自分でも分かってはいないが、他の言葉は思い浮かばなかった。

空音は両親が来るのを待って良太を頼むと、泣き崩れる両親に後ろめたさを感じながら病室を出た。

涙が出ない。

世界を、今居る自分ですら何処《どこ》か遠い場所から眺めているような感覚がして、妙に落ち着いた気分が気持ち悪かった。またそれに頼ろうとする母が、父が、疎《うと》ましい。気丈な性格が裏目に出て、悲しみ方も、感情の持ち方も忘れてしまっていた。

空音は病院の敷地から出て携帯電話を取り出し、自分をあまり知らない人間を探して通話ボタンを押した。少なくとも彼にはそういう目で見られないはずだ、という期待があった。今、自分に課せられている数多くの『こうしなければならない』義務の中で、『こうしたいと思う』たった一つのことだった。彼に会いたい。

『はい、深山木薬店です』

先日何かあったらと貰《もら》っておいた電話番号に応えたのは、明るめでよく通る比較的若い男の子――多分高校生くらいだ――の声だった。

「あの、私、椚と申しますが」

『――失礼ですが、良太君のお母様ですか？』

「あ、いえ、姉は今朝亡くなりました。私は妹の空音といいます」

『えっ？　それは失礼しました。お悔やみ申し上げます』

驚きの後に、声から感じる年齢に不相応な言葉が返って来た。空音は不謹慎に思いつつも、つい顔を綻《ほころ》ばせてしまった。

「ありがとうございます。それで、座木さんをお願いしたいのですが、御在宅でしょうか？」

『あいにく座木は今、席を外して居りまして。伝言があればお伺いします』

「直に……出来れば会って御相談したいことがありまして、お手が空き次第こちらにお電話下さるよう、お伝え頂けますか？」

『ああ、それには及びません』

「は？」

予想外の答えに、空音はつい外交態勢を崩した。携帯の向こうからは、あくまで明るい、それでいて不快でない支配力を感じさせる声音が聞こえる。

『場所と時間はそちらにお任せします。座木にはすぐに向かわせますので』

「あ、あの……っと」

『椚さん？』

「あ、スミマセン、電波の調子が……」

もちろん、どもってしまった言い訳である。空音はざっと付近の地図を頭の中に広げて、待ち合わせ場所を決めた。

「それじゃあ、二時に玻璃《はり》通りの《シャルマン》で。あたしは先に行ってますので」

『一時間後ですね。承《うけたまわ》りました。必ず伝えます』

「よろしくお願いします」

電源を切って、空音は自分の口調がすっかり元に戻っていたことに気付いた。

「いつのまにか、『わたくし』が『あたし』になっちゃってたわ。所詮《しょせん》、付け焼き刃ね」

それでも始終完璧な敬語を崩さなかった、推定・高校生の彼にいろいろと想像を巡らせながら、待ち合わせの店へと歩き出した。

4

目的が空振りに終わったリベザルは、撫《な》で肩を更に落としてとぼとぼと家に帰り着いた。

「ただいま帰りまし……わっ！」

ドン！

「あ、ごめん、リベザル。早かったね」

リビングの入り口でぶつかった壁は座木《くらき》の腹だった。

「！　兄貴」

「それが、良太《りょうた》に会えなかったんです。どっか出掛けてるみたいで」

公園に良太は来なかった。それどころか家まで迎えに行ってみると、彼の家の周りには人だかりが出来ていて、初対面対人恐怖症のリベザルは家に近付くこともできず、すごすごと帰って来てしまったのである。

「人だかり？　何だろうね？」

「分かりません」

座木は黒いジャケットに袖《そで》を通して僅《わず》かに顔を顰《しか》めたが、すぐに「明日また行ってごらん」と微笑《ほほえ》んで、リベザルの心を落ち着けた。

（ジャケット？）

リベザルはようやく座木が外出着を着用していることに気がついた。

「どこか行くんですか？　買い物なら俺行きますけど」

「有難う。でも買い物ではなくて個人的な用事だから。夕飯には帰るし、そこのカプセルも放っておいていいからね」

「カプセルって……？」

座木が首を後方へ捻《ひね》ったのに合わせて、リベザルはリビングを覗き込んだ。見ると煮込み用の鍋《なべ》が保温カプセルにセットされている。コントロールパネルの『自動煮込み』ランプが赤く点灯していた。

「今日の夕飯、シチューですか？」

「これは明日用。肉だけ今から煮込んで柔らかくするんだよ。まだソースを何にするか決めてないんだけど、デミグラスとホワイトソース、どっちがいい？」

「ホワイトソースがいいです」

この『が』は、座木の教育である。二者択一《たくいつ》の時に、『〜で』と答えるのは相手に失礼だという、いかにも座木らしい説教だ。リベザルなど最初は、偶《たま》に発生する『での方が礼儀正しい場合』と通常パターンを見分けられずに苦労したものだった。

「ホワイトソースだね。じゃあ帰りに小麦粉買って来よう。今きらしてるんだ」

そう言って、座木は頭の中で暗唱するように一呼吸おいてから、再び笑顔を向け直した。

「行って来ます」

「い……ってらっしゃい」

行き先を訊ねたかったが、座木はリベザルに尋ねる余地を与えずに出掛けて行ってしまった。

取り残されたリベザルはリビングの中に入り、秋を探して室内を見回した。

彼は居間の窓際に立って、開け放した外を眺めていた。風見鶏のように首をゆっくりと巡らせ、空を、嗅《か》いでいる。

「師匠？」

「湿気が鬱《うつ》を含んでる。涙が蒸発したみたいな……嫌な、空気……」

いつも笑顔か無表情かの秋が、眉間《みけん》にしわを寄せている。感情を前面に出し、第六感までフル活用しているように感じられた。何かおかしい。

トゥルルルルル。

電話だ。一番近くにいたリベザルは、駆け付けて受話器を取った。

「待てリベザル、僕が出る」

いつもはそんなこと言わないくせに。妙な気がしたが、既に受話器は上がっている。話さなければ逆無言電話だ。リベザルは受話器を口元まで持ち上げた。

「もしもし？　深山木薬店です」

『リベザル君だったかな？』

「はい。あの、失礼ですがどちら様ですか？」

『はは、小さいのにしっかりしてるね。高遠と申しますが深山木秋さん……いや、君にも話が訊きたいな』

座木仕込みの電話の対応を褒《ほ》めた通話相手は、どこかで聞いた名前だった。

「話って」

何ですか？　と言い終わる前に、上から秋が受話器をかっさらった。

「もしもし、お電話代わりました」

秋はまた廊下に出てしまい、その上無表情で話していて内容が摑めない。時々硝子越しにちらりとリベザルの方を見るのが、いっそう彼の好奇心を駆り立てた。多少気も引けるが。

リベザルはカムフラージュにボールを持って外に出ると、下から回って薬店に入った。こちらには二階の電話と並列回線で繋いだ電話が置かれていて、向こうの会話を拾うことが出来るのだ。

外線ボタンを押すと、二人の軽い口調が聞こえて来る。

『それで？』

『つれないですね。今日は仕事抜きでデートにお誘いしてるのに』

『コブ付きで、ですか？』

『こちらも二人ですから、ダブルデートというのはどうですか？』

秋の溜め息がマイクにかかる。リベザルも同じ気持ちだった。確か刑事であるはずの彼が、何を考えているんだろう？

(何を？)

リベザルの思考が止まった。確か彼は秋が高く評価していた刑事である。言葉の裏に何か考えがあって、こうして秋を誘っているのだとしたら。もしかしたらまた、良太のことで？

リベザルの考えは半分だけ当たっていた。

『分かりました。正直に言いましょう。実は今朝方——が亡くなった事件で、上とは別に捜査してまして。こちらは深山木君と良太君、そして二つの事件に関わる切り札を持っています。このことは上の者は知りません。それで、そちらのカードと交換、というのはどうかと思いまして』

『カマをかけるには、少し思い切りが良すぎませんか？』

『ははは。一筋縄ではいきませんね。でも、深山木君を気に入ったのは本当です。もう一度会えませんか？』

『仕事ではなく個人的なお誘いということですね？　分かりました。じゃあ、』

言いかけて秋が止まった。そして、

『三時に緑駅前の、《アルケミスト》で構いませんね。……リベザルもいいな？』

電話が切られ、ツーツーという無機質な音が耳に響く。

何故バレたのかは分からなかった。それ以前にリベザルの中では、高遠の言葉が木霊《こだま》して、それ以降の台詞《せりふ》は意味のない雑音としか感知されていない。

『今朝方、椚良海さんと良乃さんが亡くなった事件で』

今日、公園で、良太の家で見て来た光景が事実を裏付ける。収束する。

事件ということは、自殺か他殺か事故かで自然死ではない。

三半規管が破壊されたように、リベザルから上下も平行の感覚も消え失せた。頭がくらくらする。思い切り手を握り締めて、痛みで残りの感覚を世に縛り付けた。そうしないと自分がどこかへ行ってしまいそうだった。

「馬鹿者」


ゴン。


いつもの声にいつもの口調のお馴染《なじ》みの台詞《せりふ》と、なにか重いもので殴《なぐ》られたような頭の衝撃に、リベザルは五感全てを回復させた。

秋が上から見下ろしている。手を離されてバランスを崩す頭上の何かに手を添えると、それはこの家で一番分厚い本──『広辞苑《こうじえん》』だった。

「師匠、非道《ひど》いじゃないですか。『広辞苑』なんて……」

「下の電話を使うと上にランプが付くの、知らなかったんだろ。相変わらずつめが甘いな」

「酷《ひど》いじゃないですか」

リベザルは徐々に顔を伏せながら、繰り返した。

「『広辞苑』より『現代用語の基礎知識』の方が良かったか？」

「いつもそうやって茶化して。何で、俺にだけ良太のお母さんのこと、教えてくれなかったんですか⁉　知ってたんでしょう？　あの電話が来る前に！」

リベザルが抗議に声を張り上げた。

秋は無表情のまま静かに答える。

「お前が帰って来る前に電話で椚の叔母《おば》に話を聞いて、ザギは彼女に呼び出されたから伝えた。が、お前には言ったところで、何かメリットがあったか？」

リベザルは一気に顔を赤くして、『広辞苑』を秋に投げ付けた。見事命中。『広辞苑』は秋の横っ面を引っぱたいて床に落ちる。

だが秋は意に介さない様子で、視線は冷えたままリベザルに向けられていた。

「俺が押しかけ弟子なのは分かってます！　でも、いつも他の人にはいい顔してて、何で俺だけ……」

言いながら、自分はこんなことを考えていたのだと再認識して、リベザルは内心面《めん》喰《く》らった。差別をされているという無意識下の感情が表面化して、ますます自分が惨《みじ》めになる。

秋は「何を今更」と、見下すような視線を向けた。

「そんなことも分からないから、馬鹿だと言うんだ」

「そうですっ。俺、馬鹿だから分かんないんです。嫌いなら嫌いって、邪魔なら邪魔って、変に遠慮しないで、ちゃんと言ってくれればいいのに！」

最後まで言い終わらないうちに一秒でもそこに居たたまれなくなって、リベザルは店から駆け出した。

「あの格好じゃすぐ戻って来るか……」

秋は表のドアにカギを掛け、二階に続く階段に足を掛ける。

「それにしてもずいぶんと、矛盾だらけの台詞だったな」

その言葉にも顔にも、表情はなかった。

5

二時五分前、突然の一方的な指定にも拘《かか》わらず、座木は約束通り空音の待つ喫茶店に現れた。

初めて会った時はかけていた眼鏡《めがね》を、今日はしていない。喪服《もふく》とまではいかないが、全体的に黒基調でまとまった地味な服に身を包み、他の人より頭一つ出る長身で店内を見渡す。

　空音は座木を目で追い、彼がこちらに気付いたところで会釈をした。

「お呼び立てしてしまいまして、申し訳ありません」

「いえ。オリジナルブレンド、お願いします」

　座木はウエイターに注文をし、空音の正面に席を取った。特に感情の込められていない、話のきっかけとしての挨拶《あいさつ》を交わす。

「急なことで、大変でしたね」

「ええ、両親もですけど良太は目も当てられないぐらい、心だけ、どこかに行ってしまったみたいで」

　目を伏せた苦笑の後、自然にその声は沈痛な趣《おもむき》を帯びてしまった。自分では感覚が麻痺《まひ》して分かりづらいが、ショックは確実に感情に害をなしているようだった。

「空音さんも……大変でしたね」

　柔らかい口調。先ほどと同じ台詞ではあったが、社交辞令の感はまったく消えている。

　空音が目を上げると、座木の気遣う視線とぶつかった。急に涙が溢《あふ》れた。姉のことが悲しくなかった訳ではない。あまりに日常からかけ離れたことばかりで、神経が情報に対して正しい反応を送れなくなっていたのだ。

指先に血が通い、熱が戻って来る。

座木は何もせず、ただコーヒーを飲んでいた。だが、その空気は決して冷ややかではなく、空音は親を見つけた迷子のように泣きじゃくった。ホッとしたのだ。

「スミマセン。これじゃ周りの人達に何ごとかと思われちゃいますね」

一頻《ひとしき》り泣いて時間の感覚もなくなる頃になって、空音は漸《よう》く周りを考えられる余裕が作れた。

それまでただ静かに座っていた座木が、メニューをテーブルサイドから引き抜く。

「では、痴《ち》話《わ》ゲンカの後はお詫《わ》びのケーキですね。何か召し上がりませんか？」

伏し目がちの彼の目がイタズラっぽく光る。

彼の見せた好ましい意外性に、空音は止まらぬ涙を引っ込めて固く曳《ひ》いていた唇を綻《ほころ》ばせた。座木は一見して、とてもこの種の冗談を言うタイプに見えなかったからである。

「そうですね。あ、ここ誕生日サービスがあるんだ」

「今日が？」

「いえ、昨日だったんです。惜しかったな」

「それはおめでとうございます」

「有難うございます。めでたい年でもないんですが」

正常に動き始めた頭で普通の会話をする。たったそれだけのことが、妙に心地よかった。

座木はサイドメニューの誕生日サービスのページを開き、微笑《ほほえ》ましいといった顔でケーキに乗ったピエロの人形を眺める。

「祝うのは年齢ではありません。誕生日には生まれたということ、貴女の存在が今ここにあることを祝うのですから」

自然な態度と変わらない顔色。口説いている訳ではないのだろうが、これが天性なのだとしたらずいぶん罪作りな性質だ。たとえ彼が一般論として話しているのであっても、聞く側によってはかなり上等な褒《ほ》め言葉である。

空音は無闇《むやみ》に期待しないようにと自戒しつつも、仄《ほの》かに甘い言葉に酔って、凍り付いていた笑顔を誘い出された。

「学校の保健の先生に聞いたんですけど、ここ、シフォンがすごく美味《おい》しいらしいんですよ。座木さんもどうですか？」

空音がデザートをピックアップした卓上のプラスチックのスタンドを示して言うと、座木はサイドメニューのページと見比べてパタンと閉じた。

「そうですね。参考に頂きましょう」

「やだ。あたしはデートの実験台ですか？」

空音は四割のひやかしと五割の本気、そしてまだ見ぬ彼女への一割の嫉妬《しっと》を込めた。

しかし座木は笑みを絶やさず、

「私が作る時の参考に、です」

と空音をまた違った意味で驚かせた。

「小さな頃から姉は大人しくて、あたしは男の子に混ざって遊んでいるような子供でしたから――いろいろあって、両親は姉に不安を、あたしには信頼を寄せているんです。いつもはそれを嬉《うれ》しく思っていたのですが、今日はどうしてでしょう？　それが息苦しくなって」

空音は抹茶《まっちゃ》シフォンの上の生クリームを掬《すく》って口に運んだ。何故、座木にこんな身の上話をしているのか、こんな所に呼び出してしまった言い訳かもしれない。

「荷物が重いと感じたら、いったん降ろすのも悪いことではありません」

「そう言って頂けると……よかった。座木さんには良太と揃って御迷惑かけて申し訳ないですけど、助かりました」

「迷惑と感じたことはありませんよ」

座木は涼しい顔で、また甘やかすような台詞を吐いた。

「ところで良太君は、童話とか読まれる子ですか？」

「え？」

「いえ、『妖怪《ようかい》』とおっしゃってたので」

「あ、はい。祖父が民話や伝説の好きな人で、勝手にアレンジしちゃって出鱈目《でたらめ》なのが多いんですけど、小さい頃からいろいろ聞かされていたんです。あたしも姉も」

「良太君も、ですね？」

空音は「ええ」と首を縦に振った。

「良太に話して聞かせたのはあたしです。あの子が聞きたがって、サッカーの相手以外はほとんど近所のお堂に行って話をしてました。それこそ日が暮れるまで一日中」

「お堂ですか。土地柄にもそういう風潮が？」

「あると思います。なにせ、田舎《いなか》ですから。古い神社とかお寺とかが、管理されているのかも怪しい状態で残っていて、子供達の怪談にも現実味があったりするんです。中でも姉は、もともと信心深いところがありましたから、良太がどこかで妖怪……なんかを信じていても不思議はありません。あたしも時々一人でいると思い出して怖くなることが」

空音は言ってからその子供じみた恐怖に恥ずかしくなって、慌てて手を左右に振って顔を赤らめた。

「？」

「い、いえ、あの。そう、そのお堂なんですけどね」

子供じみたところを見せてしまった照れ隠しに、空音は無理矢理世間話を始めた。

「平将門《たいらのまさかど》公の話は御存じですか？」

「ええ、教科書程度の知識ですが。たしか、地方の豪族で腐り切った中央に楯突《たてつ》いて殺された、当時の英雄だと記憶してます」

「その首伝説は？」

「東京、大手町の首塚ですか？　京都へ送られ曝《さら》された彼の首が、その執念で地元まで飛んで帰る途中、そこで力尽きたんでしたね」

「その話は各地に伝わっていて、故郷岩井《いわい》まで辿り着いたという説もあるんです。そのお堂も、実はそれなんです。実家のある地区は岩井の隣なんですが、途中何度か疲れて落ちた首は、このお堂の裏手にも落ちたのだと伝えられています」

　座木は関心を示し、声にならない声を出した。

　空音は、俄《にわか》に笑みを浮かべる。聞き手が熱心だと、話している方は気分がいいものだ。

「それでお堂は表裏を逆に建て替えられ、今でもそのあたりでは将門公を陥《おとしい》れた姫の名を忌《い》み嫌っているのです」

「それは、是非一度行ってみたいものですね」

「じゃあ」

　今度一緒に、と言いかけて止めた。それは分を弁《わきま》えず、図々しいというものだ。空音は指を揃えて平手を作り、パチ、と自分の頬を打つ。

「話、逸《そ》らしちゃいましたね。でもあたし達、ラッキーでした。たまたまお訪ねした薬屋さんが、座木さんみたいな人で」

「お役に立てれば何よりです」

　座木は何故か少し、申し訳なさそうな顔で笑った。

　シフォンを食べ終わるまでの間、二人は他愛もない雑談で沈黙を避けて、食べ終わると空音は母を思い出し、すぐに病院に戻ると席を立った。葬式はまだとはいっても、ふらふら出歩いているのも憚《はばか》られる。

その別れ際、座木が今までに見せたことのない顔で空音に声をかけた。

「今度病院にお伺いしても構いませんか？　うちの者が良太君と仲良くして頂いていたので、お見舞いに」

「ええ。是非いらして下さい。きっと良太も、喜ぶと思います」

思う、というよりは空音の切実な願いが込められている。それを聞いて座木は頭を下げると、病院とは反対方向に歩いて行った。

『うちの者』とは、電話に出たあの少年のことだろうか？　例の推定少年は彼の弟なのか？

空音が声の主のことを訊きそびれたのを思い出して立ち止まり、振り返った時には座木の姿は見えなくなっていた。

6

「あー、深山木さんだー。本物だー」

秋が店に入った途端に、語尾にハートマークが五つも付いていそうな声があがった。声の主は言わずと知れた、自他ともに認める温和なミーハー葉山である。

秋はそれを見ると露骨に嫌そうな顔をして、今入って来たドアを逆にくぐって戻ろうとした。葉山が慌ててそれを止める。

「うわぁー、待って下さいよ」

「葉山君。これで彼が帰ったら、今日の晩飯は君のおごりな」

「えー？　何でですかー？」

「当然だろう。せっかく苦労して口説き落としたのに、その努力をパーにするんだぞ？」

「僕の分はナンパした御本人が奢《おご》って下さるんですよね」

いつの間にかテーブルまで来ていた秋は、周りにも聞こえる阿呆《あほう》な会話に、止めるどころか参入して来た。

高遠は自分の向かい側の葉山と並ぶ席を薦《すす》め、クスクスと笑った。

「了解しました。が、リベザル君はどうされました？」

「急用で。それより高遠さん。タメ語で構いませんよ。見るからに年下に敬語使うの嫌でしょう？」

「そう言うこともないんですが。じゃあ、親愛の情を込めてということで。秋君」

高遠は短くなった煙草を消しながら冗談混じりで返し、秋を見た。秋は返事をしかかって止め、首を四十五度左に回す。

「その前にカラシの刑事さん。メニュー取って頂けますか？」

「カラシの、ってオレですね。何でですか？」

葉山がメニューを手渡しながら訊いた。その名の由来に覚えがない。

「前にお会いした時、カラシ色のネクタイされてましたよね。

あ、すみません。オーダーいいですか？　ダージリンとジャンバラヤとあさりのスープスパゲティ。あとミックスサンドセットとヨーグルトケーキ、一つずつ単品でお願いします。ケーキは一緒で」

秋は答えてから通りかかる店員を捕まえ、財布の中身に容赦《ようしゃ》のない注文をする。

その思いもよらない発想に呆気《あっけ》に取られていた葉山は、正気に返って秋に苦情を申し立てた。

「覚えてて下さったのは嬉しいんですけど、オレの名前、御葉山《おきはやま》って言うんですー」

「お・き。どんな字ですか？」

「え？　あ、～御中とかいう、あの丁寧語の『御』って字です」

「へー、珍しい名前ですね。判子探すの大変でしょう？　カラシの刑事さん」

秋はまるで前の会話の意味をなさずに、葉山にコメントしておしぼりを取る。秋の究極マイペースにかかって、上流坂署マイペースナンバーツーの葉山も調子を崩した。ナンバーワンは向かいの椅子で呑気《のんき》に煙草をふかしている。

高遠は、空気を区切るように話題を戻した。

「それで？　秋君は何処まで関わってるんだい？」

「俯仰天地《ふぎょうてんち》に愧《は》じず。突かれて困るような後ろ暗いことは、いっさいしてないつもりです」

「そうかな？」

高遠は何の前置きもなしにスッと腕を伸ばすと、秋の左手首を掴んでダブついたシャツの袖を捲《まく》った。

秋は少し厭《いや》な顔をしたが、振りほどかない。振りほどけないのだろう。高遠は見かけによらず、力があるのだ。無差別な使い方はしないが。

「今日はちゃんと止めてるね、時計のベルト」

「――――……」

パシッ！

秋は手首を回転させて、高遠の手を外した。その動作の鮮《あざ》やかさたるや、葉山は思わず拍手してしまう。

「かっちょいー。やっぱオレ、深山木さんファンクラブ作っていいですか？」

「非公認ならいくらでもどーぞ」

「るー。それじゃ、許可取った意味ないですー」

葉山がハラハラと泣き真似をしたが、秋の反応は変わらない。

高遠はスーツの胸のポケットから紙片を出して、秋の前に置いた。どうやらここ一週間の一課内の備品管理帳のコピーらしい。補充したペンや紙、コーヒー、紙コップ等の数と日付けが羅列《られつ》してある。

「君には訊きたいことが山ほどあるんだが、どうしたら話してくれるのかな？」

「あ、僕です」

今のは、高遠への返答ではない。料理を運んで来たウエイターに手を挙げて応えたのだ。並べられた食事を前に合掌して、秋が箸《はし》を割るのを躊躇《ちゅうちょ》した。

「お二人は？」

なって」

「それが……今日の事件の発見者、オレと先輩なんです。まだちょっと御飯はパスか

「殺人現場、見たんですか？」

「偶然、良太君に別の用があってね。訪ねるところだったんだ」

「へー、訊いてもいいですか？」

秋が箸でサンドイッチを摘《つま》み上げ、はみ出たレタスの端を銜《くわ》えて顔を上げた。授業中に雑談になって、いきなり目を輝かせる高校生のようだ。可愛い。

高遠も葉山と同じように思ったのかは別にして、しかし突破口を見いだしたからか少し砕けた口調に変わり、内ポケットから煙草の箱を取り出した。

「それを教えたら、秋君も質問に答えてくれるかな？」

「……じゃあ、一つだけ」

「よし」

高遠は頷《うなず》いて、現場の状況を話した。

秋はまるで友達の恋愛話でも聞くかのような顔をしている。

葉山は耳たぶを親指で撫でながら、そっと秋の顔を窺《うかが》った。彼は高遠や衒崎の言うように事件に関わっているのだろうか？　そして、二つの事件は——。

「赤に紫に緑ですか。あんまりパッとしませんね」

高遠の話が一息ついたのを見て、秋が感想を言った。それがどういう意図で述べられたものか、葉山には見当も付かない。

「花瓶が割れていたし、きっとそこにあった花を撒《ま》いたんだろうと本部では推測している」

「犯人は花瓶で殴って？」

「いや、それは違う。なにか、切れ味の悪い刃物で……と、食事中いいのかい？」

「構いません。職業柄、慣れてます」

「薬剤師なのに、解剖とかもやったんですか？」

秋はそれには答えず小さく微笑んで、スパゲティを食べ終えジャンバラヤに手をつけた。

高遠は手帳に目を落として先を読む。

「妹はお風呂場の蛇口に後頭部を強打、それを見つけたらしい良太君が死体を居間まで引きずって来て母親を発見。母親の死因は頸動脈の切り傷だ。凶器はあまりよく切れない刃物。そのあと全身を滅多刺しに……」

「あのー、先輩。捜査会議みたくなってますよ。深山木さんが」

説明がだんだん仕事じみて来た高遠に、秋は退屈したらしく欠伸《あくび》を嚙み殺して目を潤《うる》ませていた。

高遠は咳払いして気を持ち直し、手帳を閉じた。

「現場はそんな感じだったよ。他に質問は？」

「いえ。百％新鮮生ニュース、面白かったです。さすがは刑事さん。世間話もレベルが違いますね」

「いつも、こんな現場にお目にかかってる訳じゃないよ。今回は運が」

「悪かった？」

「――そうだね」

それが正しい感覚だ。話に聞くならまだしも、突発的に見て楽しいものではない。彼は、事件に対して第三者の正常な反応を示している。やはり無関係なのではないだろうか？

葉山は、不安と安心をごちゃ混ぜにして高遠を窺った。

高遠の方は未だペースを崩されてはいないようだった。硝子の灰皿に火の付いた煙草を立て掛け、空になった手の平を上にして、秋に向ける。

「さて、今度は君が答えてくれる番だ」

「勿論です、約束ですから。――僕としては、非常に言い難《にく》いことなんですが」

秋が寄った皺《しわ》を伸ばすように、眉間《みけん》に二本の指をあてた。

「カラシの刑事さん」

「はいっ！」

葉山は、急に水を向けられて反射的に返事をした。

秋が不敵な笑みを浮かべてこちらを見ている。

「質問にお答えします。僕は薬屋になるに当たって、医学も勉強してます。だから、解剖なんかも実習で経験してるんですよ」

「あっ！」

高遠が肘《ひじ》をついた手に頭を乗せて、やられた、という顔で仰《の》け反《ぞ》る。

葉山は自分の何気ない一言が、いつの間にか秋の逃げ場になっていたことに気付いて、情けなさ口惜《くや》しさで身を捩《よじ》らせた。

「そんなのズルいですよ、深山木さん」

「僕は実は『大富豪』なんですよ。『大貧民』から一番いいカードを貰って最弱なカードを返す」

秋はトランプゲームのルールに準《なぞら》えて言い、唇だけを歪めて笑った。

葉山がさすがにムッとして文句を言おうとするのを高遠が制す。

「それで、いいカードは揃ったかな？」

「『革命』を起こされない限りは」

「もし起こしたら？」

高遠が重い瞼《まぶた》の下から秋の表情を探る。

秋はニコッと笑って両手の平を開いて見せた。

『革命返し』か、そのまま『大貧民』に転落か。起こってみてのお楽しみですね」

秋はそう言って立ち上がると、彼が食べた追加分の伝票を持ってレジに向かう。

「じゃ、僕はこれで失礼します。仕事がありますので」

「ああ、それはこっちで出すから」

高遠が椅子から半分腰を浮かせて、秋を呼び止めた。

秋は足を止めて肩ごしに顔だけで振り向いて、人さし指と中指に挟んだ伝票をヒラヒラと振って見せた。

「いえ、せっかく頂いた弱味をこれでチャラにするには、ちょっと惜しいですから」

そして、お話楽しかったです、と言い残して店から出て行った。テーブルには狐《きつね》につままれたような顔の刑事二人と、いつ作ったのか秋作のおしぼりでできたヒヨコが残された。

カランカラン。

ドアの上に付いた、カウベルのような鐘――鈴というよりこちらの方が相応《ふさわ》しいと思われる程、大きい鈴だ――の音が虚《むな》しく響く。

「先輩、弱味ってなんでしょう？」

「俺達が個人的に捜査してるってことと、情報を流したことだろう。年下だと思って甘く見たな」

高遠は煙草の煙を吐き出しながら、腰を下ろした。秋が好意からだけでない、敬語を使われるのを辞退した真の意味を知って、嬉しそうに破顔する。

二人揃って、気持ちがいいほど完全に相手の計略に嵌《は》められてしまった。結局、秋は己《おのれ》の腹は探らせず、欲しい情報を得て――それが本当に野次馬としてなのかは分からなかったが――帰ったのである。

一方高遠達は、取り引きどころか二つの事件の関わりはもとより、秋の持っていると思われる情報すら手に入れられなかった。

「それより……いや、やっぱりいい」

「えー、言いかけて止めないで下さい。気になりますよー」

葉山がせがむと、高遠は人さし指で頬を掻いて、秋に見せたリストに目を落とした。

「食事中に殺人事件の死体の描写を聞いても大丈夫な、解剖経験のある子が、あんなになるかな？」

「あんな……？」

「佐倉康の死体発見の話をした時だよ。事情聴取の」

「！　そーですよね、あっれえ？」

「やっぱり演技か」

高遠がプリントの上に開いた手の平を紙ごと握る。リストは屑《くず》になって、テーブルの中央に転がされた。

「でも、何でそんなことしたんでしょーね？」

「視覚効果、感情移入、現に葉山君も流されただろう？」

「それはもう」

思い出して赤くなる。

「じゃあさっきは？」

「手の内を晒《さら》してでも話が聞きたかったのか。『警察』としての調査の対象から外れてしまえば、演技はもう必要ないということか。どちらにしろ、まだまだ深いな。底が見えん」

葉山は怒りを通り越してやはり別のところで感心して、

「すごいですねー」

と感嘆の声を上げ、手元に残った彼のおしぼり製のヒヨコを研究すべく分解した。

高遠は自信をなくしたとぼやいて、ただ煙草を吸い続けた。

＊

「やっべー、『坂本《さかもと》さん』どこやったっけ？」

彼は自分の所属する研究室に走った。『坂本さん』とは坂本竜馬《りようま》に関する文献につけた呼び名で、彼の卒論の資料の一つである。かなり高額で図書館にも置いていなかった為、生活費を切り詰めてこの間購入したばかりの物だった。一ヵ月も経たぬうちに失くしていい代物ではない。

研究室の鍵は閉まっていて、中に人のいる気配はなかった。鍵を借りるには守衛室か指導教員の部屋に行かなくてはならない。距離でいうなら指導教員の部屋の方が近かったが、その教授は最近一人息子を殺されたらしいという噂を聞いていた。いない可能性の方が高いし、いたとしても近寄り難い。いつも通りと思っても、顔に出てしまうに決まっている。

「しゃーねえ、戻るか……お？　よお、南雲《なぐも》！」

「！　小菅《こすげ》」

渡り廊下の向こう、中庭の花壇の前に同じ研究室の友人を見つけて手を振った。南雲はそれに驚いたように上ずった声を出す。

小菅は暑い日なたを一気に駆け抜け、南雲の側の向日葵《ひまわり》の影に入った。

「どーしたん？　テスト？」

「ああ、今終わったトコ。小菅は？」

「研究室に忘れ物してさあ、坂本さんだぜ坂本さん。鞄になかった時は顔面蒼白《そうはく》よ。お前、どっかで見なかった？」

「……い、いや。最近、ゼミ室行ってないから」

「そーだよな。普通来ねえよな」

小菅は向日葵の首を摑んで花を無理矢理こちらに向けた。蜂《はち》の巣のような種の羅列は見ていると気持ち悪くなるのだが、そこにあると怖いもの見たさでつい見てしまう。

ところが本来そこにあるべき種は付いていなかった。貧乏学生が取って食べてしまったのだろうか。

こんなことが思い付くのは、情けないが小菅も『坂本さん』の為の出費を切り詰めた生活の間に、何度か同じことを考えたからだ。ここの向日葵は毎年勝手に種が落ちて、そのうちの幾つかが勝手に咲いているだけなので、誰も観賞しようとはしないし、研究棟に続く裏道にあるので人通りも少ない。だから食べてもいい、というわけでもないが。

小菅は縁に僅《わず》かに残った種を一つ取って、前歯で噛んだ。小さい頃、田舎《いなか》でこうやって中身を食べたのを思い出す。

「なあ、合宿とかどうなんのかな？　ほら、佐倉《さくら》先生がさあ」

「悪い、今急いでんだ。また連絡するよ」

「そっか、ごめん。じゃ、またな」

「じゃな」

南雲は重そうなオレンジ色のリュックを両腕に抱えて、学生会館の方に走り去った。サークルの集まりでもあるのだろうか？

「と、俺もこんなことしてる場合じゃねえって。坂本さん、頼む、いてくれよ」

小菅は中庭を抜けて守衛室に向かった。

「すんませーん、佐倉研の鍵下さい」

「佐倉研？　あれ、さっき持って行ったよなあ？」

制服を着たガードマンが、隣に座る同僚に言った。

同僚は億劫《おっくう》そうに立ち上がって鍵の棚を開ける。

「その後戻って来ただろう。ほら、あった」

「これ、お願いします」

小菅は学生証を出して守衛に見せ、貸し出し表に署名した。なるほど、三行上には佐倉研究室の名があり、一度借り出されてすぐ戻って来ている。貸し出し者名の欄に書かれていたのは『南雲圭一《けいいち》』。

（あいつ、来てないとかいって来てんじゃん）

「小菅君ね。はい、どうぞ」

「どーも、すんません」

小菅は鍵と学生証を受け取った。

「坂本さん！　よかった、やっぱりここだったか」

小菅はその姿を見るなり、まるで行方不明だった友と再会したかのように喜んで本を抱き上げた。

問題の『坂本さん』はテーブルの上に放置されており、あっさり見つけることが出来た。これに気付かなかったということは、南雲は鍵を借りるだけ借りて中には入らなかったのだろうか。

「ん？」

小菅は帰ろうとして、書類棚の下の戸が半分開いているのに気付いた。端から段ボールが見えている。

側に寄って見てみるとそれはビールの段ボールで、しかし中身は読み古した本の山だった。おそらく教授——正確には助教授——が、生徒の為に自分のお古を持って来たのだろう。

「どれどれ？」

小菅は品定めしてやろうと、上唇を舐《な》めて箱の中身に手を掛けた。

本はずいぶんいい加減に入れてあって、無造作に放り込んだ感じだった。本好きな教授の仕業《しわざ》とも思えない。これでは将棋《しょうぎ》の山崩しだ。

「『西郷さん』『近藤さん』『高杉さん』……使えそうもないなあ」

出した本に『坂本さん』と同様の愛称を付けながら確認して、取り出す手は規則的に段ボールの中に突っ込む。その、六回目。


ジャリ……。


紙らしからぬ手触りだった。

小菅は手に持っていた本をテーブルに置いて、首を伸ばして箱の中を覗き込む。嗅《か》いだことのない臭《にお》いが鼻を突いた。

「あ？　ああっ！」


ガタン、バラバラバラバラ。

ゴロゴロ、ゴロ、ゴロ。

退いた拍子に、縁に掛けていた手が段ボールを横倒しにした。床に向日葵の種が飛び散る。その種の絨毯《じゅうたん》の上に、流れ出た本のスロープを転がって部屋の中央で動きを止めたのは。

黒い煤《すす》の付いた、小さな頭蓋骨《ずがいこつ》だった。

第六章　灰色の人間《グレイパースン》

1

「『暑さ寒さも彼岸《ひがん》まで』。お彼岸って、あと何日だっけ？」

「今年は中日が九月二十二日ですから、十九日からお彼岸です。今日は……」

「十三日」

「では今日を入れて、あと六十八日ですね」

「先は長いなー」

座木《くらき》は秋《あき》の膝《ひざ》の上で、肩を竦《すく》める代わりに尻尾《しっぽ》を丸めた。日陰が涼しい店先の石段に座って、秋は欠伸《あくび》で開いた口を手の平で覆《おお》う。

休日午後の人通りのない坂道は上にも下にも陽炎《かげろう》が立ち、ミミズの日干しが道の両端に点々としている。セミが何匹か交代でジーワジーワと鳴いて、周囲に夏らしさを演出していた。気温は三十二度、暑いとは思うが不快ではない。

秋は棒付きアイスの先を割って掌《てのひら》を皿にし、座木の前に置いた。左手では残りを自分で食べている。秋の手が冷たいのか、アイスはまったく溶けない。

座木は舌先で舐《な》めて大きさを小さくしてから、牙《きば》に引っかけて口に運んだ。ところどころに残る氷の欠片《かけら》がカリカリと鳴り、冷たさが顳顬《こめかみ》に響く。

のどかだ。

見上げると、秋は線の細い顎《あご》を坂下に向け、遠く臨む街並を見下ろしている。マッチ箱のように立ち並ぶ家々が時間を止めて、其処《そこ》に生きているはずの人間の存在を忘れさせた。

(これも悪くはないんですが……)

座木はアイスを食べ終わってから、足元の秋の黒のTシャツに前足を掛けた。襟《えり》の付いた青いV字が首を引いて、秋の目が下を向く。

「そーいや、こないだ佐倉《さくら》パパの研究室でウーストレルを見たよ」

「？」

座木の記憶にない名前だった。そのクエスチョンマークを飛ばした雰囲気を感じ取ったのか、秋が解説を付け足す。

「ブルガリアの吸血鬼だ。人間に混ざって生活するらしい。人間と結婚もするし子供も産まれる。後は――……、生まれついての週休二日制の妖怪《ようかい》だったと思うけど」

「土日に何か？」

座木が不可解な顔をすると、秋は楽しそうな笑い声を上げて「そういう意味じゃないよ」と手を振った。

「土曜日は完全に活動出来なくなるらしい。週末に動けないなんて、商売上がったりだ、吸血鬼も」

秋は単に土産話《みやげばなし》のように話していたが、ゆっくりと笑顔を消して目を細めると、

「そいつは生徒として大学に通ってるみたいだったけど……そういう奴らが増えたら、いつかまた僕達が大手を振って歩ける日が来るのかな」

呟き、瞳を閉じてだらんとうなだれた。

そよ風が軽い猫っ毛を揺らす。顔に表情はないが目元に影が差し、それがまるで死んでいるように見えて、頭から水を浴びたようにゾッとした。

「秋！」

「何？」

目だけが開いて座木を見る。

座木は彼に合わせ見た厭《いや》な光景を頭から追い出して、尻尾を振って気を取り直した。

「午前中、緑署《みどり》の記者会見を覗《のぞ》いて来ました。警察は、椚《くぬぎ》家の事件は佐倉康《こう》君の物とは別で捜査を進める方針です。それから佐倉君の遺体が一通り揃《そろ》いました。足は辻堂《つじどう》で六日前に、ベンチに座らせ膝から上を笹《ささ》で隠した状態で、ホーム整理のバイトの学生に発見されました。頭は今朝父親――佐倉隼人《はやと》の学内研究室で、教材の段ボールに入っているのが見つかったそうです」

「ふ……む」

秋はアイスのなくなった木の棒を齧《かじ》りながら、相槌《あいづち》を打つ。

「今度は何の格好で行った？」

「普通の」

座木は途中で言葉を切った。

頭上から、秋が人の悪い笑顔を向けている。

「……御存じでしたか」

「ちょうど、本屋に行っててさ」

秋のよく行く本屋は、例の喫茶店《キュリアス》とは目と鼻の先である。座木はその秋の持つ運――奇遇さ――を恨《うら》めしく思い、気分だけは三白眼で睨《ね》め上げた。

「声をかけて下さればよかったのに」

「ホントに良いと思う？」

「すみません。嘘《うそ》です」

「で？　言いたいコトはそれだけじゃないんだろ？」

秋はクスクス笑いながら、話を戻した。

座木は頷《うなず》く。

「犯人への近道を、教えて貰《もら》えませんか？」

「ザギが行くの？」

「いくら関係ないといっても、放っては置けません。現に秋は上流坂《かみるさか》署の刑事から疑われています。それならいっそのこと」

「犯人を捕まえる、か。もし本当に僕が犯人だったらどうする？」

「……仮定法は苦手です」

座木が質問をはぐらかすと、秋はクッと喉《のど》の奥で笑った。そして、

パチン！

桔梗《ききょう》を一輪、取り出した。

「仮定法なしでは道は辿《たど》れないよ。今回の事件のザギの見解は？」

「共通犯だと思います」

「何を根拠に？」

「花です」

座木が言うと、秋は嬉《うれ》しそうに桔梗の花びらにキスをした。

「続けて？」

「一つ目の事件、佐倉家の庭にはいろいろな花が咲いていました。家政婦の方の話によれば、腕は花瓶《かびん》に挿してあったそうです。一緒に山梔子《くちなし》も活《い》けてありました。もし、手を飾り付けるなら隣にあったクレマチスの蔓《つる》を絡ませ、手を花に見立てるなら似たような形状のガーベラ、ブーゲンビレアを使った方が効果的です」

「で、結論から言うと？」

「花言葉ではないかと。それも誰か個人に宛《あ》てた」

「へえ？　僕の専門外だ」

薬効のない花に疎《うと》い秋は、ともすれば子供っぽい考えに興味を示し、次々に二つの花を喚《よ》んだ。

座木は犬のお座りの体勢になって背筋を伸ばす。

「山梔子の花言葉は『私は幸せです』、桔梗は『変わらぬ愛』。好きな男性に告白の意味で贈る花とされています」

「足と頭に花はないけど？」

「花ではありませんが足には桃の香水が、頭には向日葵《ひまわり》の種が詰まっていました。桃は『恋の奴隷』、向日葵には『貴方を見つめる』という花言葉があります」

「『恋の奴隷』……言ってて恥ずかしくないか？」

秋が左の目尻《めじり》をヒクヒクと痙攣《けいれん》させる。

座木が「それほどは」と正直に答えると、秋は顔を歪《ゆが》めたまま「御立派」と投げ遣《や》りに拍手した。

「死体は全て、好きな男への捧《ささ》げ物だと言うんだな？　じゃ、コレは？」

秋は桔梗と山梔子をコンクリートに置いて、残ったオレンジ色のダリアを手品師のように指の間にくぐらせた。

座木はダリアの使われた現場を記憶の中から探して、

「――――秋は、佐倉康君の母親を疑っているのですか？」

「ザギが言ったんだよ？　花が共通点だって」

「いえ、彼女は無関係だと思います。彼女も良太君《りょうた》と同じく、殺人の被害者です。それにダリアの花言葉は『不安定・移り気』。犯人なら選ぶとは思えません」

「犯人が本当に花言葉を流用してるならね。でも、警察では二つ目の事件は、その場にあった花を投げ付けた、被害者の抵抗の跡《あと》だと分析してるみたいだけど？」

「秋にはまだ話していないことがあります。空音《あかね》さんに聞いた、椚の御実家の話です」

「よっしーの人格形成に問題でもあったか」

「妖怪を信じる土壌には十分です」

座木は空音に聞いた話を簡略化して秋に伝えた。

「面白い」

パチン！

秋は感想を述べてから、三つの花を消した。

「つまりザギは、犯人がよっしーの為に勝手に人殺しをしている、と言いたいんだな？」

「はい」

座木は、山梔子は犯人の自己満足を、桔梗は椚良太への告白を意味していると考えていた。サッカー部の親睦会《しんぼくかい》の時の事件とリベザルが見た家庭の状況を考えると、佐倉康、そして母親と妹はいい供物《くもつ》になる。当然、気の狂った人間の視点まで目の高さを合わせて物を見るなら、だ。

「でも、肝心のヤツを忘れてる。胴体、あそこに花はなかったよ。他の誰でもない、僕が見たんだから確かだ」

「見落としは期待出来そうもありませんね」

「買い被《かぶ》りに期待するか？」

「アクシデントに期待します」

「願望、だね」

秋は少しの間、山の頂上にかかる薄い雲を眺めていたが、ゆっくりと視線を座木に移すと、

「オッケー、いいよ。近道を教えよう」

と、長い睫《まつげ》を瞬いた。

「犯人はズバリ！　変な奴だ」

「それは、そうでしょう？　人間が人間を殺すなんて、正気の沙汰《さた》では……」

「んにゃ、それはこの際七百万光年の彼方《かなた》に追いやっといて」、

「物騒な前置きですね」

座木が呆《あき》れた声を出すと、秋は物を運ぶ仕種《しぐさ》を見せた両手を組み合わせて笑った。

「フフ。一つ目の事件を思い出す、いいか？　死体に予《あらかじ》めデコレーションを施《ほどこ》してでなく、その場にある物で飾り付けをすることに何か意味があるのか。死体を生身で持ち歩くのは危険だよね？」

「はい」

座木は髪を摑《つか》んで生首を持ち歩く人間を想像した。怪しいを通り過ぎて可笑《おか》しい。

「体の入っていた段ボールは保留しても、手と一緒に活けられた山梔子、足を隠す笹、頭に詰め込んだ向日葵の種は……」

「全て現地で調達したものです」

「人に見られるという危険を冒《おか》してまで。何故だ？」

「『変な奴』だから」

座木が話をスタート地点に繋《つな》ぐと、秋は座木の鼻筋を上に向けて撫《な》で、耳の間を二度叩《たた》いた。合格らしい。

「頭があった場所の状況捜査をするのが犯人への近道の一つだ。前にも言ったけど、ホントに続いてるかどうかは別問題ね」

「頭だけですか？」

「体と手と足も、犯人の行動範囲や時間を限定するのには役立つだろうけど、そんなことは警察が疾《と》っくにやってるよ。ザギが訊きたいのは、警察も知らない抜け道だろ？」

「そうです」

「よっしーの実家を調べるのがもう一つの道、最後の一つ——これはまだ何となく違和感を持ってるだけだから、保留しとこう」

「三つも……」

座木は言葉を失くした。

まだ二つの事件が確実に繋がっているとは言い切れない。座木は自分の花の説明にも今一つ自信を持ち切れずにいた。

しかし秋は同じ条件下——実際に見聞きしていないという点ではそれ以下だ——において、既にそうある為の話の筋を組み上げつつあるのだ。しかもその勘には一言では語り尽くせないほどの実績がある。

秋は座木の尊敬にも似た眼差《まなざ》しに、居心地悪そうに身を捩《よじ》って苦笑いをした。座木を膝から下ろし、立ち上がってズボンの砂を払い、伸びをする。

「何かを探す時は、あると思ってやらなければ見つからないものさ。稚拙《ちせつ》な推理でも、探し物には役立つかも知れない。どうせ退屈してたんだ。自分の濡衣《ぬれぎぬ》くらい自分で晴らして来るよ。それとも」

秋は笑顔を完全に収めて、座木を見下ろした。

「来るか？　お前も」

凛《りん》とした声。冷たく澄んだ威圧感と吸い込まれるような錯覚。

その姿は遠い昔を錯覚させる。既視感が次元を枉《ま》げて、眼前に違う世界が形作られた。その場その時と同じように、座木はゆっくりと目を閉じ、深く頭を下げた。

「はい。どこなりと」

2

「しっかし、遠いなー。馬鹿みたいに遠い、シャレになんないくらい遠い」

「藤岡《ふじおか》とそう変わらないでしょう？」

半年前の事件を持ち出して座木が言うと、秋は「大いに違う」と、いま来た道を指差した。

「電車が一時間に二本、バスが一時間に一本、乗り換えと待ち時間が長過ぎる。精神的に遠いよ」

「それは、まあ。そうかも知れないですね」

電車を三回乗り継ぎ、降りた駅からバスに乗り替え一時間。いつの間にか建物の数も減り、さすがに地平線は見えないが一面の田畑が視界を埋めた。その中で東京へ続く国道新四号線がその整えられた無機質感で異彩を放つが、そこから逸《そ》れる道路はどれも細い。

椚家の実家を訪ねる為、秋と座木はバス停に降り立った。

「駅の方はまだ建物があったけど、これほど店の看板が目立つシチュエーションもないね」

新四号から二百メートルほど入った道端で、秋がその大通りを一望しながら言った。配達業や旅行者向けに建てられたコンビニや食事処はそれでも疎《まば》らで、一軒おきに五百メートルからの間隔が田畑によって作られている。そのおかげで夜空に浮かぶネオンは、その目的を十分すぎるほど達成していた。

「どうされますか？」

「んー、もっと早く出てくれれば良かったな。六時か、初対面の人ん家を訪ねるには遅すぎる。今日はとりあえずどこかで……」

「泊まる所なら当てが一つあります」

重そうな鞄《かばん》を反対の肩に掛け直しながら、ホテルの看板を探して三百六十度見渡す秋に、座木は麻のジャケットの胸ポケットからメモの切れ端を出した。

「ここに来る前に空音さんに連絡をしました。『空音さんの実家の方に仕事で行くことになったのですが、ホテルなどにお心当たりありませんか？』と」

「で？」

秋が笑いそうになるのを堪《こら》えている。座木は白い紙片を開いて『栦　028-092-＊＊＊＊』という文字を見せた。

「御両親があちらに行っている為、空音さんのお祖父様《じい》が一人で留守番されているそうです」

「『話はあたしがしておきますから』か？　信用あるなー、ザギ」

秋は皮肉っぽく笑った。しかし座木は逆に遠慮がちになって首の後ろをかきながら、秋から目線を外した。実はこの話には続きがある。

「それが主役は私ではなく」

そして、座木が目だけでチラリと秋を窺《うかが》うと、彼はそれに敏感に反応して不審の眼差しをこちらに向けた。

「どういう意味だ？」

「そのお祖父様、さとるさんとおっしゃるんですが、最近、足と背中に痛みを訴えておりまして……つまりそういうことです」

「このクソ重たい商売道具はその為か。そういうことはもっと早く言うものじゃないか？　ザギ」

「スミマセン、言い出しづらくて」

「そんな殊勝なタマかっての」

照れた仕種《しぐさ》をしてみせる座木に、秋はがっくりと肩を落とした。

二人はコンビニから訪問を告げる電話をすると、ろくな目印もない地図と道路に泣かされつつ、椚本家を訪ねた。

農耕用の車両が三台、自家用軽トラが一台、乗用車が二台止まってまだ余りある殺風景な庭には、小さな家庭菜園が作られている。農家の人が自家の分だけ無農薬で作るというアレかもしれない、と秋は傍《かたわ》らに座ってトマトやキュウリの品質を褒《ほ》めちぎった。普段薬草などで草木に馴染《なじ》みがある為、見る植物全ての品質にこだわってしまうのを、座木は立派な職業病だと思う。

しまいには緑がかった黄色の土を手に取り、サラサラと地面に戻して感嘆の声を上げた。

「スゴイ。この土、まさにとうもろこし栽培向きじゃないか。何で作らないんだろう、もったいない」

「とうもろこし畑ならあっちにありますよ。それより秋」

座木は今にもそちらに走り出そうとする秋の襟首《えりくび》を摑み、見上げる恨めし気な目に脱力しながらも気持ち強気で進言した。

「仕事が先です」

「——ケチ」

「誰がですか？　言うに事欠いて……あ」

反論している間に、秋は一人でタカタカと歩いて行ってしまった。もう五メートルも差が開いている。

「何してる？　置いてくぞ」

「……はい」

勝てるはずがない。座木は逆転してしまった立場に苦笑して、彼の待つ玄関へと歩いた。

庭に面して、古いが大きな平家が建ち、明かりのついた玄関があるが、インターホンはない。座木は逆戸《さかど》にされた引き戸を開け、奥の廊下に向かって、

「今晩は」

と控え目な声をかけた。

「いらっしゃい。あなたが空音ちゃんのお婿《むこ》さん？　あら、でも女の子と一緒なのねえ。もしかして妹さんかしら？」

出迎えた婦人は、四十そこそこの婦人だった。話では祖父一人しか居ないはずだが。

「いえ、僕は……」

「あらヤダ。ひょっとして男の子だったのね。もうおばさん、間違えちゃってごめんなさいねえ。あ、お荷物運びましょうね。ちょっと、誰か手伝ってー」

口を挟む間もなく、その鍛《きた》え抜かれたマシンガントークが二人を撃ち抜く。更に、奥からはゾロゾロと似たような世代の人間が登場した。

「まあ！」

中でもひと際大きな声を出したのは、着物にスモックを着た婦人だった。

「空音ちゃんの婚約者だなんて聞いてたら、あんたこの間の薬屋さんじゃないの」

「えっとタミさん、でしたね」

「ああ、ヘップバーンの」

秋が小声で座木に毒づく。

「覚えててくれたのねー、まあ、嬉しいじゃないの。さあ、上がって上がって。お寿《す》司《し》が届いてますからねえ」

断わる二人の荷物を奪い取って、婦人達は客間へ案内した。驚くことに、中は四十から八十までの女性ばかり十人ほどで、既に盛り上がりを見せていた。

夕食を御馳走《ごちそう》になりながら話を聞くと、どうやらこの家の主《あるじ》、さとるを元気付ける会と称して、近所の奥様方が集まっていたらしい。もちろんその目的はそれだけではない。

「空音ちゃんの紹介で、とってもいい薬屋さんが来るって聞いてねー」

「アタシは空音ちゃんの婚約者が、さとるさんの為に留守番を申し出たって聞いたけど？　え？　婚約者じゃないの？　ああ、恋人ね。ブフフフ」

「空音ちゃんの見つけた人なら、一度この目で見ないとねえ。そりゃあもう、高校の時は大人気だったんだから」

「まさかこの間来たセールスマンがそうだとは思わなかったわねー。そちらは助手さん？　可愛い子ねえ」

「男の子に可愛いなんて言っちゃあ失礼よ」

「座木さんが空音ちゃんの恋人なら、秋君にはあたしが立候補しちゃおうかしら？」

十人の甲高い笑い声が、家を揺らすほどに響き渡る。

不可抗力のうちに『空音ちゃんの恋人の薬屋の助手』になっていた秋は、ずり落ちた眼鏡《めがね》を上げて力なく笑った。

座木は早くもビール片手にスタンバイした女性陣に囲まれて、動けなくなる。助けを求める視線を幾度となく秋に向けたが、彼はその全てをかわし切って、食事に熱中するフリで自分の身の安全を確保していた。

「皆、薬売ってもらうとか、診《み》てもらうなんて言ってたクセに。酒飲ませちゃどうにもならないな」

騒がしい輪から少し外れた所で、その光景を愛《いと》おしそうに眺め、独白する人があった。

髪はすっかり白く、顔には生きてきた分の皺《しわ》が刻まれていたが、その目はとても力強い。足が悪いらしく、終始動かず座椅子に腰掛けていた。秋と座木を除けば唯一の男性、良太の曾祖父『さとる』だ。

秋は箸《はし》をくわえたまままそちらに近付いた。

それを見たさとるはとても御年八十二歳とは思えない機敏さで、秋の口から箸を抜き取った。

「箸をくわえたりしたら危ないだろう！」

穏やかで、かつ威厳《いげん》のある声。その苦労を語る節榑《ふしくれ》立った指で、丁寧《ていねい》に箸置きを添えた。

秋は嬉しそうに目を細めて、はい、と返事をし彼の横に座った。

「おっと、済まないね。良太を思い出して、ついやってしまった。えっと、君の名は……訊いたかな？」

「秋、と言います。御挨拶《ごあいさつ》が遅れました、初めまして」

「あき？　季節の『秋』？」

「はい」

「そうか、変わった名前だな。否、昔友人にも居たよ。季節の春と書くのが。そういえば、君に少し面影《おもかげ》が似ていたかな？」

「――サトルさん、は叡智《えいち》に充《み》ちると書いて、智充《さとる》さん」

「そうだよ、良く分かったね。表札で見たのかな？」

「……ええ」

秋は小さく微笑《ほほえ》んで、持って来た鞄を手に取った。

「足と、腰でしたね。構わなければそろそろ診ましょうか」

「！　驚いた。君の方が医者だったのか。私はてっきり、彼の方だとばかり」

智充が目を丸くして枯れ花達に囲まれる座木を見遣ると、秋はクスと笑って人さし指を鼻の前に立てて見せた。

「これで結構若作りなんです。彼には治療が終わるまで、スケープゴートになって頂きましょう」

「それはいいな。すまないがそこの杖を」

「はい」

秋は壁際に置いてあった木製の杖と一緒に、細い右手を差し出した。

トイレに連れて行くフリをして抜け出して、智充は秋を自室に案内した。ベッドに座って手を貸してもらった礼を言う。

「情けないな。たったこれだけでも重労働だ」

「足を出して下さい」

「ああ……君の御両親は、日本人では？」

骨と皮だけになった足を触診する秋に、智充は垂れる前髪越しに彼を見て言った。

秋の顔が苦笑で歪《ゆが》む。

「不躾《ぶしつけ》ですね」

「気に障《さわ》ったかな？　済まない。だが、褒《ほ》めて言ったことなんだよ。綺麗《きれい》な栗毛《くりげ》だ」

「馬じゃないんですから」

秋はクスと笑った。

「両親が何処《どこ》の誰だかは知らないし、顔も覚えていません。人に教えてもらうまで、

『両親』という存在すら知らなかったんです」

「！　ああ、ますます悪いことを訊いたな。そうか、大変だったろうに。それから一人で？」

「ええ、でも行く先々で気の合う人にも会えましたから」

秋はそこでいったん切って彼を見上げた。

「大丈夫ですよ」

「ありがとう。良太のことを聞いたんだね？」

智充は目を閉じて小さく首を振った。

「気掛かりはそればかりだ。あの子はこの先どうなってしまうのか……君のように強く生きて欲しいと願うばかりだが」

「この足は、過労ですね」

「そうだ。これでも昔は美男子でな、上京していた妻に惚《ほ》れられて婿入りしたんだ。だが農業を甘く見ていた。毎日慣れない仕事ばかりで、ようやく飲み込んだ頃にはこの有り様だ。最近は昔のコトばかり思い出すよ。年は取るものじゃない」

智充は顔を上げて机の上の写真を見、初めは自慢げに、そして最後は少し悲し気に言った。

写真は古く、今より少し若い智充と中年の男女、そして少女が二人写っていた。その隣には良太と良乃《よしの》と思われる二人の写真、そして色褪《あ》せた二人の少年と一人の少女の写真が並べられている。

それを見る彼の目はうっすらと潤《うる》んでいた。それは、子供達の大事にも駆け付けられない我が身の歯痒《はがゆ》さを表しているようだった。

鞄から薬を調合するいろいろな道具を出す秋に視線を戻し、彼は尋ねた。

「出来合いの薬じゃないんだな」

「そうです。塗り薬で、作ってすぐ塗らないと効果がないんですよ。時間がかかりますから、何か話でもしましょうか？　それとも聞かせてもらえますか？　その、昔の話というのを」

「うん。話させてもらうかな。昔から聞くより話す方が好きなんだ。年寄りの戯言《ざれごと》だと思って聞いてくれ」

「お願いします」

智充は思い出すように写真を手に話し始めた。

話は昭和に遡《さかのぼ》る。智充は東京の全寮制の男子校に入っていた。

「その時の同室の友人がハルといって、愉快な奴だった。学生時代はよく二人で馬鹿をやったもんだ」

その馬鹿騒ぎのうちの一つが、今は亡き妻、北瀬《きたせ》未佳《みか》との出会いだった。まるで怪談話に出て来るような奇怪な事件が二人を巡り会わせ、その場の勢いも手伝って彼は遠い福島まで婿に入ることになった。

「でも、考えても見てくれよ。相手には、お隣女子校のミス何たらっていう看板が付いていたんだ。据《す》え膳《ぜん》喰《く》わぬは、だろう?」

智充は口調に若さを取り戻し、見た目、かなり怪しい薬を塗り込む秋に身ぶりを付けて話をした。

学校を卒業後、子宝にも恵まれ智充と未佳は仲良く幸せな家庭を築いたが、農家の仕事は逃げ出したくなるくらい辛いものだった。遠い地には友もなく、未佳の存在と一人娘だけが支えとなる。

娘が椚家に嫁に行って孫が生まれる頃には、智充の足は硬くなり簡単な家事が仕事になる。椚の祖父母と妻未佳が亡くなり、その頃、既に体が不自由になっていた智充は、娘夫婦の好意で椚家に招き入れられた。そこで外で働く娘達の代わりに、孫の良《よし》海《み》と空音を世話しそれは可愛がったが、

「子供の喜ぶような話というのに本当に疎《うと》くて、学生時代の話やハルに聞いたうろ覚えの童話を聞かせていたな。空音はつまらなそうな顔をしていたが、良海は何を言っても嬉しそうに返事をしてた。いい子だった」

賢く活発な妹——空音は、一人で出かけられるようになると彼から離れて行った。一方優しく大人しい性格の良海は、遊んでおいでと言う祖父に、中学に入っても楽しそうにくっついていた。

良海が大学に通う為に家を出て三年後、生まれたばかりの子供——良太を連れて帰った時は、家中が大騒ぎだった。母は泣き、父は怒り、しっかり者の空音までが心配して智充の所に飛びこみ泣き出す始末だった。

その夜、小さな手荷物と良太を抱えて、良海が智充の部屋を訪れた。

『彼は良家の一人息子で、御両親に交際を認めて貰えないの。でも彼は家も捨てて、一緒に来てくれると言ったわ。どうしても、彼と幸せになりたいの。お祖父様、どうか落ち着くまでこの子を預かって』

涙ながらに切々と語る彼女に、智充は良太を預かり、僅《わず》かばかりのお金を渡してやった。

空音と二人で何日もかかって良海の両親——智充の娘夫婦を説得して、結局良太は大事な娘の産んだ大切な初孫として、ここで育てられることになった。『両親は仕事で海外に行っている。お前が大きくなったら帰ってくる』と言い聞かせて。

そこまで話すと、智充の顔が暗く落ち込んだ。

秋が腰の治療の為彼を俯《うつぶ》せに寝かすと、智充は枕《まくら》に顔を埋めるようにして、またぽつりぽつりと話し始めた。

五年か六年して、病院から電話が来た。良海が入院していると言うのだ。

駆け付けた時、そこに男の姿はなかった。駆け落ちという事情を知らない両親は訳も分からず、ただ再会の喜びと、彼女の衰弱した姿に泣くだけだった。

回復し家に帰ってすぐ結婚が決まり、それに文句も言わない良海に智充は不思議に思って「いいのか？」と尋ねた。

良海は泣かず喚《わめ》かず、淡々と言った。

『いいの。もういいの。あの人は勝てなかった。私はここで幸せになるの。あの人はあっちで幸せになるの。それでいいの。それがいいの』

まるで、五年前の激しい想いをどこかに置き忘れて来たようだった。しかし、何故か夏になると河原に行って、目をはらして帰って来るのだった。

「たぶん、川に何か彼との思い出があったんだろう」

その後、夫が交通事故で亡くなるまで、良海は幸せそうに暮らしていた。優しい夫に、彼女自身惹《ひ》かれていったようだった。悲しいがその証拠に、夫が亡くなって気力をなくした彼女は思い出の詰まった家にいるのが耐えられないと、緑市に越して行ったのである。

「あの子は、二度も辛い別れをしたんだな」

「終わりました」

秋は声を掛けて、ハンカチを智充の枕元に差し出した。智充は愛しい孫達との思い出と、彼女の突然の死に涙をこぼしていた。

「はは、年を取ると、涙腺《るいせん》まで脆《もろ》くなるらしいな」

智充はふざけて言って、ハンカチを瞼《まぶた》に重ねた。

「……嘘つき」

「え？」

智充の耳には秋の言葉は届かなかった。そして秋も、言い直すことはしなかった。

秋は鉢と棒を軽く拭《ふ》いて、出した道具や薬瓶を鞄に仕舞う。

「少し強い薬ですから肌が荒れるかも知れませんが、一週間くらいしたら少しずつ動かしてみて下さい。今日はとにかくぐっすり眠って下さい。その方が薬もよく効きますから」

「これは……」

「よろしかったら差し上げます。一枚じゃ足りないかもしれないですけど？」

「充分だよ。有難う」

冗談めいた秋の台詞《せりふ》に、智充は片目を瞑《つぶ》ってみせてハンカチを小さく上げた。

秋はサイドテーブルのルームランプを残して、電気を消した。そして、少し淋《さび》しそうに笑う智充の瞼に軽く手をあて、

「おやすみ、また明日。智充、さん」

と囁《ささや》いた。

「その台詞、あいつも寝る時、毎日言ってたよ。懐《なつ》かしい、今どうしてるだろうな。もう六十年も……」

智充は目を閉じてまた涙ぐみ、だが今度は心からの微笑《ほほえ》みを浮かべて眠りについた。

＊

「ザギ、ザギッ」

まだあたりが薄暗い中、囁くような声に座木が目を開けると、ぼやけた視界に秋の顔と和室の天井が入った。外でさえずる雀《すずめ》以外に音を発生する者はない。和室に続く縁側の雨戸が、そのがたついた隙間《すきま》から僅《わず》かな光を漏《も》らしている。

座木は起き上がろうとして、痛む頭を押さえた。まるで寺の鐘の中に入っているところに外から思い切り撞《つ》かれたかのごとくに頭は一定の位置に定まらず、世界はグワングワンと回っている。

「ええと」

座木はかけられたタオルケットを摑み、もう一方の手で顳顬のあたりを押さえたまま記憶の糸を手繰《たぐ》る。が、どうにも痛みが邪魔して考えに集中出来ない。

「昨日はザルの目も詰まるほど飲んだらしいな」

押し殺したような秋の声がその答えを与え、そちらを向いて笑おうとする座木に、グラスを持たせた。

「スミマセン。……秋ッ⁉」

それは秋特製の酔い覚ましの薬だったが、今回に限り飲みやすさという点については考慮されなかったらしい。座木は飲んでいる途中で堪《たま》らず悲鳴に近い声をあげた。

秋はわざとあたりを窺《うかが》うようにしてシーと静寂を要求してきたが、それは無理な注文である。そして涙目になった座木の背中を、ポンポンと軽く叩いて笑った。

口惜《くや》し恥ずかし、加えて咳で赤くなりながら、しかし座木は確実に引いて行く頭痛に、文句も言えずに秋を見た。

秋はその向こうを透かし見るように、空になった瓶を摘《つま》んで左右に振っている。

「ビール二ケースに日本酒二升《しょう》七合。ウイスキーボトルで三本。さぞ勧め甲斐《がい》があっただろ。潰《つぶ》れたの、どれくらい振りだ？」

「十四年振りです」

こんな時ばかりは自分と、そしておそらく分かって訊いている秋の、鮮明なまでの記憶力が恨めしくなる。座木は起き上がってタオルケットをたたんだ。

見るとそこは昨日宴会の行われていた部屋で、近所の女性陣は皆いなくなっている。昨夜散らかしたはずの机の上は、跡形《あとかた》もなく片付けられていた。

「もうすぐ四時半になる。始発のバスで行こう」

目的を果たしたらしい。秋はこの家の主を起こさずに立ち去る気だった。それは彼の整えられた格好と囁き声からも、とうに想像がついていたのだが。

「！」

「秋？」

玄関で靴を履《は》こうとして、秋が後ろを振り返った。

「もう、行ってしまうのだね？」

そこに立っていたのは智充だった。寝間着にカーディガンを羽織って、杖《つえ》をつきながらもその姿は凛《りん》としている。

秋は予想もしていなかったらしく、驚きのあまり無表情になってしまっていた。

「農家の朝は早いんだよ、秋君」

「智充さん、安静にしているようにと言ったはずです」

「君はただの薬屋じゃないんだな」

「……いいえ、何処にでもいる一薬屋ですよ」

秋はまた無表情な少し笑みを含んだ顔に返って答えた。

「ザギ、智充さんを部屋に」

「大事なお客様なんだ。せめて玄関までお見送りさせてくれ。それからこれを」

それは茶色の封筒だった。秋は受け取ってから、封筒の下方が妙に膨《ふく》らんでいるのを細い指でなぞって、智充をちらり見た。

智充はどうぞ、と微笑んでいる。

「これは」

中から出てきたのは、薬代としては多すぎるほどのお金と、二つのカギだった。

「それは良海の家と、あの子の机の鍵だ。あの子があんなことになる二、三日前に私宛《あて》に送られて来たんだよ。何かあったら私に処分してくれ、とね。君達が何者かは知らないが、あの空音が頼ったほどの人間だ。君達に頼みたい」

座木は困惑した顔で秋を見、秋も一瞬迷って考え込むように目を閉じる。それからすぐに辞退しようと決めたらしく、それを封筒に戻し彼に返そうとした。

しかし、智充の手は杖の頭に重ねられたまま微動だにしない。そして杖にもたれ掛かるようにしてお辞儀をする。

「秋君、座木さん。空音と良太をよろしく頼みます」

彼が二人について、そして事件についてどこまで知っているのかは分からない。ただ、可愛い孫と曾孫《ひまご》にとって、この二人は味方なのだと直感しているかのようだった。

秋は何かを言いかけ、俯《うつむ》いて唇をひく。眼鏡を外し、再び袋を開けカギだけを掌に残すと、反対の手の指を鳴らした。

パチン！

智充がその袖の袂《たもと》に落ちた急な重みに気が付き、手で探る。そこにはたった今まで秋の手にあったあの封筒があった。

「！　この手品は」

「良太君達のコトは、確かに請け負いました」

秋は鍵をポケットにしまってコートの裾を翻《ひるがえ》し、敷居の外に出て振り返った。座木が会釈をしてガラリ戸を閉める、その間際、

「じゃーね、智充。元気で」

「ハ……」

カラカラ、タン。

扉は、手を振った秋と身を乗り出した智充の間を分け、閉じた。

「秋？」

「行こっか。何か僕も、犯人の面《つら》が見てやりたくなったよ」

座木にその本意と不可解な表情の理由を尋ねさせる間もなく、秋は足早に門をくぐり抜け、背後で聞こえた戸の開く音にも決して振り返らなかった。

3

通勤時間帯にはまだ早い電車の中で、秋は座木に寄り掛かったまま爆睡態勢に入った。昨日もあまり寝ていないらしい。無言の移動は往《ゆ》きよりも長く感じられたが、良太の家に着いたのはまだ日が高くなる前だった。幸い警官の姿はない。

二人は鍵を開け、居間に入った。そこにあったらしい花は回収され、拭き取れない血とガラスの破片だけが散らばっている。

「綺麗っちゃ綺麗だな。東向きの窓だし、まだ血が固まらないうちは硝子《ガラス》と一緒に朝日に煌《きら》めいて、さぞ」

秋は何かを見つけたらしく、血糊《ちのり》を避けて部屋の中心まで行き、床にしゃがみ込んだ。

「ザギ。来れるか?」

座木が側に行くと、秋はガラスの欠片《かけら》を二つ拾って目の前に掲げた。

片方はビール瓶ほどの厚さで、表面に細工が施《ほどこ》されている。もう一方にも細工はされているが比べてみると彫りが浅く、厚さも若干《じゃっかん》薄い。

「種類が？」

「割れたのは花瓶だけじゃないってこと……ハッ」

クシュン！

秋は全てを言い終わる前に、クシャミで自らの台詞《せりふ》を遮《さえぎ》った。しかもそれは連続して、なかなか止まる気配がない。

「風邪《かぜ》ですか？」

「これだ」

心配する座木におよそ答えになるとも思えない返事を返した。否、返事ではなかった。

「クシャミが何か？」

「確信出来なかった、曖昧《あいまい》な近道。これが一番近っ……クシュン、あと必要なのは、フフ、狙いどーり！」

秋は泣いた後のように水っぽくなった鼻を擦《こす》って、嬉しそうにクシャミを繰り返す。足元からゴミ屑《くず》のような物を幾つか拾って、薬包紙に包み硝子と一緒にポケットに仕舞った。

座木が彼をその部屋から連れ出すと、あんなに続いていたクシャミは示し合わせたようにぴたりと止まった。

「近道の構造までは教えて下さらないんですね」

「秘する花を知ること。秘すれば花なり。秘せずは花なるべからず」

「世阿弥《ぜあみ》、ですか？」

「手品はね、タネを明かすと大道芸になっちゃうのさ。曲芸と奇術は別物だよ」

「私にも？」

「ザギは僕の『手品』が見たくてここにいるんだろ？」

基本的なところを確認させられて、座木は引き下がるしかなかった。頷くしかない。

秋は座木の腕の付け根を手の甲で叩いて、良乃が死んでいた現場を探し始めた。

「風呂場《ふろば》ってどっちかな？」

「あれじゃないですか？」

座木は床に引きずる血痕《けっこん》を指差した。

二畳ほどの洗面所を通って奥に造られた浴場は、大人一人がやっと入れるくらいの浴槽《よくそう》と同程度の広さの洗い場から出来ている。かなり狭い。洗い場の殆《ほと》どが、内開きのドアの開閉スペースに使われてしまうくらいだ。

この家に住むべき人間が帰って来ていない為か、白いタイルとマットには血が黒ずんで固まったままにされていた。シャワーの根元の分岐点に付いた蛇口は僅《わず》かだが陥没して、血とともに張り付いた髪の毛が生々しく事件の様相を語る。

秋は風呂の中には入らず、蛙《かえる》のように入り口の一段高い所でジッと内部を凝視《ぎょうし》した。

「…………」

「…………」

「犯人は妹を追い詰め、頭を打ちつけて殺した。ここはそれでいい。ザギ」

「はい？」

座木が秋の結論をその仮定とともに考えようとしていると、秋は突然彼を呼んで、上に向けた人さし指を前後に揺らした。

「何です？」

「ちょっと元に戻って」

「？……はあ」

「今ここに来て思ったんだが、僕達お互いに相手の視界を妨げてるんだ。こうしてると、僕からはそっちの天井がきっぱりさっぱり見えない」

「はあ、狭いですからね」

座木は電球の下がった背後の天井を見上げ、全身から力を抜いた。頭上に布が覆《おお》い被《かぶ》さってくる。原形に戻って服から這《は》い出ると、秋が座木の陰になっていた電気を見上げている。座木の目に、特に異常は見られない。

秋はブンと腕を振り回してから座木を拾い上げ、パーカのフードに入れた。鞄に座木の服をしまって、右肩にかけて背負う。

「あとは机だな」

「はい」

秋は内側に血の飛び散ったドアを閉め、階段を上がった。

二人は一部屋ずつ見て回り、最も簡素に纏《まと》められた良海の部屋を見つけた。四畳半の部屋にウッドカーペットが敷かれ、その上にベッドと机が置いてある他には何もない。シックというよりはもの淋し気な印象を与えた。

秋は部屋全体をざっと見てから、机の鍵のかかっている引き出しを開けた。

「何だ？　これ」

中には川辺でキャンプをする大学生の写真ばかりが、何十枚も無造作に入れられていた。座木も肩の上から覗き込む。

「サークル？　昔は合コン代わりに合同ハイキングが流行ったものだけど、今でもキャンプサークルなんてあるのかな？」

「川辺ばかりですね」

「山の中のキャンプ場か？　自然と言い張るにはあまりに人工的な」

秋は目尻を歪めて苦笑いした。

彼の言う通り、写真に写っているテントの設置場所は整った敷地が多い。その中の妙に傷んでいる写真には、嬉しそうに笑い抱き合う男女が写っていた。おそらく良海と、彼女が駆け落ちしたという相手であろう。

「ふうん。段々事実が収束してきたな。愉快痛快諧謔《かいぎゃく》的、ってね」

また訳の分からぬ造語を唄《うた》って、秋は写真を一枚残らず鞄に押し込んだ。

「最後の近道は、頭の発見場所――梶枝《かじえだ》大学ですね」

「その前に上流坂駅前にちょっと寄ってこう。会いたい人がいるんだ」

「体の発見現場ですね？」

「まーね。電車の中で、顔出すなよ」

秋は引き出しの中身以外、自分達の来た痕跡《こんせき》を残さぬよう家中を見回って玄関の鍵を閉め、用を果たした二つの鍵を空高く放り上げた。

＊

「おいおい畜生、珍しい。秋じゃん」

「今日は」

秋の猫なで声が聞こえて、座木は肩に前足を掛けて身を伸ばした。

駅のロータリーの中央に作られたコンクリートの広場。３《スリー》ＯＮ３《スリー》用のバスケのリングとホッケーのゴール、スケボーのジャンプ台が二つずつ、ぎりぎり互いのエリアを侵食しない位置に設置されている。周囲は低いが緑のフェンスで囲まれ、ボールを追っての交通事故を防止していた。

そのフェンス際に、年齢不詳な男女数人が集団を成している。秋は駅とは反対側にある入り口までは回り込まずに、フェンスに片手を掛けてフワと飛び越し、中に降り立った。

「畜生、魅《み》せるねー、秋。花粉症は治ったんか？　おい」

頭にタオルを巻いた二十代前半ぐらいのむさい男が、怒ったような口調でパチパチと手を打つ。

秋はそれに軽く応えて、何と表現したものか、外見だけには相応した可愛らしい声で話し掛けた。

「もう平気。あれ？　クジラさん、今日、人少なくない？」

「あれからめっきりさっぱりだ、畜生。学生の坊ちゃんチームは寄り付きもしねえってなもんだぜ、畜生め。あいつらにはここの大事さが、四回死んでも分かりゃしねえんだ」

クジラは鼻の下を手の平で擦った。端々で「畜生」と連呼するのは、不機嫌なのではなくただの口癖らしい。

「ふうん。つまんないね」

「そうだ、秋君！」

「何？　白《しら》姉さん」

　白姉と呼ばれた妙に化粧が濃くて色白に見える女は、長くて紫の髪を隣の女子高生に三つ編みにして貰いながら、首から下だけで大きく身ぶり手ぶりをした。

「秋君が来ない間に変な男が来たよ、二組の」

　そうそう、と女子高生が応える。

「何かどっちの方も秋さんのこと、訊いて行かれました。どんな人ですか？　とかそういう」

「何かやったのか、秋ちゃんよお？　春でも買ったか」

「されることはあっても、するこたねーだろーよ」

　対照的に太めの男と細長い男が、二人でゲラゲラと下品な笑い方をして合いの手を挟む。

　話の具合からすると、秋はここでは可愛い少年で通っているらしかった。億単位で猫を被っている。

「分からないなあ？　誰だろう……心当たりはないですか？　クジラさん」

「畜生が、そりゃこっちの台詞だってんだ。俺の予想じゃあ、御立派な御実家から御派遣された、御放蕩《ほうとう》の御長男を御探しになられた御家来だな。どうだ、違うか畜生？」

「アタシ、アタシはねー、どっかで秋君に一目惚れした深窓の令嬢が人雇って探させてるんだと思うの。ねっ、あっちゃん」

白姉が話を振ると、女子高生――あっちゃんはおどおどした態度で、儚気《はかなげ》に微笑んだ。

「ええ、もう一組はそれを阻止しようとなさった、お父様とお母様の雇った探偵さんって、フフフ」

「皆、勝手に話作らないで下さいよ」

秋がフニャと人なつこい笑みを浮かべた。

捜査に来た二組、片方は大方あの三人の刑事だろう。もう片方に心当たりはない。話に釣られて顔を完全に出してしまった座木に気付き、太めの男が声を上げた。

「うおっ！　何じゃそりゃ!?」

「え？　おわっ、可愛いじゃんか、何よそれ」

飛び退いた太めの男とやはり対照的に、細長い男はチッチチッチッと舌をならして座木を呼んだ。対応に困って秋の後ろ頭に隠れると、秋は手に乗るよう、自分の肩に右手を置く。

座木が不承不承その手首に移ると、秋は腕を前に出して細長い男の前に差し出した。

「見ても良いけど触らないで下さい。この子はサッチョウエゾ狐《ぎつね》っていう種類で、結構凶暴なんです」

「そんなのいるんか！」

そんなモノは断じていない。薩摩《さつま》、長州《ちょうしゅう》、蝦夷《えぞ》では地方すら異なる。しかし誰一人として秋の言葉を疑いもせず、言い付け通り指一本触れずに目で座木を可愛がった。太めの男は動物が苦手なようで、近づきもしなかったが。

「秋君。この子、名前は？」

「歳三《としぞう》です」

「新撰組《しんせんぐみ》かい。としぞー、としぞー、菓子喰うか？」

座木がフイッと鼻先を逸らすと、細長い男は「いけずー」と言って嬉しそうに身を捩《よじ》った。

「おう、秋。どうせなら一戦やってかねーか？」

「あ、ごめんなさい。今日はつるちゃんさんに借りてた本、返しに来ただけなんです。お使いの途中で」

「えー、秋君、帰っちゃうのー？　こんなムサイ男ばっかじゃつまんなーい」

「んだと、白！」

「聞き捨てならねーな」

「きゃー！　秋君、助けて！」

白姉は、自分の蒔《ま》いた種の回収役を押しつけて、秋の後ろに隠れた。

秋が困った風な表情を見せると、クジラが二人の男の首根っこを摑んで、秋を中心にした追いかけっこを止めさせる。

「ありがと、クジラさん」

「いいから、早く行け畜生。つるちゃんならホッケーの方に転がってたぜ。今度は一戦できる時間くれえ作ってから来いよ、この畜生」

「うん」

秋は五人に手を振って、三百メートルほど先にあるホッケーのコート目指して走り出した。


「やっぱ高遠《たかとお》さん達、来てたね」

「その確認に？」

「ううん、それはおまけ、ここからが本題。もう喋《しゃべ》るなよ。——つるちゃんさん。いる？」

「うおーうおい、いるよ。誰だ？」

「秋です」

「何だ、チビか。ちょっと待ってろ」

秋が話しかけ、声が返って来たのは芸術的ともいえる段ボールの家だった。そのボロボロになった簾《すだれ》のドアから、声に続けて髭《ひげ》を伸び放題伸ばした男が姿を現した。秋をチビと呼ぶだけあってその身長は高く、百八十から百八十五、膝の白いズボンと茶色のTシャツを着て、足には底のすり減ったビーチサンダルを履《は》いている。左耳にピアスを空け、赤く小さな石が太陽を反射していた。

髭と汚れで分かりづらいが、そう年はいってない。せいぜい三十前後といったところか。

「どーした、チビ？　もう風邪《かぜ》は良いのか？」

「うん。ハハ、つるちゃんさんまで噂が来てる」

「白とあっちゃんが、肺炎だ結核だって騒いでたからな」

「ヤだなあ。皆、大袈裟《おおげさ》なんだから」

「それだけチビが頼りねーんだよ」

「そっかな？」

秋は首を傾《かし》げて角の擦り減った本を彼に手渡した。

「これ、本。有難う」

「あー、面白かったろ？」

「うん、凄《すご》く」

「そうだろ、そうだろ」

秋の下げた頭を上げさせない力強さで、つるちゃんは髪を混ぜ返すように撫でる。

「今日はどうした？　この為に来たのか？」

「もう一つ。ねえ、つるちゃんさん。僕、訊きたいことがあるんだけど」

「何だ？」

「いつ段ボールが捨てられたか、見た？」

「段ボール？　ああ、段ボールな。さあ、どうだったか、随分前のコトだしなあ」

「二週間前だよ。思い出せない？」

「どうだったかなあ？」

つるちゃんはあまり考える様子も見せないで、面倒臭そうに首を傾けるのに、秋が手を合わせ、目を瞑《つぶ》った。

「ねえ、お願い！」

「仕方ない、チビにせがまれちゃ思い出さない訳にも行かないか。今度奢《おご》れよ」

「うん！」

秋が顔を上げると、つるちゃんは髪と繋がった髭ごと顔を掻《か》きながら、ごつい手でもう一度彼の頭をもみくちゃに撫で回した。

「あの日は、帰って来たのがー、零時回ってたな。その時にはもうあった」

「それ、二十八？　二十九？」

「お前らがバスケする前の日だ。二十八か？」

「その前は？」

「うむ、出掛けたのは何時だったかな、その時……にもあったな」

「！　あったの？」

「いい段ボールだ、明日貰って屋根を補強しようと思った覚えがある。でもそん時は、折り畳まれてたな。それが日が完全に沈んでからだから、今の時期だと」

「七時から八時の間だね」

「そうか？　帰って来て取りに行ったら組み立てられてててよ。てっきりゴミ箱に使われたんだと思ってたけど、棺桶《かんおけ》にされてるとは思わなかったぜ。開けなくてホッとしたよ」

つるちゃんはピアスを指先で挟むように弄《いじ》って苦笑した。

「それ、誰か他の人に言った？」

「いいや、たった今思い出したトコだ。お前らが見付けて警察が来た時は、余所《よそ》に行ってたしよ。だけどチビ。何でそんなこと訊くんだ？」

「友達と賭《か》けちゃって。二十八日の八時から十二時なら僕の負けだ」

「そりゃ、悪りィな。変えとくか？」

「ううん、いーよ。それじゃ詐欺《さぎ》だもん。ありがと、つるちゃんさん」

「また来いよ。気が向いたら遊んでやる」

「うん」

つるちゃんは最後に秋の頭を手の平でバシッと叩いて、段ボールの家に戻ろうと簾を上げた。途端、秋の顔色が変わる。幕を引いたみたいに、顔から一瞬にして表情が消えた。

「つるちゃんさん！」

「！　な、なな、何だよ？」

つるちゃんは秋の急な大声に肩を竦《すく》め、どもりながら振り向いた。

「大声出してごめんなさい。あの、あれ。奥のなりかけドライフラワー、あれ何？」

「ああ？」

秋が腰を落として指差した家の中には、逆さまにバラが一輪ぶら下げられていた。水分を失くして、ドライフラワーになりかかっている。『なりかけドライフラワー』、ストレートなネーミングだ。

つるちゃんはやっと秋の指す物に思い至って、立入禁止という風に右手の平をこちらに広げた。

「あれはやれねえぞ。お気に入りなんだ」

「ううん。それ、どこで？」

「広場に落ちてたんだよ」

「広場のどの辺？」

「そこのフェンス際の……ああ、ちょうどゴミ捨て場の裏側だな。段ボール取りに行った時に見つけたんだ」

「ネットに穴が空いてるトコ」

「そうだ。お前のか？」

「落とし主に心当たりがあるだけだけど……」

そしてパッと笑顔になる。

「いいんだ。何でもない」

「そっか？　ふんじゃあな」

「うん、じゃあね。ありがとう、つるちゃんさん」

「おう、またな」

そして彼が簾の向こうに消えた後、秋は横目で座木を見て、

「あったね」

と、何とも言えない顔をした。


バスケコートの五人にも軽く挨拶をしてその場を引き上げた秋は、駅前の汚い公衆便所の割れた鏡の前に重い鞄を下ろした。

座木は周りに誰もいないのを確認して——駅の構内のトイレの方が綺麗なので、こちらが使われることはほとんどなさそうだが——秋の肩を降りた。

「秋、風邪ひかれてたんですか？」

「僕がそんなヤワに見えるか？」

見えるが、そうでないことは知っている。

「あの方は？」

「つるちゃんさん？　なかなか凄い人だよ。一流大学を出て、何だか使えなさそうな資格をいっぱい持ってる。資格マニアなんだって。時々しかあそこに居ないし、更に相手してくれるのは稀《まれ》だけど、楽しい人さ」

秋は煙草《たばこ》に火を点《つ》け煙で悪臭を消して、無理に作ったような笑顔を見せた。理由は窺《うかが》い知れない。

座木は当たり障りのなさそうな話を、かける言葉に選んだ。

「段ボールも現地調達でしたね」

「うん。あのさあ、ザギ」

「はい？」

「先に帰っててくれないか？　梶枝大学には僕一人で行く。それと、前に何度か使ってる裏ネットの情報屋、なんて言ったっけ……『シャドウ』？」

「彼が何か？」

「今回は使ってない？」

「はい。必要がありませんので」

「そいつの身元を調べることは出来るか？」

「無理ですね。手を出したら最後、何をされるか分かりません」

「逆に調べられることは？」

「それもないです。まったくの他人の住所と名前を買ってネットに加入していますから、逆探知されてもその人止まりです。反対に言えば、アドレスやハードを破壊されることを覚悟でシャドウの身元を探っても、彼の買った誰かのＩＤ止まりでしょう」

「ならいい。気を付けて帰れよ」

「？　ええ」

秋は座木を掬《すく》って鞄の上に乗せると、鞄を個室の棚に置いて外に出て行った。

4

ピンポーン。

久々の遅番に惰眠《だみん》を貪《むさぼ》っていた午前十時、葉山《はやま》はチャイムの音と宅配便と名乗る声に起こされた。

クーラーを切って寝ていた為、熱帯夜とカーテン越しの真夏の日射しに、パジャマ代わりのランニングは汗で背中に張り付いている。にも拘《かかわ》らず、一度も目を覚ますことなく眠り惚《ほう》けていられたのは、連日の仕事の疲れのおかげだろう。

「仕事って言ってもなー、一部趣味だし」

葉山はそう呟いて、寝乱れたランニングに膝上で切った――しかも自分で――ジャージのズボンというだらしない格好を取り繕《つくろ》うことなく、ドアを開けた。

印鑑と引き換えに渡されたのは、クラフト紙に包まれたA4サイズの薄い荷物である。細く白い繊維糸で十字に結ばれ、その上から送り状がべったり貼られていた。受け取り人はもちろん当人、御葉山《おき》。差出人は……聞き覚えも見覚えもない女性の名前だ。無論、住所も知り合いのいた記憶のない京都府某となっている。字はワープロで打たれ、品種は本と書かれていた。

「何だっけー？」

葉山は棚からハサミを取り出し、パチパチと紐《ひも》を切る。

「最近通販もしてないしー、オレみたいな雑魚《ざこ》刑事に脅迫《きょうはくじょう》状とか来るはずないしー」

誕生日プレゼントの包装紙のように、クラフト紙に留められたガムテープをソロソロと剝《は》がしてゆく。高遠に言わせれば『無駄に几帳面《きちょうめん》』というこの性格も、どんなモノでも無駄に出来ない貧乏性のなせる業である。

「の前に、誰だ？　お前は」

葉山はクラフト紙に引っ付いてくる送り状の名前をもう一度見て、うーんと唸《うな》った。

自慢ではないが中学高校は男子校、大学も工学部だった葉山の女友達の数は、限りなくゼロに近い有理数だった。これで建築科だったりしたらまだマシなのだが、電子科では手の付けようがない。学科における女子の割合は、消費税率よりまだ低かった。

そんな関係のないことばかりを考える頭の倦怠感《けんたいかん》と止めどなく流れる汗を追いやる為、葉山はクーラーのスイッチを入れた。

ピッ。

聴音可能範囲ギリギリの高い音に反応して――実際は電気信号になのだが――クーラーが冷たい風を吹き出す。

ついでにコンポの電源をつけて、入れっぱなしのＭＤを再生してから、クラフト紙の中身と御対面した。中は更に厚味のあるクラフト紙の封筒だった。

「何これ。先輩？」

葉山はまずその封筒の宛名に頭を悩ませ、封筒の表に印刷された社名に愕然《がくぜん》とした。


『高遠三次《さんじ》　様』

『埼玉県羽生《はにゅう》市東1―12―27　四谷《よつや》探偵事務所』


「埼玉県なのに四谷とは、これ如何《いか》に……」

葉山は自分でも説明のつかない訳の分からないことを口走り、ますます訳が分からない封筒を焦点の合わぬ目で眺めた。

封筒は口を糊《のり》で止めた上に、封緘《ふうかん》シールで塞《ふさ》がれている。宛名が高遠である以上、勝手に開けるわけにもいかない。

葉山は鞄からシステム手帳を取り出し電話の前に座った。戸惑う彼の脳裏に、単調な電子音が怒りと焦りを紡ぎだす。

『はい』

たった二音でも分かる。高遠の声だ。葉山は堰《せき》を切ったように、寝起きで回らぬ舌を目いっぱいフル稼動させた。

「先輩ーっ！　何ですかこれ!?　四谷探偵事務所って、探偵って、何考えてるんですか！　いちおう刑事でしょう、先輩だって。しかも人ん家の住所勝手に使わないで下さいよ。オレの安眠妨害した上パニックに陥《おちい》らせて、何か面白いですか？」

『安眠って……まだ寝てたのか、葉山君』

息をついた隙《すき》に笑いを含んだ声が挟まれた。

葉山はゼエゼエ言いながら、

「もーー！　とにかく説明して下さいよーー！」

と電話口で騒いだ。

高遠の後ろでかかっていたテレビの音が消える。手を放し肩と顎《あご》で電話を挟んでいるらしく、声がくぐもった。

『今日は一日家にいるな？　今からそっちに行く。それともこっちに来るかい？』

会うか会わないかの選択権は葉山には与えられず――会わない項を選ぶ気もなかったが――会場の決断を迫られた。

（今から風呂入って着替えてー、だったら先輩の移動時間にやった方が効率いいな）

会うまでの二人の所要時間を考え、葉山は自宅を会見の場に選んだ。

『分かった。じゃ、そうだな、一時間後に』

「はい、お待ちしてます」

(あれ？　いつの間に待つことになったんだ？)

切ってから思って少々癇《かん》にさわったが、部屋の掃除の時間を考慮に入れるのを忘れていたことに気付き、流れる音楽をブチッと切ってダッシュで風呂に駆け込んだ。


ッンポーン。


どういう押し方をしているのか、『ピンポン』の初めの『ピ』が鳴らないのは高遠固有のおかしな——と言っていいだろう——クセだった。

葉山がチェーンを外して出ると、コンビニの袋を下げた高遠が一歩離れて立っていた。署にいる時とたいして変わらず、夏物のスーツにポケットに押し込まれた縒《よ》れたネクタイ、しかしシャツはさすがに半袖で、ジャケットは腕にかけられている。この後、ここから出勤するつもりなのだろう。

葉山が半身避《さ》けて中へ通すと、高遠は廊下の途中で振り向いて持っていた袋を葉山に押し付けた。

「朝も昼もまだだろう？　ロクな物はなかったが」

袋の端に手をかけガサガサと覗き込むと、おにぎり数個にサラダ、カラアゲ、そして甘党の葉山には嬉しいコンビニデザート何種類かが重ねられていた。

「うわーい、だから先輩って好きなんですよー」

「それは嬉しいね」

高遠は苦笑したが、葉山はさっき障られた癇もどこ吹く風、御機嫌に口笛など吹きながら冷蔵庫を開けた。買い置きはアイスコーヒーのボトルと甜茶《てんちゃ》。どちらでもいいように、二人分のコップに氷を入れボトルを二本のせた重い御盆を運ぶ。

一間しかない六畳の部屋の隅で、高遠はテーブル兼書物机の布団のないコタツに、首を抱え込むようにして肘をついていた。眠っているのかもしれない。葉山が盆を降ろすと、授業中うたた寝してしまった生徒のように大袈裟《おおげさ》に身を引いて起きた。

「あ、いや、すまん」

「寝不足ですか？　お茶とコーヒー、どっちにします？」

「偶《たま》には茶にしようか」

透明感が美しい茶色の茶が氷を伝って注がれる。葉山はグラスを置き、横に封筒を添えた。

「何なんですか？　これ」

「見ての通りだよ」

高遠は封の上をビリビリと破いて、クリップで留められた写真と紙の束を出した。

葉山にも写真の顔には見覚えがある。

「先輩？　これ、深山木《ふかやまぎ》さんですよね？」

「この写真はやらんぞ」

「それは残念ですー……って、そうじゃないでしょう!?」

真顔でボケる高遠に、葉山が一度乗ってから声を荒げた。

「これって身辺調査じゃないですか」

「そうなんだよ、実は。とにかく座りなさい、葉山君」

葉山は浮かした腰を落とした。その目から疑いの色を消してはいない。

「何も個人的趣味の為にやったわけじゃない。少しでも事件の参考になればと思ったのさ」

「良くそんなお金ありましたね」

「こういうときばかり頼るのも気が引けるが、使える物は、ってヤツだよ」

「はあ。……コレ食っていいですかー？」

葉山は気まずい空気になりかかっているのを好転させようと、その話題はさっさと他所《よそ》に追いやって、土産《みやげ》の弁当を食べることにした。

以前に酔った勢いで高遠が口を滑らした――という表現が適確だろう――話では、彼は両親が離婚すると同時に家出同然でここへ来た為、縁が薄くなってはいるが、何を隠そう京都の良家の出身らしい。詳しい事情までは葉山には知る由《よし》もないが、彼らの安月給では出来るはずのない探偵社への調査依頼をしたことにさっきの発言を加えれば、実家の出資に依《よ》るものと考えて間違いないだろう。

「聞くか？」

「もちろんでふ。ファン一号のおえを差し置いて何言うでふか？」

既におにぎりを頰張《ほおば》っていて、その口調は怪しい。内容も怪しい。

じっと動かぬまま紙面に目を落していた高遠は、口元を緩め顔を上げた。

彼が省略して読み上げた秋の経歴は、省略する必要もないほど短いモノだった。飛び級制度を利用し卒業した大学は一つではないが、どれも医学系に片寄っている。

十年前に久彼山《くがやま》に開かれた『深山木薬店』の創始者は現在は兵庫県で隠居をしている垣谷青伊《かきたにあおい》七十七歳、現経営者は座木で店長は秋とされていた。

垣谷青伊と座木の関係は義父子で、息子に店を譲り、彼が友達と共同経営している形をとっている。店を継がせる為に養子をとったのか、もともと養子にとられて薬屋を目指したのかは不明である。これはあくまで『深山木秋に関するレポート』で、座木の学歴には触れていないのだ。

「それはおかしい」

高遠が声を上げた。

「何がですか？」

「なら、どうして店の名前が『深山木』なんだ？」

「言われてみれば、ほんとですね」

「まるで、垣谷氏が秋君の為に建てたみたいじゃないか」

「息子の友達の才能に惚れ込んで、二人の為に店を作ってあげたとか」

「……とりあえず、そうしておこうか。こんなところから躓《つまず》いていては話にならない」

高遠は紙を一枚後ろに送った。次は秋個人の情報である。

プリントは履歴書《りれきしょ》のように各項目に分かれて記入欄が設けられていたが、家族の欄に人間の名前はなく、『孤児』という選択肢に丸がついていた。仮と赤いスタンプが押された生年月日は、今から二十年前の一月十一日である。

「うむぅ、二十歳ですか？　誤魔化《ごまか》してません？　それ」

「情報源が書いてないからな。しかし、これより年上でも年下でもやっぱり変だと思うんだろうな」

外見と比べて、学歴職歴地位と比べて。

高遠は煙草《たばこ》を出しかけたが、葉山の部屋が禁煙なのを思い出したのだろう、行き場をなくした手で今日はムースで固めていない短めの髪を梳《す》いた。

「『一部の噂では何でも屋、便利屋のような仕事をしているとある。しかし、その情報は全て第三者のいい加減な証言に依《よ》るもので、当事者＝依頼人と思われる人物は皆、コメントを拒《こば》むか覚えていないと証言している為、噂の真偽は定かではない』」

「何でも屋っていっても、人殺しまでしますかー？」

葉山がコロッケパンをコーヒーで流し、異議を申し立てた。高遠は否定せずに、二枚目を開く。

「佐倉家との関係はなし、か。動機もなく、人は殺さないだろうな」

高遠はまたうなじを両手で覆って、額《ひたい》を机にゴンと打った。

今にも眠りこけそうなその背に疲労感を感じ取って、葉山は首を捻《ひね》る。高遠は何故こんなに彼らにこだわるのだろうか。いくら彼らが一般市民と比べて異質とはいえ、世の中にはもっと所謂《いわゆる》常識からはずれた輩《やから》が大勢いる。それでも、罪を犯さない限り逮捕することは出来ない。

「先輩、何で深山木さん達が事件に関わってると思うんですか？」

葉山は思い切って訊いてみたが、返事はやはり衒崎《てらさき》同様、

「勘だよ」

の一言で済まされてしまった。信用はしているが頼りない。

葉山はカップに可愛らしく盛り付けられた苺《いちご》ムースを手に、スプーンを探した。スプーンは袋の底に六つ連なって沈んでいて、それがデザートの数を暗に表していた。

葉山の気分が著《いちじる》しく高揚する。

「苺ー、イエー。二個目の事件はどうなんですか？」

「まだ調べられてない。たぶん第二便で送られてくると……」

「うっひゃー。まだ来るんですか」

葉山は素直にうんざりという顔をした。調査を続行するのは大賛成だが、今日のように朝——などとは厚かましい時間だったと、葉山は自覚していない——起こされるのは少し辛い。

高遠は済まなそうに眉間《みけん》に筋を入れ、片手で彼を拝む格好をした。

「悪いね。うちのアパート、留守の時管理人に荷物預かって貰えないんだよ」

「分っかりましたー。その代わりこのデザート、全部オレが食っちゃいますからね」

葉山が袋を抱えると、高遠はひっくり返るように後ろに両逆手をついて笑った。

「初めからそのつもりだよ、葉山君」

「ならオッケーです」

葉山は笑顔に返って、イソイソとプリンアラモードにとりかかった。

5

報告書を読み終え、葉山は高遠と一緒に署に出た。朝から出勤していた衔崎に進行状況を訊いたが、本部の捜査は順風満帆とはいかないようだった。犯人が居ない。被害者に殺される理由がない。遺体をバラバラに捨てて行く意味が分からない。誰も口には出さないが、どうやら進路は再び通り魔の線に流されそうな雰囲気だった。

それよりも、上流坂署は身近で大きな問題を抱えていた。例の車上狙いである。彼——彼女——は二桁《けた》にも及ぶ犯行を重ねるうちにすっかり調子づいてしまって、今では葉山の机に被害届が六法全書よりも分厚い束となっている。しかし被害はどれも些《さ》少《しょう》なものなので、大事扱いは受けていなかった。大胆なのだか小心者だかよく分かりかねる犯人である。

「御くん、交通課から電話があったよ」

トイレから帰って来るなり、係長が手をメガホン代わりにして葉山を呼んだ。

「かけ直しますかー？」

「直接頼むよ。『一円玉』、また出たそうだ。しかも今度は車ごと。はい、行ってらっしゃい」

係長は葉山の肩を、被害届のファイルで叩いた。

車ごと……盗難車か。車上狙いめ、悪ノリしすぎである。

葉山がそれをしぶしぶ受け取って返事をすると、係長はにこやかに、

「鑑識も連れてってね」

と付け加えた。

盗難車は交通課によって、署内の駐車場にレッカー移動されていた。内部に未使用の一円玉が散乱していた為、刑事課に連絡が来たらしい。

　黒のレビン、三日前に市内のＯＬから届けが出されている。ハザードランプや電熱線のスイッチが、スピードメーターの両脇に翼みたいに付いて昔の映画の宇宙船みたいに見えるので、葉山はこの車が嫌いではなかった。とかいう個人的な感想は後回しにして、とりあえず鑑識に一円玉と車の内外の指紋採取を頼む。

　元々は路駐で交通課にチェックされたこの車は、バッテリーが上がって中途半端な位置で乗り捨てられていたらしい。興味本位から、葉山は白い手袋をして車のエンジンルームを覗き込んだ。

「うわ、ベルトがベロベロに伸びてる。乗ってて五月蠅《うるさ》かっただろーなー。ウォッシャー液もラジエーターの水も空、オイルもザラッザラだー。盗んだ方も可哀相ー」

「何言ってるんですか、御さん。レッカー車の請求書、回しておきますからね」

「ふえー、それってオレが払うんですかー？」

　葉山が眉をハの字に泣きっ面になると、交通課の婦警は「知りませんよ、そんなこと」と冷たく言って、ミニスカートを翻《ひるがえ》し建物に入って行ってしまった。

「レッカー、一回三万円。あれって、助手席が怖いんだよねー……お、およ？」

　ボンネットを閉めようとバーを外して顔の角度が変わった一瞬、何か光るものが視界にチラつく。

「？　ボタンだ」
それは茶色のプラスチック製のボタンで、すぐ側の金具に同色の糸と絡まってい
た。おそらく中を見た時に、取れかかっていたボタンがこれに引っかかって落ちたの
だろう。
葉山はそれを鑑識の係の人間に渡し、他に車内には何もないことを確認してから、
被害者に電話をする為刑事課に戻った。
「あ、それと、そっちも記入して下さい」
「御さーん！」
「へ？」
葉山が被害者に受け渡しの書類を書いてもらっていると、鑑識課の男が顔色を変え
て駆け寄って来た。
「御さん。出ましたよ、指紋！」
「嘘ぉっ!?　一円玉からですか？」
「いえ、ボタンからです。警視庁のデータと照合して、一致するのがありました。南《な》
雲圭一《ぐもけいいち》。上流坂市在住、二十六歳、梶枝大学四年生です。傷害で過去に二度捕まって

います」

鑑識――彼は守黒《すぐろ》という、四十になったばかりで、広い額とこんがりと焼けた肌が特徴的だ――は興奮気味に言って、プリントアウトした紙を賞状のように両手ではさんで葉山に差し出した。それには御丁寧に白黒だが写真がついている。

「やったー、この人が犯人かもしれないんですねー。有難うございましたー」

「はいっ、やりましたっ」

葉山が満面の笑みになって守黒の手を取って飛び跳ねると、彼も少し照れくさそうに一緒になってジャンプしたが、台詞だけは生真面目だった。いや、葉山が強引に巻き込んでいたというのが正解である。

机で半分寝ていた高遠が、見かねたように立ち上がって葉山のステップを停止させた。

「葉山君、守黒さんが困ってるぞ」

「ありゃりゃ、スミマセン。オレ、その人が被害者と知り合いかどうか訊いて来ます。御苦労様でしたー」

「御苦労様ですっ」

踊るように被害者の側へ行く葉山に苦笑して、高遠は守黒に礼を言い、彼の向かいの自分の席に腰を下ろした。

「えっとー、この人、南雲圭一さん。御存じですか？」

「いいえ」

レビンの持ち主である彼女はキッパリと言って、首を左右に振った。

葉山が少し考えてから、もう一度質問を変えて訊く。

「梶枝大学の四年生です。友達の兄弟とか——彼氏さんとか、服借りて来そうな人にも心当たりは？」

「いいえ。いないと思います。あの車は仕事用で、遊びに行く時や友達を乗せる時はもう一台の方を使います。だから」

分かり易い答えである。

「最近エンジンルームを見てもらったりしましたか？　スタンドとかで」

「いえ、配給されてから、一度も見たことがありません」

予想通り——あのエンジンでメンテナンスを欠かしていないと言われても説得力は皆無だが——だった。つまり、あのボタンは犯人の物とするのが一番自然な解釈になる。

「先輩」

「ああ、捜索令状申請して来よう」

「お願いします」

高遠は言うより早く立ち上がって、裁判所に向かう。葉山は彼女に礼を言って、車の引き渡しが終わるまでそれに付き添った。

＊

翌七月十四日、もともとの担当である衒崎、葉山、そして行きがかり上という風に高遠が加わって南雲邸を訪れた。まだ夜が明けて間もない、六時前である。

南雲邸といっても小汚いアパートの一室で、南向きの角部屋なのとコンビニに近いことだけを売りにしているような所だった。清潔感という言葉からは対極に位置している。

廊下に積まれた読まれた形跡のない古新聞と雑誌の山、出前の碗《わん》、錆《さ》びて穴の空いた郵便受け、そこには間違いなく『南雲』の名前が書かれていた。

「御《おき》、令状っ」

「は、はい」

家宅捜索など初めての葉山は、衒崎に早口に指示されて心もとない手付きで薄い紙を広げた。心臓が、それに釣られて内臓全部が口から出そうなくらい、腹の中で暴れている。

「最初に見せて、家主の了解を取るだけだから。カメラは持って来たな？」

「はい」

「じゃ、用意してくれ。衒崎さんが令状を見せたら、二人が写るように写真を撮るんだ」

高遠が葉山の腕を軽く二回叩いた。

ピンポーン。

「お早うございます」

「はい？」

ドアは何の警戒心も見せずに、大きく開かれた。中では眼鏡をかけた男が三人の姿を認め、怪訝《けげん》そうな顔をしている。背は低く貧弱な体つきで、カールのかかった髪を整髪料でセットしているが、伸びたTシャツにランニングパンツ、おまけに怪獣の足型のスリッパを履いているので、全身から違和感溢《あふ》れる格好だった。出かける仕度をしていたのだろう。

そこに衒崎が警察手帳を開いて先手を打った。

「上流坂署の者です。南雲圭一さんですね」

「けっ、警察!?」

南雲はあからさまに狼狽《ろうばい》した。

「上流坂駅周辺での連続盗難の容疑で、家宅捜索令状が出ています。……御っ」

「ああっ、はいっ」

衒崎に呼ばれて、葉山は慌てて令状を南雲に突き付ける衒崎の写真を撮った。途端に南雲の顔が青ざめていく。その様子だけでも、彼が犯人であるのは明白だった。

「入らせてもらおう」


ピッ。

衒崎が南雲を連れて室内に踏み込むと、小さな電子音が鳴った。それは高遠の腕時計からだと分かる。

「何ですか？」

葉山がその手元を覗き込んで訊くと、高遠は葉山の無知に反対に首を傾《かし》げた。

「時間を測るんだよ。講習で習って来ただろう？　さ、行こう」

そうだった。葉山はそう遠くない記憶を頭の引き出しから見つけて頷《うなず》き、最後に入って内側からドアを閉めた。

部屋からは驚くほど沢山の盗品が発掘された。発掘、といったのは、その部屋があまりに汚くて、布団やら服を掘り返さないと床も見えなかったからである。その上、朝日がやたらに差し込んで蒸し暑い。

財布とカードは基本として、携帯電話、ＣＤ、ＭＤ、人形やカーナビゲーション用モニターまでが複数出て来た。おそらく、質に流してしまってもう戻らない物も数多いのだろう。

そして十分後、ついに三十四個目の財布と一緒に、布袋に入った大量の一円玉が発見された。決定的である。

「署まで御同行、願えますね？」

「………」

南雲は答えずに高遠から視線を逸らしたが、衒崎に一睨《ひとにら》みされて観念したように大人しく服を着替え始めた。

「よし、行くぞ」

衒崎の号令に、入った時と同じ順番で部屋から出ようとした。


ガンッ。


「ウギイッ、ってー！」

葉山は足の小指を両手で包んで座り込んだ。

「どうした、葉山君。また腹痛か？」

「うう〜、足の小指、思いっきりぶつけましたー」

目には涙が浮かんでいる。

高遠は傍《かたわ》らにしゃがんで、その頭を子供のように撫《な》でながら、葉山の足元に目を向けた。

「しかし、何にぶつけたんだ？　ここには布団と服と、それにリュックしかないが」

「痛ー、でも『ガンッ』っていいましたよ、『ガンッ』って」

「『ガンッ』？　妙だな」

高遠はあたりの布団や服を散らかさないように――といっても既にゴミ溜《た》めみたいな部屋だが――そっと捲《まく》り上げた。下にあるのは畳だけである。

「とすると、リュックかな。衔崎さん！　南雲さんもう一回いいですか？」

「何だ？」

「見せて頂きたいものがあるので、立ち合って下さい。このリュックを」

高遠はオレンジ色のリュックを持ち上げて、南雲に見えるように上にあげた。南雲の額に汗が流れる。

「そっ、それは学校に行く時の鞄です。何も入っていません！」

「立ち合って下さい」

高遠はあくまで穏やかな口調で言って、三人の目の前でファスナーを開いた。中にはノートや教科書に混ざって、ブランド物の時計がゴロゴロ入っている。とても一人で使う数ではない。

「これはこちらで預かりますね。……ん？　この布は？」

「布？」

「布って？」

「まだ何かあんのか？」

三人が同時に高遠に疑問を投げかけた。彼が取り出したのは鰹《かつお》くらいの大きさの、やはり削る前の鰹節のような形をした布の塊だった。何かを、何重にも包んだ感じである。中身は、

「ナイフ……ですね」

「てめえ」

衒崎が凄《すご》むと、南雲はますます汗をだらだらと流して首を振った。

「知らない、俺はそんなもの入れてないっ」

「現に入ってるじゃねーか。ナイフなんか持ち歩いて、どうするつもりだったんだ!?」

「衒崎さん、事情聴取は後にして、さっさと連行しましょう」

「おう、そうだそうだ。話は署でじっくりとな」

衒崎がニイッと笑って南雲を表に停めておいた車に押し込む。

葉山は、高遠には珍しい物言いに不思議に思って、座って靴紐《くつひも》を結ぶ彼の横に膝を突いた。

「先輩？」

「残念ながら、銜崎さんは彼の事情聴取をさせて貰えそうもないな」

「どうしてですか？」

「これ」

そう言って高遠が開いた布包みには、血だらけの、刃こぼれした出刃包丁が一本。

葉山の顎《あご》先から、暑さの所為《せい》ではない汗が滴《したた》り落ちた。

＊

高遠の言った通り、南雲圭一は上流坂署内特別捜査本部に横取り——とは葉山の主観だ——された。先の事件との関連を調べる為である。容疑者に、被害者との関係があったのだ。

南雲は、第一の事件の被害者——佐倉康の父親である佐倉隼人氏の研究室の学生で、四年まで進級したものの単位が足りず、卒論に着手させてもらえなかった。それが、今年で在学を許される最後の八年目となり、二十六歳にして中退となることが決定していた。佐倉康殺害は、その腹いせと思われる。要約すれば、逆恨みだ。

本人は知らぬ存ぜぬの一点張りを通しているが、前科者——しかも今回と同じく刃物による傷害だったらしい——に、本部の風当たりは夏の終わりの台風のごとく厳しかった。

犯行時刻は家に一人で寝ていたと言い、因《ちなみ》に包丁からは彼の指紋が検出されていない。

「指紋も残さないように気を配ったヤツが、凶器をそのまま持ってるってのもおかしな話じゃないか」

高遠は配られた書類を一読して、机の上に放り投げた。葉山もそれと同じものを斜め読みして机の端にどける。衛崎も右に同じだ。

三人は今、忙しかった。南雲の家から押収された盗品を持ち主にリストにして、いずれ返すべく南雲を逮捕した昨日から終日書類と睨《にら》めっこで、仕事が終われば薬屋の調査である。南雲と命令を下した上司が恨めしく思えた。

「一人でこんなによく盗んだもんだ。案外その包丁も盗んできたんじゃないのか？」

衛崎が書き終えた書類にボールペンで強く点を打って、椅子からずり落ちる寸前まで腰を伸ばした。

「あんな物、好んで盗ってなんか来ませんよー。売れないし使えないし、疑われるだけじゃないですか」

「そりゃまあ、そうだやな」

衙崎は鼻の頭を掻いて、疲れから出たと思われる無意味な意見を懐《ふところ》にしまった。

葉山の方は体力的にはまだまだ余裕があったが、目を酷使し過ぎて眼球が乾き、コンタクトが幾度もずれそうになった。とても痛い。

「うにゃーっ、ギブアップですー」

叫んでコンタクトを保存液の入ったケースにしまい、素になった目を瞼の上からゴシゴシと擦った。ついでに大欠伸《おおあくび》が続けて二回、酸素を取り入れ飛んだはずの眠気が葉山を襲う。

向かいの席では高遠が、黙々と書類にペンを走らせていた。たいした忍耐力、持久力、集中力だ。葉山は思わず感心して彼に見入って、その向こうでコーヒーを淹《い》れている衙崎を見つけた。食べる物には目ざといのである。

「衙崎さーん。コーヒー、オレも飲みたいでーす」

「こういう時は『オレが淹れます』とか言うもんだ」

「そういうもんですかー?」

葉山が傾けた頭を掻いて困った顔をすると、衙崎は、

「分かった、分かった。淹れてやるよ」

と言って、コーヒーメーカーのスイッチを入れた。水が振動して、沸いた湯がゴポゴポ音を立ててフィルターに注がれる。出待ちの間、衒崎がコーヒーメーカーの隣にあるテレビの電源を入れた。地方番組のニュースでは、ちょうど南雲の事件が報道されている。本部は彼を犯人と確信して、記者会見を行ったのだ。

「あっけない幕切れだぜ」

「むーう」

葉山は納得出来なかった。確かに話の筋は通っている。が、推測部分があまりに多かった。罪を憎んで人を憎まずとは言うが、行きすぎて罪ばかりが重要視され、人自体の扱いはぞんざいである。事件の解決が最優先で、犯人の言い分はろくに聴かれない。

（そんなのおかしいよー）

彼らが相手にしているのはロボットでもコンピュータでもない、人間なのだ。葉山はそれがどうしても気に入らなかった。

それに彼が犯人になったら、三人のしていたこと＝薬屋容疑者疑惑は無駄になってしまう。葉山がそのことをぼやくと、衒崎はコーヒーを二つ葉山に渡し、自分の分は手に持って一課を出ようとした。

「おっと、いかん、忘れてた。おい、高遠」

「何か？」

目を落として眠ったように何かを考えていた高遠が、手元の書類から目を離さずに訊き返す。

衒崎はその態度に少しムッとした表情を見せたが、葉山の切なる願いが届いたのかチラとこちらを見て、諦《あきら》めたような顔で言う。

「俺あ今日の昼、本部の付き添いで、被害者の父親——佐倉隼人に会いに梶枝大学まで行ってきたんだがな」

「それが何か？」

高遠の目が書類から衒崎に動いた。

「薬屋を見た」

「秋君を？」

「あー、その『秋君』がよ、学生に混ざって佐倉隼人の補講《せんせい》受けてたぜ」

「まさか」

驚きを隠さない高遠に、衒崎は満足そうな、意地悪気な笑顔になって右手を腰にあてた。

「あれだけ綺麗な餓鬼《がき》だ。周りの覚えもピカイチだったぜ。補講期間に入ってから、よく構内に見かけたそうだ。ついでに、本部には内緒で現場の聞き込みを、薬屋に照準をあてててやりなおしてみたんだがな」

「うっひゃー、衒崎さん、凄いですねー。『出来る男』って感じですー」

葉山が感嘆の声を投げ掛けると、衒崎はぶっきらぼうに「一度やり始めたことだからよ」と応えた。照れているらしい。残った左手も腰にやって肩を怒らせた。

「事件後、死体の発見現場付近で、そんなような子供を見たって証言がいくつかある。それと、もっと小さい外国人の子供、いただろ？　薬屋に。あっちも見たな」

「大学でですか？」

「いや、病院でだ」

「？　本部が病院に何の用ですかー？」

「本部は関係ねえ。個人的な理由だ。緑《みどり》ケ丘《おか》総合病院担当の刑事が被害者の妹の反感買いやがって、そいつに泣き付かれてちょっと応援にな」

「何やっちゃったんですか？」

「子供の前で死体がどーのとか、犯人が何だって話しやがったらしい」

「へー、ふへへ」

確かに衛崎ならその心配はないだろう。というのも、彼はそのごつい外見に似つかず、自分の一人娘の姿を重ね見て、子供全般に甘くなる性質だからだ。葉山はそれを思い出して笑ったのだ。

「何を笑ってやがる。御……」

「衛崎さん」

「んあ？」

葉山を怒ろうとしていた衛崎は、突然高遠に呼ばれて間の抜けた返事をした。それをまた笑う葉山をグーで殴って向き直る。

「何だ？」

「その、薬屋の子は？」

「被害者の息子の病室の下をウロウロしてた。遠目だがあの赤頭だ。間違いねーだろ。その後、病院内が何だか急に騒がしくなって部外者ははじき出されちまったんで、どうなったかは分かんねーんだけどよ。

どーだ、やる気が復活したか？　何やってもフォローはしてやるが、給料分はちゃんと働けよ」

衛崎が去って、広い部屋に葉山は高遠と二人きり取り残された。時計の長針が四分の一回っても高遠はそこから動こうとせず、ただただ事件と結末と自分の考えを反芻《はんすう》しているようだった。目には何も映っていない。

「せんぱーい？」

「――――秋君は……」

葉山が痺《しび》れを切らして声をかけると、高遠はボソッとその名を囁《ささや》いて、何かを吹っ切るように両肩を上げて、下ろした。ポケットから煙草の箱を取り出し、直接一本口に銜《くわ》える。

「秋君はどうしてるだろうな」

「そーですねー」

この状況に、してやったりと高笑いしているのだろうか。あまり想像したくない光景だった。

第七章 ∴(prove?《プルーブ》)

1

バターを熱した鍋《なべ》に溶かす。適当な大きさに切ったキャベツ、セルリアック、長ねぎ、人参《にんじん》を中火で焦《こ》がさないように炒《いた》める。透きとおってきたら、ジャガイモ、冬瓜《とうがん》、生のグリンピースを入れ混ぜながら炒める。強火にして水を加え、コンソメ、香辛料、マジョラムを……。

座木《くらき》は秋《あき》と出会ってから日課となった、食事の用意をしている。彼と会った時は純粋にただその人柄——妖柄《ようへい》とでも言うべきか？　——に惹《ひ》かれて来たものの、その激しい料理音痴《おんち》には閉口してしまった。

『食事は単なる栄養補給で、それ以上の意味は持たない』

などと、もっともらしいことを言っているが、長く付き合ううち、それは単なる見栄だということを知った。

一度彼に留守中の食事を任せたら、いくら焼いても固まらない液状のままの野菜炒めのようなお好み焼きと、電子レンジで温めるだけのはずが、どうやったのか黒焦げになったチキンナゲットの残骸《ざんがい》を前に、簡易栄養食品を食べていたことがあった。

彼曰《いわ》く、

『何が適量だ、何が適当な大きさだ、なーにが中火だ！　料理の本には曖昧《あいまい》な狂言が多すぎる。もっと間違えようのないように書くべきだ。それが執筆者の義務だ!!』

と。しかしどう考えても冷凍食品を無駄にできるあの腕は、リベザルの言葉を借りれば、

『センスがない』

としか言いようがないと、リベザルが彼を馬鹿にできる唯一の反撃材料にしていた。

(今頃どうしているんでしょうね)

リベザルはあれきり帰って来ていない。ガランとした部屋には人の温《ぬく》もりがなく、ただ木目の家具だけが似而非《えせ》家庭的雰囲気を作っている。

個々の行動には各々が責任を持ち、お互いに関与しないのがこの家に於《お》ける表向きの決まりだった。それでも、今の状況と彼の無鉄砲なところがある性格を考えれば、それは理想論として打ち砕かれてしまう。

座木は三人分の皿と食事を用意しながら、我知らず深い溜《た》め息をついた。

「ただいま」

ドアの音はしただろうか。いつの間にか帰って来た秋の声がする。

「おかえりなさい」

「あれ？」

秋がリビングに入るなり、素《す》っ頓狂《とんきょう》な声を上げた。

座木は火を弱火にして手を濯《すす》ぎ、タオルを手にそちらに顔を出す。

「リベザルならまだ帰って来ていませんよ」

「んにゃ、そーじゃない。ニュース、見てないのか？」

「？　いえ、まだ……」

「面白いことになってるよ。ほら」

テレビ画面が明るくなる。ドラマ、アニメ、通信販売とチャンネルを変え、それは七時のニュースで止められた。

『……上流坂市《かみるさか》で起きた中学生バラバラ殺人事件の犯人が逮捕されました。逮捕されたのは南雲圭一《なぐもけいいち》容疑者、二十六歳、梶枝大学《かじえだ》四年次在学中の学生です。車上狙《ねら》いの常習犯の容疑で逮捕したところ自宅から血のついた凶器が見つかり、警察では捜査中だった中学生バラバラ殺人事件の容疑者として再逮捕致しました』

「捕まったんですか」

「それも、佐倉康《さくらこう》を殺した方だけだってさ。こいつがあのウーストレルだ」

「秋が梶枝大で見かけたという？」

「そ」

秋はボールマジック風に指の間に煙草《たばこ》を取り、口には銜《くわ》えず手の甲を転がした。

「暇つぶしとしか思えないセコイ犯罪に、殺人の冤罪《えんざい》付き。寿命が長いんだから、死刑にならない限りこのままで良いかとも思うけど――――真犯人には借りがある」

冤罪。つまり彼は真犯人ではないということだ。話を聞きたいのに、秋は不敵とも言える笑みを浮かべ、その隙《すき》を与えてくれない。テレビのスイッチを切ってソファに寝転んで目を閉じ、深く息を吐き出した。

「明日は忙しくなりそうだ」

「忙しく？」

秋の見ている『明日』は、座木には見ることが出来なかった。

電話のベルが鳴った。

2

「深山木《ふかやまぎ》さんデータ集、第二だーん」

葉山《はやま》は自分でジャジャーンと効果音をつけて、封筒を開けた。南雲の後始末の残業を終えて帰って来たところに、大屋のおばさんが預かっていた荷物を持って来てくれたのだ。すぐに高遠《たかとお》に連絡を付け、今は彼のアパートに向かう人も疎《まば》らな電車の中にいる。

もちろん、先に中身を見て良いという許可は得ていた。

「うっひゃー、可愛い〜」

ブレザーに眼鏡《めがね》の秋、教室で授業を受ける秋、客を外まで見送る秋。葉山は書類そっちのけで、十枚ほど入っていた写真に至極御満悦の体《てい》だった。

結局、書類の方に手が伸びる前に電車は目的の駅へ到着してしまい、葉山は後ろ髪を引かれつつ写真を封筒に戻してホームに降りた。葉山家の最寄り駅からは三区間しかなく、アパートも駅から近い。

ドアホンのないドアを叩くと、先ほど署で別れた時のままの格好で高遠が扉を開いた。

「やあ、葉山君」

「もー、先輩。早く早く。深山木さん、滅茶可愛いんですから ー」

「他に実りある物は入ってたかい？」

「……実はまだ読んでません。写真は四五口径の穴が空くほど見ました」

葉山が場を取り違えて胸を張ると、高遠は、

「葉山君らしい」

と顔の右半分で笑った。

「おじゃましまーす」

六畳一間の、狭いがいつ来ても落ち付いた部屋だ。流行《はや》りの家具や絵はないが、適度に散らかり片付けるポイントはしっかり押さえてある。本人同様緊張感がなく、実家に帰った時のような安心感が、玄関を入った瞬間に葉山を出迎えた。調《ととの》い過ぎた空

間というのは何処《どこ》か不自然で、居心地の悪いものだ。

「ロクな物がないな」

高遠は葉山にハンガーをよこして、冷蔵庫の中をゴソゴソやりだした。

葉山がジャケットを掛けてハンガーを鴨居《かもい》に吊《つ》る。その足元、部屋の隅に畳まれたまま、書類に埋まっている布団が目に付いた。高遠が賞味期限を調べてゴミ袋に放り込む食品の数が異様に多い。

「先輩。食べてないし、寝てないですねー？」

「たいしたことじゃない。あ、これはまだ食えるな」

高遠は長い木の箸《はし》でキムチと漬け物を皿に移して、ビールと缶ジュースを手に布団のないコタツに座った。

「葉山君、座って。それ、見せてくれるかい？」

「あ、はい。どーぞ」

葉山は封筒を高遠に渡した。

「ありがとう」

静かな部屋に紙の音だけ。それはひどく儚《はかな》い光景に思える。高遠は黙って書類に目を通し、纏《まと》め直して手の甲で弾《はじ》いた。

「二件目にアリバイはなし。過去に椚《くぬぎ》家との繋《つな》がりはなし。事件が起きてから、頻繁《ひんぱん》に店を休んでるな。逆なら尚《なお》よかったんだが」

「そうですねー」

当選者の名前が掲示されているのに、何度引いても決して当たらない福引き。計算も検算も合っているのに、どうしても噛《か》み合わない図面とパーツ。目に見えることが全てではないとは分かっているけれど、それでも思わせぶりな態度には期待するなという方が無茶だ。

三人の人間が殺された。

その三人の死を望む少年がいた。

各々の事件に、エキストラ的に関わる共通の人物がいた。

彼には『何でも屋』という、曰《いわ》くありげな俗称が噂《うわさ》されていた。

それだけで彼を疑うのは、無謀なのだろうか。彼に、少年の望みを自主的に叶えたいと思う理由さえあれば……。

「プシュー」

葉山が擬音《ぎおん》を上げて床に倒れると、カラカラとサッシを横に引いて、高遠がその枕《まくら》元《もと》から見下ろした。

「何の音だい、葉山君」

「脳の安全弁が働いた音ですー。考え過ぎ防止」

「安全弁、ねぇ。工学的発想だ」

高遠は肩を竦《すく》めて、硝子《ガラス》戸の代わりに網戸を閉めた。

安全弁とは機械の内部圧力を調整するもので、管内の流体気圧が設定した圧力を超えると、自動的に流体が噴出して危険を避ける装置だ。それをストレスに例えてみた訳である。

高遠にはそれが必要ないのではないかと疑いたくなるほど、彼が思いつめた顔を人に見せることはなかった。いつでもどんな状況も、適当に難なくクリアしてしまう。眉間《みけん》に皺《しわ》を刻んで頭をかき回す姿など想像も出来ない。眠そうな二重瞼《ふたえまぶた》と雰囲気が更に輪をかけていた。

それほどに能力が高いのか、だがかえって窮地に免疫がないのかも知れないと、葉山はそれが心配でもあった。彼に弱音を吐く場所はあるのだろうか。しかしそれ以上考えると葉山の情けない脳神経はショートしてしまうので、安全弁大活躍、悩みをまっとう出来ないのが玉に瑕《きず》である。

「先輩、何か分かりましたかー?」

「秋君は、何度か梶枝大学に足を運んでいるみたいだな。事情聴取の翌日から一、二……四回。衒崎《てらさき》さんの証言と合わせると五回か」

「凶器を南雲の鞄に入れに行ったとかー」

「つまり、身の安全の確保の為に、他人に罪を着せたことになる。ということは、もう一人犯人候補を用意しているはずだ。だが、偏見か、贔屓目《ひいきめ》かな？　秋君がそんなせこい真似をするようには思えないんだ」

「人柄ですか？」

「多分な。葉山君と同じ、毒されてる」

高遠は柄にもなく忌《い》ま忌《い》まし気にそう吐き捨てて、テーブルに散らばった写真の中から無造作に一枚を選び取った。そして部屋に転がっていたマジックペンで、眼鏡にブレザーの写真に野球帽をかぶせた。

「先輩っ、何てもったいないことを！」

「……だめだ」

キュッ、キキキキッ。

高遠はペンを握り箸《ばし》のような形で力任せに握って、写真にジグザグに線を引いた。

「証拠がない。秋君が何かをしているのは、事件に関わっているのは確かなんだ。それが……クソッ、この違和感は何だ？ 良太《りようた》君の為に秋君が殺人を犯す理由がない。良太君の為……に……」

高遠が宙の一点を見つめたまま固まった。

（先輩の方が壊れる）

葉山がそう感じて手を伸ばそうとすると、高遠は反対にその手を摑んで、葉山を正面から見つめた。

「ちょっと待ってくれ、葉山君。何か、大きなことを見落としてないか？ 良太君は何故、被害者の死を願った？」

「喧嘩《けんか》したんじゃなかったですか？ 被害者と、サッカーの打ち上げの席で」

「『生まれてすぐ親に捨てられたクセに』だったな」

「そうです」

それは秋を調べた後「報告書は完璧《かんぺき》に」との衒崎の主張で、緑《みどり》中《ちゆう》のその場に居合わせたらしい教師に確認したことだ。本部にはたいした情報ではないと一蹴《いつしゆう》されてしまったが。

高遠は葉山の手を放すと、机の隅に今にも落ちそうな危ういバランスで置かれていたファイルからクリップで止められた書類を取った。

「椚《くぬぎ》良太。生まれてすぐ実家に預けられる。その前後の母親の消息は不明。彼が八歳の時に母親が結婚、籍を移して、妹が生まれた。――良太君の父親は誰だ？」

「かかった産婦人科が見つからなくて、分かってないんでしたよね、確か」

「なら、彼でも……？」

「先輩、まさかとは思うんですけどー」

葉山は自分の馬鹿な仮定を高遠に否定してもらうべくそっと顔色を窺《うかが》ったのだが、どうやら同じことを考えていたようだ。

高遠はマジックで『29』『14』『15』と三つ数字を書いた。

「十五歳、不可能な年齢ではないな。薬屋と結び付けるにはこれしかないよ。電話だ」

「え、こんな時間にですか？」

「南雲が送検されてからじゃ遅い。電話番号は」

高遠はエアコンを入れ湿気を飛ばし、充電用ホルダー子機を取ってスピーカーホンのボタンを押す。

電話のベルを鳴らした。

トゥルルルルル、トゥルルルルル。

3

『はい、もしもし？』

突然の深夜の電話に、秋の訝《いぶか》し気な声が返って来る。

「今晩は、高遠です。夜分遅くに悪いんだが、少し時間貰《もら》えないかな？　話に付き合ってもらいたい」

高遠の声には飄々《ひょうひょう》とした口調も、眠そうだが明るい性格を反映している響きも復活し始めていた。立ち籠《こ》める暗雲が晴れたのか、本当にキレてしまった所為《せい》なのか、後者でないことを祈るばかりである。

葉山は今度こそ下手なことを言わないように口を真一文字に結んで、音を立てないよう細心の注意を払って、勝手にコーヒーと灰皿を用意した。

受話器の背中のスピーカーから聞こえる秋の声のトーンが少し落ちる。

『どうしたんですか？　こんな時間に』

「話を聞いてもらいたいだけだよ。場合によっては、質問も挟むだろうけれど」

『世間話ならいくらでもお相手しますが、また事件のことでしょう？』

「もちろんタダとは言わない。リベザル君について不利な警察情報と交換だ」

秋が軽い溜め息をつく。

『何を訊くつもりかは分かりませんが、リベザルの情報とじゃわりに合いませんね。おまけにピーポー君人形つけてくれるなら考えてみてもいいですよ』

ピーポー君人形とは警察のマスコットで、各交番などにも置かれている。オレンジ色の金星人のような外見の、決して万人ウケする愛らしさはない。

高遠は少し力の抜けた表情に変わって、トンと壁によりかかった。

「人形か。素直じゃないトコも可愛いね」

『前から欲しかったんですよ、アレ。ちゃんと大きいヤツですよ？』

「了解した」

僅《わず》かずつだが高遠が元の調子を取り戻して行くのを感じて、葉山は嘆息して傍聴人に徹すべく沈黙し、散らばる秋の写真を集めた。

「こちらが今回の事件を個人的に調査しているのは、知っているね？」

『はい』

「申し訳ないが、こちらは君達が犯人だと想定して捜査をしている。今も、そう思ってる」

『そうですか』

秋の返事に動揺の色はない。

「さっきまではずっと、良太君がその場の刹那《せつな》的な感情から君に依頼をして、それを仕事として事務的に処理した事件なんじゃないかと考えていたんだ。が、それはおかしいね？」

『僕には何のメリットもない』

「その通りだ。ただ、事実だけを並べると、君達三人が協力すれば、一件目も二件目の犯行も可能になる。花屋さんは二人には会っていてもリベザル君の姿は見ていない。二件目の時は、三人共にお互いの証言しかアリバイがないね」

『僕達が、子供に死体を運ばせたと言うんですか』

「だから軽量化を図った。……嫌な理論だが」

『ホントです』

秋の語調が強くなった。怒らせたらしい。流れる沈黙が彼の不機嫌さを表しているようだった。

葉山は不安を押しながすように温《ぬる》くなったビールを呷《あお》る。

高遠は、変わらぬ口調で淡々と話を続けた。

「問題は動機だ。直接的な動機は、良太君の願望そのままとする。もう一つの間接的、つまり彼の望みを叶《かな》えてやりたいという動機は肉親愛じゃないかと考えたんだ」

『望みを叶えてやりたいと想う、動機』

「そうだよ。全ては、良太君の為にやった、彼のことを大事に想う人間の犯行ではないかという結論に達した」

スピーカーから、秋ではない誰かの小さく叫ぶ声が聞こえた。

高遠の顔に、自信が現れる。

「そこにいるね？　座木さんは、良太君の父親じゃないのか？」

『――――……ッ、アハハ、ごめ……なさい。フッ、ザギ、お前、いつのまにパパになったんだ？　言えば出産祝い、一桁《けた》余計に弾《はず》むのに……ハッハハハハハ』

『秋！　笑い過ぎです。もしもし？　冗談は止めて頂けませんか？　秋を笑い死にさせるのが目的なら別ですが』

『ハハハ、ケフッ、ゴホゴホ、は、腹痛い……おじさんの次はパパか。高遠さん、サイコー』

受話器を奪い取ったらしい座木の苦情に重なって、笑い過ぎて咳《せ》き込む秋の声が聞こえる。

『冗談ではありません。万が一、私が父親だとして、血の繋がっていない佐倉君や良《よし》乃《の》さんはともかく、どうして元恋人まで殺さなくてはいけないんですか？』

「あ！」

『ナイスボケです。高遠さん。さっきザギが声を上げたのは、考えていたことが同じだったからですよ。犯人が追い詰められた時のそれじゃない』

「!! 君達は」

高遠がやっと分かったという風に、羞恥《しゅうち》で赤くなった顔を一気に冷まして口元を手で覆《おお》った。

「犯人じゃない。事件の、捜査をしていたのか……」

高遠が狐《きつね》につままれたような顔で喋《しゃべ》れなくなっていると、暫《しばら》くの後、可愛らしい少女のようなクスクスいう笑い声が聞こえて来た。

『せっかく脱いだ濡衣《ぬれぎぬ》を、どうしても着せたがる人がいるんです』

「なるほど。だから事件の前ではなく、事件の後の目撃例が多いんだな。そうか、起こすのではなく調べていたのか」

『僕、ちゃんと〝俯仰天地《ふぎょうてんち》に愧《は》じず〟って言いましたよね？』

「そうか……ああ、そうか」

高遠は何度も繰り返し呟《つぶや》いて、今まで腑《ふ》に落ちなかった箇所を順に自問自答して確かめているようだった。

座木＝父親説はキレた頭で思い付いたものだったらしい。

葉山は、自分が高遠の安全弁にならなければいけなかった場面に彼を止め損なったことを、そして論理の矛盾を指摘出来なかったことを申し訳なく思った。まだまだ力不足である。

高遠は三分ほどそうしてじっと黙り込んで、ある瞬間フッと不可解な顔を見せた。それからさんざん躊躇《ちゅうちょ》した挙げ句に、漸《ようや》くマイクに向かって言葉を発する。

「秋君は……ホムサ、という名を聞いたことはないかい？」

『あ、それ、ムーミンに出てくる登場人物ですね。僕はホムサの中じゃトフトが一番好きです。公園のお使いホムサも捨て難《がた》いですけど。高遠さんもお好きなんですか？ムーミン』

幸せそうな高い声で饒舌《じょうぜつ》に語る秋に、二人は少し圧倒されて言葉に詰まった。開いてしまった間に、秋が困った風な声を出す。

『僕みたいなのがムーミン好きなんて、似合わないですか？』

「そんなことないですよっ」

葉山は彼がヌイグルミを抱いているところを想像して、握り拳《こぶし》で熱く言った。似合う似合わないで言ったら、似合うのだ。この上なく。二十歳男子とはいえ、彼が麻雀《マージャン》や競馬をしている姿の方がよほど奇妙である。

するとスピーカーからは、鈴を転がしたような秋の声が初めて葉山に話し掛けた。

『あ、カラシの刑事さんもそこにいらっしゃるんですね？　今晩は』

「今晩はー。お元気ですかー？」

『はい、元気です』

見えないはずの向こうに葉山が手を振っていると、高遠が自嘲《じちょう》的に笑って首を左右に振り、浮かれる葉山を制した。

「君達の会話を聞いていると、いつも何を話そうとしてたのかを忘れそうになるよ。

秋君、君はこの事件の真相も犯人も突き止めているのかい？」

『僕は刑事でも探偵でも犯罪マニアでもないですよ。自分の無実を立証するネタには事欠きませんけど』

「それが勝因か。こっちは、君と事件が関わっていると決めつけた時点で、道を外れてしまっていたんだな」

『人間、失敗してからが勝負です』

「ああ、そうだね」

秋の気のないようなさらっとした慰めに、高遠は力ない声で応えた。目指していた遥《はる》か遠くの光に辿《たど》り着く前に、足元が崩れ落ちてしまったのだ。喪失感。それは葉山より彼の方がずっと大きく感じているのだろう。

「悪かったね、疑ったりして。座木さんにも悪かったと、伝えてくれるかな？」

『だってさ』

『いいえ。忘れて下さい』

遠くから、柔らかい声が響く。

「……そうだ、約束だったね。リベザル君。銜崎さんが緑《みどり》ケ丘《おか》総合病院で見かけたというだけなんだ。思わせぶりな言い方をして済まない。こんなことまで疑いの種にしていた自分に呆《あき》れるよ。枂君のお見舞いに行ってたのかな」

『そうですか。――……ねえ、高遠さん？』

「何だい？」

表面上普通通りに振る舞おうとしている高遠の、落ち込んでいるのを見抜いて気遣うように、秋が明るく元気な声を出した。

『あなた方がこの先、僕のことをいっさい詮索《せんさく》しないことを条件に、一つだけ、切り札を見せて差し上げます。僕からのお礼です』

礼？　何のつもりだろう？　葉山は首を傾げ、トランプみたいに扇形に秋の写真を持ってその笑顔を見た。

(おりょ？　ありゃりゃりゃりゃ？)

奇妙《おか》しなことにようやく気が付く。

それを告げる前に、高遠が彼のその条件を呑《の》んだ。

「分かった。見せてもらおうかな」

『その前に、枂家の現場なんですけど』

「うん？」

『お酒の匂《にお》いとか、してませんでしたか？』

「どうして知って……」

高遠が息を呑んだ。気のせいだと片付けてしまった刹那《せつな》の疑惑を、何故彼が知り得たのだろうか。

しかし、秋はまた答えない。

『よかった。それなら多分、この情報は意味をなします。桔梗《ききょう》の花の出所を、上流坂まで広げて探して見て下さい。買った人物の中に見覚えのある人がいるはずです。狙いどころは、よかったみたいですよ』

「君の切り札にはジョーカーが五十枚くらい入ってそうだね」

高遠がかき上げた髪を握って、完全にお手上げといった声を出すと、

『手品師の基本ですね』

秋の涼やかな声が会話を締めくくった。


高遠は煙草を吸い終わるまで無言で虚《うつ》ろになっていたが、思い出したようにフッと笑うと、煙草をつけて一人の時間を終わらせた。

「明日は調べなきゃならんことが山積みだな。今日は泊まっていくかい……葉山君？」

「先輩ー、これ」

葉山は眉根《まゆね》を情けなく釣り上げて、ババ抜きでカードを選ばせるみたいにして写真の画像面を高遠の方に向けた。

「全部、カメラ目線ですー」

「……気付かれていたのか」

高遠が額《ひたい》を押さえて壁に後頭部を打った。

「『いっさい詮索しない』なんて、嫌な約束をしてしまったな」

「詮索しなくても、話は出来ますよ」

「立ち直りが早いね、葉山君は」

それが子供扱いしたような言い方だったので、葉山は少し脹《ふく》れて口を尖《とが》らせた。

「むー、だって深山木さんも言ってたじゃないですか。『失敗こそが人生だ』」

「……何か違うぞ？」

「ええ!?　あれー？　どんなでしたっけ？」

「ああ、でも、それも良いね」

失敗こそが人生だ。

高遠は旨《うま》そうに煙を吐き出し、葉山の間違った台詞《せりふ》を口の中で繰り返して、眠そうに、楽しそうに笑った。

4

「あの馬鹿」

秋は受話器を置いて、フウッと肩の力を抜いた。グラスを揺らして中の氷をカラカラと回す。

座木にはやはりリベザルを心配しているようにも見えるが、本当のところは分からない。まったくの無表情で目は氷の一つを追っている。麦茶を飲まずにそのままにテーブルに戻し、座木に真面目な顔を向けた。

「ザギは明日、病院にリベザルを迎えに行って捕獲《ほかく》。犯人に付け入られでもしたら、取り返しのつかないことになる」

「殺人が、続くのですね?」

座木は少しの気掛かりとともに秋を見上げた。それに気付いて、彼が「大丈夫だ」と口を開きかけた時、トゥルルルルル。

近くにいる座木が受話器を外す。

秋はフローリングの床にペタンと座ってボードに駒を並べ、一人チェスを始めた。

「はい……え？」

電話は混乱のうちに第三者によって切られてしまった。相手が泣き崩れた為である。背後は騒然としていて声は聞き取りづらかったが、用件だけは伝わった。

「誰？」

秋が訊いた。

座木は自分の耳を疑い、記憶をリピートし何度も確認してからようやく言うことをまとめる。

「？」

「行ってきます、今から」

座木の声が意識とは別に、掠《かす》れる。

「何？　病院は今行っても……」

言いかけて、ハッとした表情になる。床の上から座木に投げかける、あって欲しくない疑問。あり得ないで欲しい答え。

「よっしーに何かあったんだな？」

座木は頷《うなず》く。

「病室から消えました。行方不明です」

そして、もし居合わせたとすればリベザルも――。二人の間に緊張が走る。

「誰か分かるか？」

「いえ、ただ、今日着替えを持って来た『身内』が帰った後から、良太君の姿を見た者は誰もいません」

「偽者《にせもの》、か」

「そのようです。空音《あかね》さんの言うには、誰も着替えなど持って行っていないと」

「行こう」

秋は短く言って鞄を座木に投げてよこした。

「秋。事件を終わらせて下さい。全ての罪のない人達の為に」

「Okey-Dokey」

真夏が嘘のように寒い。

座木は逸《はや》る心を抑えつけ、小さな背中を追い走った。

第八章　夜会《ソワレ》

1

「おなか空《す》いた」

リベザルは歩道橋の階段脇にへたり込んだ。

五日前に秋《あき》の所から飛び出して、二人の留守を見計らっていったん財布と服を取りに戻ったが、このまま日本で一人で生きていくとなったらこんな所で無駄遣いは出来ない。他人と空間を共有して生きて行くにはとにかく金がかかるのだ。山の中で独りフラフラと生きるのとは訳が違う。

「独りフラフラ、かあ。どっか山に還って、『リベザル』は『リベザル』らしく、また人をからかって生きるのもいいかもしんない」

やっぱりヤだな、とリベザルは頭がフラつくほど首を振った。

頭では分かっていたつもりだったが、目の前に改めて突き付けられると実感を伴って認識させられてしまう。

自惚《うぬぼ》れ。自分は押しかけ弟子だと、望まれている訳ではないと思いつつも、二人の側に自分の居場所を感じていた。二人が決して自分のことを嫌ってはいないと。それら全てがリベザルの、調子のいい思い過ごしだったのだろうか。

あの時、座木《くらき》の部屋に少女小説はなかった。ある訳がない。初めからそんな物はなかったのだ。あれは二人の仲直りの合図で、言葉通りに受け取っていたのはリベザルだけだったのである。こんな些細《ささい》なところでも、二人の、リベザルとの間にはない絆《きずな》を見せつけられる。

仕事にしても同じことだ。座木は秋の言うことを全て語らずとも百%理解して行動に移せるのに、自分は与えられた指令一つ満足に全う出来ないのだから。

考え始めるとキリがなかった。

秋の『何を今更』という呆《あき》れた顔を思い出して、リベザルは涙腺《るいせん》がジワッと緩むのを感じた。自分の座っている場所と人通りを思い出して、急いで涙を拭《ぬぐ》う。

あたりはまだ明るい。すぐ側を排気ガスをまき散らすダンプが走り抜け、コンビニには学校帰りの制服姿が忙《せわ》しなく出入りしている。初めは全てが物珍しく、そして少し怖かったこんな風景にもいつの間にか慣れてしまっていたが、所詮《しょせん》ここにリベザルの居場所はない、そんな気がしていた。

リベザルは膝《ひざ》の上で頰杖《ほおづえ》をついた。素足にかかる溜《た》め息が熱い。

「どうせ俺は名もないザコ妖怪《ようかい》だし」

リベザルは、彼らと一緒にいるようになってから何度自分に言い聞かせたか分からない、常用しつつある諦《あきら》めの言葉を吐いた。

リベザルというのは種族名である。妖怪につけられた大方の名前には、理由はあっても心はない。それらは彼らの性質や形体を表す意味合いの強い『識別名』であって、一個体として認められた証《あかし》に付けられる『固有名詞』ではないという意味でだ。中には出現する時の物音から名が付けられた妖怪、などという者までいる。

誰が付けたのかは聞いたことがなかったが、一個体として名前を持っている二人が羨《うらや》ましく、いつしかそれがリベザルの中では、あの二人と自分との価値の違いを示す象徴《しょうちょう》となっていた。

『家族がいて、家があって、名前一文字貰《もら》ってるのに』

考えているうちに、ふいに自分の言った言葉が思い出された。

「今思うと、完全に八つ当たりじゃん」

言ってみて、何だか無性に恥ずかしくなった。思えばあの台詞《せりふ》は、自分のコンプレックスを端的に表していたのだ。

「謝りに行こう」

事件の所為《せい》で謝りそびれていたこと、この全身を引きずるような重い枷《かせ》のうちの一つ。そのたった一つでも取り外せば、少しは心が軽くなるやも知れぬ。

やっと地に足がついたように、リベザルは全速力で走り出した。

リベザルは、直接彼の家に向かった。今の時間なら学校へ行っていても、もう家に帰っているだろうし、もし公園に来てくれていても椚《くぬぎ》家は公園より徒歩一分の目と鼻の先である。

前に来てから一週間も経《た》っていないのに、暖かい雰囲気に包まれていた良太《りょうた》の家はその様相を一転、暗く落ち込ませていた。全ての窓は雨戸で内外を堅く隔て、ただ縁側周りだけが踏み荒らされチョークの粉が散乱していた。

(チョーク……人型を採ったりするあれか)

思って背筋が凍った。殺人事件の現場なのだ。

殺されたのはあの二人、ここで仲良く花壇をいじっていた、あの二人。その光景を思い出したら急に辛くなって、冷たい向かい風の中を歩いているみたいに息が出来なくなった。

雨戸の隙間《すきま》から漂う血の臭《にお》いが頭痛を呼ぶ。とても人がいるとは思えない。その家の荒廃した外観に気遅れして、リベザルは門の周りをうろうろした。思い切って玄関の前の石段まで歩み寄ると、ポストには新聞が溢《あふ》れていた。新聞だけではない。郵便物も宅配便の不在通知も、おそらく来た時のまま放置されている。

「あら、良太君のお友達？」

振り返った先には、買い物袋を下げた三十すぎの女性が二人立ってリベザルを窺《うかが》うように見ている。リベザルはタタッと門の外に出た。

「良太君なら入院してていないわよ」

「入院？」

もう片方が付け加える。

「緑《みどり》ケ丘《おか》総合病院、でも行っても会わせてもらえるか、ねえ？」

そして、リベザルが訊き返すより先に別の二人がそこに加わる。

「今日は警察来てないのねえ」

「こんな近くであんな事件。今考えてもゾッとしないわねえ」

そして、リベザルの存在を無視したかのように、世間話が展開される。そこで事実を知ることが出来た。

事件後の展開、進まない捜査、良太の今の状態。

リベザルはますます胸が潰《つぶ》されそうになるのを必死に堪《こら》え、足を病院に向けた。

＊

緑ヶ丘総合病院。門の所から玄関まで車道が円を描き、送迎の車用のロータリーが整えられている。円の両脇は常緑樹が植えられ、更にそれが入院用の病棟の窓際まで続き、歩道はその木に沿うように敷かれていた。

玄関を通り抜け、良太の病室を探す。それは二階の奥に見つけることが出来たが、近寄ることは出来なかった。ドアの前には一人の制服警官が立っていた。根底の警察恐怖症が彼に二の足を踏ませる。

「そうだ！」

リベザルは思い立つなり、今来た廊下を戻って外に出た。外には、窓沿いにわりに大きい木が立っていた。木に登ればもしかしたら窓から彼の姿だけでも覗《のぞ》けるかもしれない。運がよければ話せるかも……。そんな淡い期待を胸に、病院を右手に回り込んだ。

リベザルは歩道を歩きながら病室の窓を数え、止まった。

ちょうど手ごろな場所に木があり、幹に蟬《せみ》が何匹か止まっていた。耳を劈《つんざ》くガナリ声は一匹、また一匹と収まり、ジジジッと予告をしてから排液を分泌して飛び去って行く。リベザルは全部飛んで行ってしまってから木に近付いて、真下から幹を見上げた。

葉が折り重なって黄緑と濃緑の部分を作り、偶然出来た隙間から、細い日射しが降り注いでいる。上の方には枝が幾本もあったが、地上から二、三メートルは幹と虚《うろ》しかなく、無数の蟻《あり》がその穴に出入りしていた。登って踏みつぶしては申し訳ない。

リベザルはポケットに残る、秋から貰ったグミキャンディを割いて、木の根元の方に擦《こす》り付けた。次第に蟻達が集まり始め、列を成して巣に戻って行く。

（これでよし）

木の形は少々上りづらそうだったが、そんなことは山生まれ山育ちのリベザルには何の苦にもならなかった。枝から枝へするすると器用に移り、その姿に動きを止めた。

良太はいた、窓際のベッドに座って。噂《うわさ》の通り痛ましいほどに弱り、目は虚《うつ》ろでその体はピクリとも動かない。

カッカツカツ、バンバン！

病室に誰もいないのをいいことに、リベザルはその窓を何度か叩《たた》いてみた。しかし、良太は人形さながらに周囲の時間を止めてしまっている。この薄い硝子《ガラス》を隔てて時の流れが違ってしまったかのようだ。

「良太。ねえ、俺だよ。こっち向いて……うわっ！」

身を乗り出した反動で足を滑らせた。何本かの横枝にピンボールのように弾《はじ》かれ、背中から地面に落下する。

「ふ……うう」

次から次へと滝のように涙が溢れ、仰向けになったリベザルの頬を伝い耳に入る。水中にいるかのように耳が遠くなり、彼を外界から隔てた悲しみの世界に、いっそう強く引きずり込んだ。背中と手足の打撲が、太鼓《たいこ》の衝撃《しょうげき》のように一定のリズムで彼を責める。けれどもそれ以上に、先ほどの光景に鷲掴《わしづか》みにされた心臓が痛かった。

「ごめん。良太、ごめん」

逃げずにもっとちゃんと話をすればよかった。自分が良太を説得できていれば、彼はこんな風に心を手放すこともなかったのに。リベザルは何度も繰り返し謝りながら、秋の言葉を思い出していた。

『まったく、役に立たないクセに』

「さっすが師匠《ししょう》。的《まと》を射てる」

無理に笑って呟《つぶや》いたが、それは余計自分を苦しめるだけだった。リベザルは俯《うつぶ》せに転がって、両腕で頭を抱え込んで流れる涙で地面を湿らせた。

「……帰ろ」

リベザルは泣き疲れて目を開いた。かなりの時間こうしていたらしく、陽は白からオレンジ色に変わり、風も涼しくなっている。

しかし帰るといって、何処《どこ》に行くアテがあるというのか。あるはずがない。リベザルは俯《うつむ》いたままトボトボと歩いて、周りも見ずに病院の中庭のロータリーに飛び出した。

ドンッ！

「ごめんなさい、急いでいたものだから。坊や、大丈夫？」

何かにぶつかって尻餅《しりもち》をついたリベザルに、グレーのスーツを着た女の人が座り込んで言った。髪を一つに束ねて上にあげ、年は外見三、四十歳、線が細く純和風、気品が溢れている。

「大丈夫です。俺の方こそ、ごめんなさい」

リベザルが激突したのは、彼女の持っていた大きなスーツケースだった。こんな物を持っているところを見ると、もしかしたら今日退院した元入院患者なのだろうか。手には白いレースの手袋を嵌《は》め、身から溢れる品の良さに拍車をかけている。不似合いなのは頭に巻いたスカーフにその押し上げたサングラス。炎天下を避けてのことだろうが、あまりセンスは良くなかった。

「坊や、どうしたの？　どこか痛いの？」

ソプラノのか細い声をかけられて、リベザルは顔を上げた。目の前に水滴が散る。まだ涙が止まっていなかったのだ。

「痛てて」

「違うんです、何でもないんです」

リベザルは首を振りながら、顔いっぱいの水分を腕で除《の》けようとした。すると、彼女の細く白い手がそれを止める。

「こんな泥だらけの手で拭《ふ》いたら顔まで泥んこになっちゃうわ。これ、どうぞ？」

「あ、りがとう」

差し出されたのは着物にも合いそうなちりめんのハンカチだった。リベザルはそれをおずおずと受け取って、できるだけ皺《しわ》にならないように使った。

「どこも痛いんじゃないのね？　よかった」

彼女は胸に手の平を当てて微笑《ほほえ》んだ。

リベザルは心の底が暖かくなった感覚とともに、また泣き出してしまった。

「どうかしたの？　私でよかったら聞きましょうか？」

『わたくし』という上品な物言いと、押し付けがましくない久しぶりに与えられた好意に、リベザルは何も考えられなくなった。心の許容量が悲鳴をあげているのを、誰かに話すことで少しでも救われたかった。言っていいこと、悪いことを考えつつ、ポツポツと単語を発してゆく。

「嫌われちゃった。俺は大好きなのに、馬鹿だから、迷惑かけて、怒らせて……でも、嫌われてたのは前からかもしれなくて、それに気付いて」

「嫌い、って言われたの？」

彼女は高いがしかし煩《うるさ》くない声で訊いた。

リベザルは借りたハンカチに顔を埋めて、閉じた目の裏に自分の居ないリビングを思い出す。

「言われてないけど、けど二人だけで、大切なことは俺には教えてくれなくて。俺が迷惑ばっかりかけるから、足手纏《まと》いだから、ホントは嫌いだったんだっ」

最後のフレーズに反応して、堰《せき》を切ったように涙が顔を埋め尽くした。

良太のことも含めて話しているつもりが、秋と座木の方に論点が移動している。気が付けば、それほどのウェイトを占める問題だったのだ。リベザルは改めて、自分の中での彼らの存在の大きさを知った。しかし、それも今は悲しいだけである。

「ちゃんと言われたんじゃないなら、泣くことないわ。勘違いかもしれないでしょう？」

「でも、俺には話してくれなかった」

リベザルは鼻をスンと鳴らして繰り返し言った。

彼女がリベザルの頭にフワリと手を置く。

「その話してくれなかったことって、あなたにとって辛い話だったりしない？」

「え？　はい。友達のお母さんが亡くなって、今入院してるんですけど、その事を」

リベザルの説明に、彼女は一瞬顔を曇らせた。それから、それなら、と首を傾《かし》げて笑ってみせる。

「言わなかったんじゃなくて、タイミングを見計らってたのかもしれないでしょう？　出来るだけあなたを傷付けないように。結果は……反対になってしまったようだけど」

「だって」

「確かめられるなら、ちゃんと相手の気持ちを聞かなきゃ駄目よ。気持ちは、普段の言葉や行動にはほんの少ししか映らないんだから」

その言葉には妙な実感が籠っていた。彼女自身が相手の気持ちを確かめられない、そんな問題を抱えているのかもしれない。

リベザルはそんなことを考えているうちに、早くも軽くなっている自分の心に驚いた。初対面の人に愚痴《ぐち》を零《こぼ》すとはみっともないと思うのに彼女はそれを感じさせず、かつ甘やかすのではなく包んでくれた。

「へへ、お母さんが出来たみたいだ」

「……お母様、いないの？」

「うん。気が付いたらいなかった。名前も付けて貰えなかった」

妖怪の中では珍しいことではないが。

彼女は言葉を探すように沈黙した。その気持ちが嬉しい。リベザルも何も言えなかったが、確実に悩みは上向きに方向転換していた。

ぐううううう。

精神的に落ち着いたら、空腹感と全力で走った疲れと、それに木から落ちた時の痛みが戻ってきた。

「あ」

赤面するリベザルに彼女は呆気《あっけ》に取られた顔をしたが、すぐに口に手を当てて笑顔になった。

「もし時間に余裕があるなら、うちにいらっしゃいな。夕飯御馳走《ごちそう》したいの。実家だから私の他は両親しかいないし、気兼ねはいらないわ」

「でも……」

リベザルは、子供とはいえ初対面の者を呼ぶ気軽さと、彼女の慎ましやかな外見のギャップに困惑の態《てい》で言葉を濁《にご》した。

彼女は優しくリベザルの髪を手で梳《す》きながら、

「私にも子供がいたの。もう死んでしまったけれど」

「え？」

「だから、あなたに来て貰えたら淋《さび》しさも紛れて、私本当に嬉しいのだけど」

と言う彼女の翳《かげ》のある表情に、リベザルは今度は迷わず、赤ベコのように首を上下に振った。


彼女は道々いろいろな話を聞いてくれた。下らない世間話から良太のことまで。何を話して、何を思って、どうしてこんなことになったのか。そこには余計な相槌《あいづち》も下《げ》卑《び》た好奇心などもなく、リベザルはもう一度冷静に今までを振り返ることが出来た。未だ不安定ではあるが、二人に是非を確認する勇気も少しずつ出来始めていた。

（あったかい人だな）

硬く冷たく深く沈み込んでいたリベザルの心は、山の雪解けのように少しずつ春の暖かさに包まれて溶かされた。

その溶けた水がどんな災害を招くことになるか、微塵《みじん》の憂慮《ゆうりよ》もせぬままに。

2

地理的にはリベザルや良太の住む地域の最寄り駅から十駅——三十分ほど北の駅、その近くだった。暗闇《くらやみ》に浮かぶ風景に、彼は足を止めた。

「うわー、綺麗《きれい》だー」

リベザルが声を上げたのは、橋の両脇に並んだ街灯だった。丸く白い光の粒が連なって見え、真珠のように輝いて見える。しかし、

「あそこ、暗い」

一部電気が切れ、列が途切れてしまっている部分があった。目線を下ろすと、道路の方もそこだけ真っ暗な闇と化しているのが分かる。

「怖い？　手、つないで行きましょうか」

白い手がリベザルを誘う。暗闇が怖いなどということはなかったが、リベザルは頰《ほお》を染めてその手を取った。その手は見た目よりも力強く、しかし柔らかく握られた手に、リベザルはえも言われぬ幸福感を覚えていた。

彼女の家は、橋を渡り切ってそう遠くない高台にあった。彼女に似つかわしい和風の家で、今どき珍しい本物の瓦《かわら》が屋根に乗せてある。リベザルは首が痛くなるほど、その大きな家を見上げた。

「どうぞ入って。両親は今日は組合の集まりで遅くなるらしいから、先に夕飯を食べてしまいましょう」

彼女は鍵《かぎ》を開けてリベザルを招き入れ、スカーフとサングラスを外して、スーツケースを床に上げた。

リベザルはそれを手伝うにも頭が回らないぐらい、お上りのように室内をきょろきょろと見た。しっかりした太い柱に太い梁《はり》、天井は竹が編み込んであり、果てしなく長い廊下の両脇には金箔《きんぱく》の散らされた高そうな襖《ふすま》が列を成し、そのどれもが美しい華で飾り立てられている。

「行きましょう、リベザル君。キッチンはこちらよ」

「はい、おじゃまします」

リベザルが靴を脱いで逆さまに揃《そろ》えると、彼女は腰を折って彼の髪を撫《な》でた。

「靴を揃えられるなんて、偉いのね」

「へへ、うん」

彼女に褒《ほ》められたのが、妙に誇らしかった。

彼女は長い廊下を並んで歩く途中で、スーツケースを置いてくるからと家の奥まった所にある一室の前で止まり、リベザルを置いて中に入って行った。が、出てこない。時計がないので正確には言えないが、少なくともリベザルは、待っている間にポップスをもう三、四曲も歌い終わっていた。

「どうかしたのかな？」

いけないと思いながらも、退屈に背を押されて彼女の消えた襖に手を伸ばした。

中は薄暗く、人の気配はしない。八畳の和室で、畳のいい香りがする。向かって正面には川に向かった窓と書き物机。左右には押し入れだか次の間へ繋《つな》がっているのか、入り口と同じく綺麗な牡丹《ぼたん》をあしらった襖がそれぞれ一面を埋めていた。

「おじゃましまーす」

リベザルが入ると、ほんの僅《わず》かだが藺の香りの中に何か厭《いや》な臭《にお》いがした。できればあまり近付きたくない、話に聞くだけでもご免な陰湿な臭い。

臭いを辿《たど》って、行き着いたのは机の下だった。隠すように箱が置かれている。

それに向かい合ったリベザルは、自分と箱を残して空間が閉じて行くのを感じた。

圧迫感。何の変哲もない薄茶色の段ボール箱だが、上面角からのぞく白い布の端が彼の獣心を駆り立てる。

人間の、倫理道徳常識礼儀節度。

それら全てが、フロントガラスに映る景色のように後方へ流れ去って行く。天敵を、あるいは罠《わな》に倒れる仲間を前にした時にも似た、全身の毛が逆立つような悪寒《おかん》。それを見据え、無意識のうちに牙《きば》を剝《む》く。

冷や汗三斗《さんと》。そこにあるのは箱と彼。

リベザルの頭に、本能からの警告音が鳴り響いた。触ってはいけない、開けてはいけない。

しかし、リベザルは導かれるようにして箱に触れ、開け、そして見てはいけないものを見た。

それは、茶色に染まった白い手袋、雨ガッパ、分厚い本、梶枝大学《かじえだ》の学生名簿。

「何でこんな所に？」

リベザルは合わせる度にブレる焦点を一生懸命補正して、手を触れないようにしてそれらを注意深く見た。

本には一枚の栞《しおり》が挟まれており、手袋は元の色が分からぬほど変色し固まってい

る。臭いの元はこの中の二つ。手袋と、カッパ。洗い流しても分かる。この臭いは、

「血だ」


ゴトッ！


「うわっ！」

リベザルはビクッと身を竦《すく》め、出てしまった悲鳴を取り消す代わりに「今のなしっ」と手の平を左右に振った。冷静に考えなくとも無駄な行為だ。

その音は隣の襖の向こうから聞こえた。

「そこにいるんですか？」

リベザルはおそるおそる近付いて、襖をジワジワと一センチずつずらした。

薄暗い部屋には、こちら側と同様にたいした家具はない。畳と窓とカーテンと、部屋の隅に布団が一揃え、それから彼女の持っていたスーツケース。

目の前には、彼女の持っていたスーツケース。


スー、ハー。スッ、フー。

（!?）

リベザルは耳を疑った。静寂の中に、自分以外の吐息が聞こえた気がしたのだ。

（まさか。何で、こんなところから……）

リベザルは、ぐるぐる回る思考の渦に呑《の》み込まれそうになりながら理性を必死に叩《たた》き起こし、両手でケースを倒した。

重く、鈍《にぶ》い音。倒れたケースの留め金に親指を押し付けて、ロックを慎重に外す。金具の拘束《こうそく》が外れると同時に、中に仕込まれたバネでケースが口を開けた。

その中身は――

「あら、見てしまったの？　礼儀正しい子かと思っていたら、とんだ悪戯《いたずら》っ子ね」

「何で？」

リベザルが上体を捻《ひね》るとそこには、彼をここに連れて来た本人が廊下の光を背に受けて、腕を胸の前で組んで立っていた。その格好は先ほどとは打って変わって、黒のパンツに茶のTシャツと活動的なものになっている。

面喰《めんく》らったリベザルに、彼女はにっこりと笑ってしゃがみ、彼の頬を撫でる。

「ごめんなさいね。本当はこの子が友達に余計なことを喋ってないと分かれば、すぐ家に帰すつもりだったんだけど、あれを見られてしまってはそうもいかないの。おまけにこれまで」

そう言いながら倒れたスーツケースに目を向ける。リベザルもつられてそちらを見、再度それを確認した。

スーツケースの中には、病院にいるはずの椚良太が入っていた。

体は折り曲げられ、体育座りの状態だが見ているだけで息が詰まりそうになるほど窮屈《きゅうくつ》だ。リベザルのように手足の自由を奪われている訳でも、声をだせないようにもされていない。にも拘《かかわ》らず良太は動かず、その目は何も見えていない硝子細工《ガラスざいく》のままである。

「誰？　どうしてこんなことするの？」

「あなたに分かるかしらね？　全ては彼の為なのよ」

「彼って？」

「Bonne nuit, mon petit.」

「え？」

リベザルは不意を突かれ、後頭部に重い一撃を受けてそのまま混沌《こんとん》の中に沈んだ。

＊

日の光。燦々《さんさん》と照り付ける。

川の流れ。さらさらと耳に心地よい。

木々のざわめき。爽々《そうそう》と風を象《かたど》る。

そのいつもの風景が、空気が、一点から波紋が伝わるように崩れた。

（？）

『彼』は危険も顧《かえり》みず、その力の中心に走った。

慣れ親しんだ林を抜け、真っ先に目に入ったのは光を纏《まと》った少年。それから順に、足下に転がる人間とそれを庇《かば》う影、少年に真正面から対峙《たいじ》する異形の者。

少年と影以外は、この山では良く見られる情景だった。異形の者の名は知らないが、ここ最近西方の国から移り住んで来て、馬鹿みたいに無差別な狩りをするので『彼』はそいつが嫌いだった。自分のささやかな楽しみまで奪い、『彼』の大好きな動植物まで戯《たわむ》れに滅ぼして行く。しかし、勝てない相手に喧嘩《けんか》を売るほど阿呆《あほう》ではない。

それにつけても、少年を取り囲む空気の流れの鋭さといったらない。向かい合う相手の殺気に怯《ひる》まず、呑まれず、跳ね返すでも、受け流すでもない。消す、否、弾け飛ぶという方が幾らか適した表現だ。

動かず変わらぬ薄い光を纏っている。

『彼』はもっと近くで見ようとした。

「！」

蔓草《つるくさ》に足を取られた。傾斜を転がり、弾みでぶつけた頭の痛みを振り切ると、前には光、背後に殺気。

そいつが低い声で唸《うな》る。

「邪魔をするとお前も喰う」

少年は『彼』を一瞥《いちべつ》したきり何も言わない。そいつはまた言う。

「格好つけるな、この偽善者が。人を喰わずに我に死ねと言うのか。我と人と、命の重みが違うとでも言いたいのか？」

『彼』は少年を見上げた。回答を待った。人を殺すことは罪悪で、自分達を滅することは退治だと、その矛盾は『彼』も時々考える事があったからだ。そしていくら悩んでも答えは出た例《ためし》がない。人間の立場になれば、人を喰わねばならない身になれば。何百何千とある答えの内どれが正しいのか。おいそれと選ぶことは出来なかった。

少年は、笑った。

鮮《あざ》やかに、遥かに頭上にあるそいつの顔を見下して。良く通る声が静寂を貫く。

「そんなコト知るか。ただお前が気に入らない、それだけだ」

少年はゆっくりとポケットから左手を出して、手の平をそいつに突き出した。

一閃《いっせん》。

風がうねり、空間が歪《ゆが》む。そいつの悲鳴が耳の奥にへばりついた。

『彼』が瞼《まぶた》を上げると、視界は肌色一色。それは少年の腕の中だった。首を伸ばせば、そいつは跡形《あとかた》もない。

少年は『彼』を地面に降ろすと、影と連れ立って歩き出した。気を失う人間には目もくれない。何の目的があって人間を、そして『彼』を助けたのだろう。

「何で庇護《かば》った？」

大気の衝突に呑まれ、体が引き千切れるのを免れた『彼』はその背に訊いた。見返りも求めず、その根底にはあるいは『彼《か》』の欲しかった答えがあるのかもしれない。

少年は数秒の間を置き、耳の後ろを掻いて振り返った。

「そうしたかったから」

「それが正しいのか？」

「知らない。僕がそう思ったからそうした。他は知らない」

数多《あまた》の時間、那由他《なゆた》の解答。渦巻く闇に光がさした。

少年はまた、森の中へ歩き出した。『彼』はしばし茫然《ぼうぜん》と立ちすくみ、疼《うず》く頭を摩《さす》りながらその光の後を追った。

今は昔、懐《なつ》かしい夢の欠片《かけら》である。

3

気を失う原因となった後頭部の痛覚が、次には目を覚まさせる半鐘《はんしょう》へと姿を変えた。リベザルはあまりの痛みに意識を引き戻し目を開けたが、痛みを訴える口も頭をさする手も、立ち上がって駆け回る足も動かない。

薄暗い中に目を凝《こ》らした。首から下は布団に包《くる》まってその外側からロープで縛《しば》られている。口にはハンカチが押し込められているらしく、下手に動かすと吐き気を催《もよお》しそうだった。

部屋は移動していないのだろうか？　やはり牡丹の襖に三方向を囲まれ、一面は窓になっていた。部屋の電気は消されていたが、窓からの、おそらく今通って来たばかりの橋の明かりによって、物を識別できる程度に照らされている。

「あら、起きてしまったの？」

廊下に面した襖が開いて、彼女が姿を現した。室内が明るく照らされた。スーツケースがなくなっている。

リベザルは喉《のど》から声を振り絞ったが、彼女には届かず徒労に終わる。

彼女はフッと息を漏らすように冷笑して、リベザルを見た。

「さて、今度はどうしましょうか？　まだ貴方をどうするか決まっていないのよ。……せっかくだから前とは違う方法がいいわね」

背中に手をまわす。その狂気を孕《はら》んだ目に、リベザルは背筋を凍らせた。

彼女が、これより前に、誰かを殺している？　まさか良太を？

俄《にわか》には信じられず、彼は目を瞠《みは》った。何故彼女が――彼女はいったい何者なのだ？

良太に殺したいほどの恨みを持つ者なのか。しかし優しい声で、暖かい手でリベザルを励ましてくれた人には違いない。リベザルはどうしても後者のイメージが捨てられず、彼女を見据えたまま身じろぎした。

これも夢の続きであると願いたかった。

彼女の手がゆっくりとリベザルに伸びる。じわじわと浸透してくる危機感に暑さの所為《せい》ではない汗が滲《にじ》み、リベザルはギュッと目を閉じた。その手が彼の赤い髪に触れた瞬間。

パシン！

隣の部屋に続く襖が、勢いよく開かれた。黒い影が逆光に縁取られ、細身の輪郭《りんかく》が浮かび上がる。

「こっちが当たりか」

その声は布をあてたように籠《こも》っていて判別しづらい。

彼女が立ち上がり後ずさって、無言で部屋の電気を灯す。

黒く塗りつぶされていた部分に光があたり、影は姿を現した。

(師匠！)

「夜分遅くに失礼します。ようやくお会いできました。佐倉享菜《さくらゆきな》さん」

4

秋がここにいる不自然さと、彼女が被害者の母親であり犯罪者であるらしいという事実に、リベザルには目の前の全てが映画か何かのフィクションの世界のように感覚から遠ざかって見えていた。

しかも。

彼が緊張感とはほど遠い存在であることは、リベザルも十二分に承知しているはずだった。だがその秋の格好の可笑《おか》しいことといったらない。

重度の花粉症患者のように半球状のマスクで口と鼻をすっぽり隠し、目には伊達《だて》眼鏡《めがね》、手には軍手、足は革のブーツ——土足！　——である。

秋は手を扇みたいに振って、顔の前の空気を払った。

「この家は相性が悪い。さっさとよっしーとそこの小豚を返して頂いて、帰りたいんですけど」

「『よっしー』さん？　どなたかしら。私はこの子と遊んでいただけよ。ねえ？」

享菜はたじろぎもせず、リベザルに笑顔を向けた。

声も出せないし頭も動かないリベザルに秋は目もくれず、中指で眼鏡を押し上げ溜め息を吐く。

「百歩譲ってそうとしましょう。ずいぶんフェチ的な遊びみたいですけど」

「それくらいの方が真に迫ってて楽しいのよ、ごっこ遊びは」

「殺人ごっこ？」

「そう、ここは東京湾なの」

それではさしずめリベザルは、ミスをして簀巻《すま》きにされたマフィアの構成員か。

享菜はリベザルの縄を解き、猿ぐつわを外して立たせ、服を整えた。

「お迎えが来ちゃったわね。また遊びましょうね」

「何を……」

言っているのだ、彼女は。

リベザルは秋の元に走り寄り、その腹にしがみついて体を前後に揺さぶった。

「師匠！　良太、ここにいるんです。俺、見たんです！」

「何をかしら？　ねえ『保護者』さん？　早くその子を連れ帰った方がよろしいんじゃやなくて？」

「！」

享菜は冷たい口調で言葉の裏に警察への通報を匂《にお》わせ、かつ子供の言うことなど誰も信用しないぞ、と釘《くぎ》を刺した。

事件が立証されない限り、それは子供がついた大人の興味を引く為だけの嘘だと扱われる。良太の件でも痛感した事実だった。

彼女は開け放した廊下への出口を示すように、彼らから半身になって微笑《ほほえ》んだ。

しかし秋は身動きせず、腹に回した左腕に右肘《ひじ》を突いて、軽く握った手を口元に当てる。

「まさか入院中は手を出さないと思って安心してたんですが、警察の監視の中、堂々と連れ去るなんて、夢にも思いませんでした。あなたが今よっしーを返して下されば、何も騒ぎ立てはしません。そのままここを立ち去ります」

享菜が微《かす》かに眉《まゆ》を動かす。しかし、冷静を装い直してソプラノの声を軽やかにした。

「見も知らぬ子供に、私が何をするというんです？」

「彼を前の事件のようには殺させません」

それから、秋は黙った。享菜の出方を窺《うかが》うように、窓の方に歩み寄って椅子《いす》に腰掛ける。

やや遅れて、彼女がその軌跡《きせき》を目で追った。まだ声はその美しさを失っていない。

「ニュースを御覧になってないのかしら。康《こう》の事件の犯人はもう捕まったのよ」

「語るに落ちる、とは先人はいい言葉を作りましたね」

秋が笑う。

「僕は『前の』と言ったんですよ。佐倉康の事件だなんて言ってない。それに、よっしーが子供だともね。御自分の首尾の良さに酔われましたか」

享菜の表情だけが僅かに怯《ひる》んだ。

「大体、犯人が南雲圭一《なぐもけいいち》であるハズがないんですよ。佐倉康が殺された二十八日は土曜日、彼に犯行は不可能なんです。そもそも家から出ることが出来なかったのですから」

「今度は探偵ごっこのおつもりかしら？」

「まっさか、冗談じゃない。よっしーさえ無事なら後はどうでもいいんです。もちろん、御自分の奇行を他人の口から聞いてその恍惚《こうこつ》に浸りたいというのなら、微力ながら御協力致しますが？」

秋の言葉は明らかに皮肉めいていた。

享菜は二人のいる方の部屋に移り、廊下を背にして秋とリベザルと正三角形を作る位置に行儀良く正座をすると、柔らかい微笑みを作った。

「お伺いしましょう。暑さを忘れる寝物語に」

＊

秋は窓の外に視線を移し、静寂を紡ぎ出すような抑えた声で話し始めた。

「事件当日、あなたは花火を作りにこの実家に帰って来た。そして、家に帰る前に彼は殺されてしまった」

「まあ、いきなり容疑から外れていますのね」

享菜がからかうように合いの手を入れたが、秋は無視して外を見たままでいる。

「あなたには確かに犯行は不可能です。でもそれは被害者が通常通りの行動をとっていれば、の話」

「何が言いたいのかしら？」

リベザルも享菜と同じ気持ちだった。被害者が行方不明になったのは六月二十八日の下校中、死亡推定時刻は同日十六時から十八時の間だ。

一方、彼女が実家をあとにしたのは夜で、もし彼女が秋の言う通り康の帰り道を狙うつもりなら、少なくとも昼には実家を出ないと間に合わない。そういう計算で、警察も彼女を容疑者から外していたはずである。

秋は姿勢はそのまま黒目だけを、キロリと享菜に向けた。

「佐倉ママが康君に言う。『今日は皆でお祖父《じい》さんの家に行くから、あなたも学校が終わったらまっすぐこっちに来なさい』って。あ、言葉尻《ことばじり》まではとらえないで下さいね。僕が言いたいのはあくまで内容ですから」

人なつっこい笑みで注釈を付けた彼に、享菜は笑い返す。

「そう。それで？」

「で、ですねー。あなたはこの家の付近でめでたく彼を殺し、帰り道の途中で上流坂駅前に胴体を放置した、と」

秋は親指で首を切る真似をして、舌を出した。

享菜がコロコロと笑って、左手を畳につく。

「可愛い顔して怖いこと言うのねえ」

「実際にやる方ほどではありませんよ」

秋はさらりと言ってのけた。彼女の左手が畳の目を弾く。秋は椅子の上で片膝を抱え上げ、残った足をぶらぶらと揺らした。

「調べられたのでしたら、私が何で帰ったのかもお分かりですわね」

「土平《つちひら》タクシー、登録ナンバー四一〇二番。長谷《はせ》倉弘《くらひろし》三十五歳で合ってますか？」

秋の必要以上に詳細なデータに、彼女は一瞬反応を遅らせたが、やはり静かな声で抑圧的に言い放った。

「いくら暗いとはいえ、生きている子供と死んでいる子供の見分けがつかない訳がないでしょう？　それにその運転手が康を見ていたら、初めから警察だって私を疑うのではありませんか？」

「そうですね。だから見ていないんですよ。あなたがその日持ち帰ったというスーツケース以外は」

「旅行に行く予定だったんです。あの事件がなければ」

「ふうん。そうですか。ま、確かめようのないことを話していても仕方ありません。水掛け論です」

たとえ間違っていたとしても、訂正などすれば自ら犯人だと名乗っているようなものだ。彼女はジッと耳を傾けている。

（スーツケースって）

良太が閉じ込められていたあのケースに、最初に入れられていたのは……。リベザルは考えるのを止めた。嘘《うそ》でも想像したくない光景である。

「それからあなたは残った部位を順番に捨てたんです。妙な飾り付けをして」

「師匠、妙な飾りって何ですか？」

リベザルは事件のあらましを殆《ほとん》ど知らない。バラバラにされた体は秋の目撃談から覚えていたが、手足がどこからどのように発見されたのか、飾りとは何かなど、その後の経緯はまったく知らなかった。佐倉康の胴体発見後は、興味の対象はサッカーと良太ばかりという生活をしていた為である。

彼が合間に質問を滑り込ませると、秋は早口で説明をした。

「胴体の状況は教えたな？　後から知ったことだが、あそこにはバラの花が一輪添えられていた。

手は山梔子《くちなし》の花と一緒に花瓶《かびん》に活《い》けられ、佐倉家の蔵に。

足は腐臭を消すのに桃の香水漬けになって、駅のホームのベンチに。

頭は燃やされて、中に向日葵《ひまわり》の種を詰められ、佐倉パパの研究室に本に紛れて転がっていた。材料はどれも現地調達、ってことになっている。まだ疑問があるなら、その話の時にしろ」

「はい」

疑問はあった。どうして死体をバラバラにし、わざわざ現地調達などと危険な真似《まね》を冒《おか》して各発見場所に点在させたのか。足と頭を手と一緒に捨てず、頭に至っては燃やさなければならないほどに腐るまで持っていたのは何故か。そうまでして行動範囲を広めて見せたかったのか。

しかし、今はその話をする時ではないようなので、リベザルはまた地蔵になって二人の話を見守ることにした。

「えーと、そう、残った部分の話ですね。手足について、あなたにアリバイはない。特別必要でもなかったからでしょう。手は家の人間の目を盗んでやればいいし、足の方もラッシュ時の人波に紛れてしまえば目撃者もない」

「私を犯人だと決めつける理由は、それでお終いですか？　まだ動機も、証拠も伺ってないように思えますけれど」

秋は邪気のない顔で、フワアと欠伸《あくび》をした。そんなことはたいした問題ではない、とでも言いたげである。

「実はですね。最初の事件から、犯人を指し示す示唆《しさ》が数多くあったんですよ。おかげで僕は、頭が何処《どこ》から出て来るのか、楽しみでしょうがなかった。その発見場所がまた犯人に僕の考えを近付ける。

よっしー母の存在は誤算でしたよ。もっと早くに気付いていれば——気付きようがなかったですけど、あれは防げたかもしれない。彼女の殺人現場もまた、持論の裏付けに役立ちましたけどね」

「思わせぶりな言い方ばかり。動揺を誘って、また誘導尋問でもなさるおつもりかしら？」

「おー。いいですねー、それ」

睨《にら》み付けてキツく絡んだ彼女に、秋は心からの感心を顔に出して手を打った。

「でも、話には順番ってものがあるんですよ。まずはあなたが犯人となり得る条件から話させて下さい」

秋は足を左右入れ替えて、今度は左足を揺らした。

睨んだ視線の行き場をなくして、享菜はただその言葉にしたがうように聞き役に戻った。

「あなたは佐倉パパについて頻繁《ひんぱん》に大学に行っていたそうですから、頭部の持ち運びも問題なし。これは発見以前、いつ置かれたのかも知れないですから、アリバイも何もあったものじゃないですしね。

次の事件の被害者は椚良海《よしみ》。この頃あなたは精神異常を来しているということもあり、関係者にも挙げられていません。初めから部外者ですから、当然ですね」

（そうだった）

リベザルは頭からそこだけ抜かれたみたいに、そのことをすっかり忘れていた。佐倉享菜は事件のショックで狂いかけていると聞いた、が、目の前の女性は至って普通の正常な人間だ。

偽証。そんな言葉が頭を過《よぎ》る。

享菜は何も言わない。秋は立てた膝に顎《あご》を乗せた。

「その日、あなたは佐倉パパとは別ルートで大学に行かれました。花を買い、椚家に連絡を入れて訪ね、それから大学に向かう。前もって電話を入れましたか？　椚母は『七匹の子山羊《こやぎ》』みたく、子供を家に隠したみたいですが」

「…………」

「ま、いいでしょう。これはさほど重要視すべき事象じゃない。さて、これであなたの犯行が可能だという話は終わりです。意外と短かかったでしょ？」

秋が犬や子供に見せるかのごとく両手を広げて、何も残っていないことを示すジェスチャーをした。

享菜は身を正し、膝に手を揃えて秋を睨む。

「可能、そう、可能なだけね。それは私以外の何百人という人間にも言えることだわ。そこまで言うなら証拠もあるんでしょうね？」

「――やっぱ、そう来ますよね。犯人の反論の定番だ」

秋の声は、それだけでリベザルの信頼を失墜《しっつい》させるに足る頼りなさだった。秋は視線を上から下へと泳がせたり、腕組みをして、うーんと悩む素振りを見せる。前髪が飛び上がるぐらいの勢いでうなだれていた首を振りあげると、広げていた手をそのまま上にあげて、降参ポーズに変えた。

「実はそこを突かれると弱いんです」

つまりは証拠がないのである。リベザルはガクリと額を畳の上に落とした。いくら理路整然と相手を追い詰めても、証拠がなくてはその後ろに逃走路を用意してやったも同然である。

(いや、待った)

証拠ならある。この部屋で初めに見つけたあの箱、血の臭いのするカッパと手袋。

「師匠」

リベザルは秋とその横の机の下を見て、愕然《がくぜん》とした。箱はなくなっていた。考えてみれば、あれを見つけてからリベザルが起きるまでに、それを隠すだけの時間が享菜には十分にあったのだ。リベザルが反対に首を六十度回して享菜を見ると、彼女は余裕の表情でこちらを見返した。口惜《くや》しい。

「何？」

「いえ、すみません。何でもないです」

リベザルが首を振ると、享菜は初めは吐き捨てるように、次第に高らかに笑い始めた。

「犯人の奇行、確かに奇怪なお話でしたわね。でも貴方の頭から出たら、とうてい現実感は得られない夢物語。貴方が探偵さんになる、という夢ね」

「僕の夢はもっと庶民的です」

秋はいちおう答える。

「明るく楽しく面白く。そして皆で、平和にあったかほのぼのしていたいだけです」

「こんなことまでして、庶民的というにはいささか度が過ぎてません？　さあ、お帰り下さい。私は未成年を警察に引き渡したりしたくありません」

享菜は今までになく厳しい口調で言い放った。歯に衣を着せてはいるが、要するに帰らないと警察を呼ぶぞ、と言うのである。

「そんなに先を急がなくてもいいでしょう？　僕が何でこんな格好してるか、分かりますか？」

「何を急に」

享菜は顔を秋から背《そむ》け、口を隠して嘲笑《あざわら》った。

秋はそれを気にした様子もなく、両手でマスクのゴムを耳から外して横を向いた。

その途端、

ックシュン、クシュン、ハックシュン……。


秋の口から止めどなくクシャミが溢れ出して、享菜もリベザルも思い切り面喰らってしまった。

秋は三十秒もそうやってクシャミを続け、袖《そで》で涙を拭《ぬぐ》いながらマスクを装着し直した。

「実は過去にちょっとした事故がありまして、花火アレルギーなんです。その場に実物などなくとも十分、残り香だけでこの有り様なんですよ。これが、二つの現場における共通点です。どっちもそこにいるのがスッゴイ辛かった」

秋が屈託なく笑うと、享菜はフンと鼻を鳴らして顎《あご》を上に反《そ》らした。

「花火職人が犯人だと言うのね。全国に何人いるか、知ってておっしゃってるの？」

「知りませんよ、そんなこと。この事件にこれという決定打は一つもないんです。でも、塵《ちり》も積もれば何とやら。一つ一つはごく些細《ささい》だけど、現場に残されたいくつかの示唆《しさ》が全て当て嵌《は》まる人間って、意外に少ないんです。順番に挙げて行きましょうか？」

秋が右手の親指を左手の人さし指で示し、数を数える態勢に入る。

第二ラウンドが始まった。

5

窓の外からはさっきまで聞こえていた車の音もすっかり止んで、リーリーという虫の羽音が響いていた。窓は閉め切っていて風はなく、クーラーもないので空気は淀み保温効果を高めている。

この静かな熱帯夜に、秋と享菜はお互い一歩も譲らず、真っ向から対峙《たいじ》していた。

「佐倉パパの研究室への土産《みやげ》にと言って、家の近くの花屋で花を買われましたね？顔なじみの店員に呼び止められた」

「……綺麗なところが入荷したばかりだからと言われて、購入しました」

「それと同じ花が現場にまき散らされてたんですよ。花瓶のガラスと一緒にね」

「この時期桔梗《ききょう》なんて珍しくないと思いますけど。花瓶が割れていたなら、そこに活《い》けてあった物じゃないんですか？」

「と、思わせる為に咄嗟《とっさ》にやった」

リベザルはもどかしくなって、秋と享菜を交互に見た。秋は笑顔を崩さないし、享菜は知らぬ顔を決め込んでいる。先にソプラノが言った。

「つまり犯人が花瓶を割って、慌てて持っていた花を撒《ま》いて誤魔化《ごまか》した、と？」

「更に言うなら花瓶を割ったこと自体に意味があったからこそ、そんな小細工をしたんじゃないかなあ、と」

秋は享菜の真似をして言葉を括《くく》る。小細工というのに享菜が反応し、唇をきつく結んだ。

秋は飛んで来た蚊《か》を手で追い払いながら説明をする。

「ガラスが二種類あったんです、薄いのと分厚いのと。もし犯人が被害者の知人で、グラスにウーロン茶でも出されたとしましょう。そのグラスを争っている最中に割ってしまった。犯人は万が一の可能性ではあるが、指紋の付着した破片の存在を危惧《きぐ》した。破片を調べさせる訳にはいかない。更に出来ることなら来客の事実も隠蔽《いんぺい》してしまいたかった。それで」

「それで、破片を捨てずに花瓶を割って隠し、花を撒いて裏付けしたと言うんですね」

亨菜は挑発的にせせら笑った。秋はまだ蚊を追っている。

「血溜まりから破片を取ったら、そこに何かあったことが分かってしまう。どうでしょう？」

秋は胡座《あぐら》をかいて両手で足首を摑み、身を乗り出した。

亨菜は緊張の糸を解くように、耳にかかる後れ毛を後ろに撫で付けて微笑んだ。

「そんなこと、やってもいないのに分かりません。それに私はちゃんと、主人の所へ桔梗を持って行きました」

「半分、じゃないんですか？」

「それにしても論理に無理が窺《うかが》えますわ」

(そうだ。断定は出来ない、それじゃ)

リベザルも思う。コップが割れて、花瓶も割れて、活けた花が散る。強盗や変質者の犯行でも、その時彼女が一人でグラスを使っていれば起こり得ることである。

その時、

パン！

秋は蚊を叩き潰した。音に驚いて享菜が顔を上げる。

「平将門《たいらのまさかど》を御存じですか？」

「え？」

音に続いて関連性の見られない質問に、享菜は秋の手品以来初めて虚を突かれ、そのポーカーフェイスを崩した。答えの有無には構わず、秋は手をパッパッと払い軽い口調で話し始めた。

「細かいトコは省きますね。良海さんの実家の方には、将門を祀《まつ》った御堂があって、そのあたりでは一種の信仰——というと大袈裟《おおげさ》かな？　昔からの風習みたいなものが残ってるんですよ。これがなかなか興味深い。将門が命を落とす原因となった女性の裏切り。その姫の名を忌《い》み嫌うというモノなんですが」

パチン！

秋はいったん言葉を切って、桔梗を空間から取り出し享菜の前に投げた。

「その名を『桔梗姫』というんですよ。つまり信心深い被害者宅に、桔梗が活けてある可能性はゼロです」

享菜が目をむく。初耳らしかった。その表情に言い訳するように、瞬きをし目頭を押さえる。今のは目に入ったゴミだと。

「賢《さか》しいなー、佐倉ママ」

「その理論で行くなら、出身地が椚さんと違う、その日に桔梗を買った全ての人に犯人の可能性があるということになりますね」

口調は多少崩れてはいるが、享菜はまだ負けじと弁明した。可能性で話をするなら、確かにその通りだ。証拠もないし論拠も薄い。犯人候補の集合の輪が少しだけ狭まっただけである。

「Ça va pas, la tête ?」

「何ですって!?」

秋がリベザルには何語だか分からない台詞《せりふ》を使うと、享菜はカッとなって殆ど反射的という感じで怒鳴り返し、言ってしまってから後悔の色を示した。

「瞬時に反応、ヒアリング完璧《かんぺき》ですね。フランス、何年留学されてたんですか、おまじない好きの佐倉ママ？」

秋の『ね？』と首を傾けた仕種《しぐさ》はいかにも可愛らしい。

享菜は段々に焦りを見せ始めた。苛々《いらいら》と畳の目を爪で弾き、頬が固く強張《こわば》って行く。その乱れこそが彼女を犯人へと決定付ける要因となっていった。

「だから？　それが何だと言うの？」

「いえいえ、フランスにこんな話があるんです。御存じですよね？　子供の頭蓋骨《ずがいこつ》は、泥棒を成功させる為の魔法の道具だとされ、実際に十九世紀半ばにそういう事件も起きました。同じくフランスで十二世紀初め、遺体をテーブルに見立てパンとビールを食べると殺人に対する報復を免れられると、一部の人間に信じられていた」

パチン！

「頭蓋骨の見つかった佐倉パパの研究室では何も盗まれませんでしたが、罪を擦《なす》り付ける為の証拠品が学生の鞄に入れられ、椚家の現場には酒の匂いとパン屑《くず》が落ちていました。見ますか？」

秋は取り出した白い包みを広げた。中からぱらぱらと木屑のような物が床に落ちる。

輪がまた少し縮む。

「知りません。フランスといっても広いんです。それに私は迷信など信じません」

「こんな物を作っといて、それはない」

秋が手首を手前に捻る。一周して戻って来た指には、柊《ひいらぎ》の枝と、干涸《ひから》びた魚の頭が挟まれていた。

「これ、節分の時に魔除《まよ》けに門に刺すヤツですね？　あなたの家で見つけたんです。作ったのは佐倉ママだ。家政婦にも確認はとってあります。さて、次が最後です」

秋は左手で右の中指を手の甲の方に曲げた。

「体が何故バラバラの場所で発見されたか。これはさっきのおまじないを誤魔化す為、カムフラージュです。

体が出て来る。手が見つかる。今度は足だ、腐りかけてるな。やっと頭か、燃やされてるな、腐ったんだ。誰も頭蓋骨が目的だとは思わない。

他のパーツは危険を冒してまで現地の物を使って装飾してるけど、あの頭を段ボールに入れたのは大学でではないでしょう？　体も手も足も、花を添える必要はなかったし、材料を現地で揃える必要もない。しかし別のパーツに『花』と『時間』と『現地調達』と念入りなことに三重にも法則性を持たせることで、あなたはたったひとつ外れた例もそこに収束させてしまおうとした。

佐倉パパが家であの箱を用意していた時点で、頭は既に中に入っていた。そしてあの箱を大学まで持って行ったのは、あなただそうですね」

リベザルの謎《なぞ》は解明された。バラバラにされた体には、ちゃんと意味があったのだ。

最後に輪の中に残されたのは、享菜一人になった。

「それは違うわ。あそこに、花は不可欠なんです」

しばらくジッと押し黙っていた享菜は、観念、というのとも異なる、厭《いや》にすっきりとした顔で秋を見た。

秋が椅子から立ち上がって、ポケットに両手を入れる。

「あなたの犯罪を正当化させる小道具として？」

「正当化？　いいえ、それも違います。この犯罪は正当なのです。あの子達の存在そのものが間違いだった、だから殺した。花はそのメッセージなの。全部、あの人の為です」

「必要悪といっても悪は悪、社交辞令といっても嘘は嘘、自分のしたことの責任を負えないくらいなら、初めから人殺しなんかしちゃいけないんだ。それなのに、目先の幸せに目が眩《くら》んで、その結果、更に泥沼にはまる。なっさけない」

「情けない？　あなたに何が分かるっていうのかしら？」

「分からないですね。人生、そう簡単にリセットは出来ないんだ。不安も失敗も罪も『自分』を切り捨てて生きてはいけない。一生付き合って行く物です」

「平和なお話。そういうの何ていうか御存じ？『綺麗事』っていうのよ。死にたくなるほど辛い目にあったことがないから言える、幸せな台詞。私の気持ちは私にしか分からないの。何を思おうと私の自由なのよ。人の意見に口出ししないで下さる？」

享菜の目がおかしい。常軌を逸している。声質は変わり、目を見開いて、異様に口をハキハキと動かし、しかし顔はマネキンのように堅く無表情である。

リベザルには彼女にどんな動機があって彼らを殺したか知れない。が、

（この人、本当に自分が悪くないと思ってる。嘘……何で？）

理屈が通じない。彼女の前には他人の話など意味がない、存在すら出来ないのだ。何を言っても彼女には届かない。

しかし、そのようなリベザルの心配は無用の長物であった。

秋は眉間に皺《しわ》を寄せ、マスクで覆われていない目の周りに激しく不快気な表情を浮かべて享菜に人さし指を向けた。ビシッという効果音まで聞こえてきそうである。

「それはこっちの台詞です。遭った本人しか分からない『辛い目』を、どうして僕が遭っていないと断言出来るんですか？　あなたが辛い目に遭って、悪いことだと分かっていながら犯罪に手を染めるのなら、それは確かにあなたの自由で僕達が口出しすることじゃない。でも、僕個人としては、辛いことも抱えたまま、そこから光に向かって歩き出せることが正しいんだとおもってる。僕の意見に口出ししないでくれ」

理屈が通用しないのは秋の専売特許だった。筋が通っているのかいないのか、分かった気にさせられる詐欺《さぎ》臭い理論に享菜は呆気に取られていた。

リベザル自身、よく呑み込めていない。肩を落として痛む頭を押さえ、

「……さっすが、師匠」

と、その奇怪さだけを褒《ほ》めると、秋は、

「だろ？」

と言って、マスクを引っ張りニカッと笑った。

6

「よっしーは返してもらいますね。行こう、リベザル」

秋は窓際から離れて享菜の脇をすり抜けざまに言った。

彼女は揃えた指で畳を叩き、上半身を捻って腰を浮かせた。

「そんな子、いないって言ってるでしょう？」

「まだそんなことを……」

「なんなら今ここに警察を呼んでもいいのよ。お話は面白かったけれど、証明する物は何もないんだもの。全て推測、想像の産物。誰もあなた達の話なんか信じないわ」

「ありますよ」

リベザルの正面の、隣の部屋との間を仕切る襖が開いた。薄暗い部屋には黒いシャツにグレーのスーツを着た座木と、その腕の中で眠る良太がいた。

リベザルは部屋を横切ってそちらに走り、良太の鼻先に手をあて、呼吸を確かめた。生きている。

「よかったあ」

ホッとして、良太に折り重なるように座木の腕に倒れ込んだ。

「もっと早く教えてあげればよかった、ごめんね」

「いつからそこにいたんですか？」

「ついさっきだよ。佐倉さんの家を回ってから来たんだ。それから少々、家捜しをね」

「僕のが当たりだったな」

「初めから私は保険だったのでしょう？」

「ま、ね」

秋が片目を瞑《つむ》って口の端を上げる。

その一時的に穏やかになった空間で、享菜は一人状況を忘れず、立ち上がって、握りこぶしに力を込めた。

「返しなさい！　その子がいる限り、私達は幸せになれないのよ。あなた方も帰す訳にはいかない」

「どうするつもりです？」

「決まってるでしょう。幸せの為の礎《いしずえ》になってもらうわ。あの人に知られるくらいならあと何人だって」

「佐倉ママ、二度目の殺人の時の、佐倉パパの証言を聞いてないんですか？」

「どういうこと？」

「佐倉パパはずっとあなたと一緒に居たと証言している。――もう知ってるんですよ、犯人があなただってことも……佐倉康が自分の子供じゃないこともね」

「!!　まさか」

自分ノ子供ジャナイコトヲ知ッテイタ。

その言葉は雷のごとくに彼女を打ち、衝撃の後に痺《しび》れを残した。痙攣《けいれん》した彼女の腕はスローモーに頬を覆《おお》って、動きを止めた。

「あの人、知っていたの」

享菜の手から力が抜けた。その声には気品も、怒りも、生気すら感じられない。子供が交通安全の標語を意味も分からず読み上げるような、心の籠《こも》らない口調だった。

そしてフラフラと窓際に歩み寄り、机の引き出しを開ける。

チキチキチキチキ。

彼女の背が壁になって見えないその手元で、聞き慣れた金属音がした。

「ダメ……ッ!!」

リベザルの伸ばした手は届かない。

目の前に、真っ赤な血飛沫《ちしぶき》が上がった。

第九章　陸《おか》の太陽　空の花

1

リベザルは何が起こったのか、すぐには理解できなかった。リベザルの視点から、最も近い床に見えるのは滴《したた》り落ちる赤。上方は人影が重なっていて、よく見えない。一番奥に佐倉享菜《さくらゆきな》、そのすぐ手前には、秋《あき》。

血を流しているのは秋だった。カッターを逆手に持ち頸動脈《けいどうみゃく》を掻《か》き切ろうとした享菜を、秋がその腕を盾《たて》に止めに入ったのだろう。彼の腕は肘《ひじ》から手首にかけてパックリと割れている。血は勢いはないが止まることもなく流出し続ける。みるみるうちに血は落ち染み込み、畳を朱に変えてゆく。

「そんな後味の悪い思い、させられてたまるかっての」

秋は彼女の手からナイフを取り上げ、また一つ指を鳴らしてそれを手の中から消した。

パチン！

それはどこにも現れない。

「死なせて、お願いだからっ」

享菜はその場に泣き崩れた。床に突っ伏して、悲鳴のような声を上げる。その姿は狂気を感じさせる。

「貴様……」

その声にリベザルが振り向くと、座木《くらき》が血相を変え、いつもは温和なその顔を怒りと困惑色に染めていた。

「貴様一人、死ねば良いものを」

「構うな。お前はよっしーの側にいろ」

「しかし」

秋の腕からはまだ血が滴っている。人間のそれに比べてやや透明感のあるワインレッドの血液には、不思議と恐怖も気持ち悪さも感じられなかったが、だからといって放っておいていいものではない。

座木が尚《なお》も動こうとするのを秋はギッと睨《にら》み付けて、割れた氷のように冷たく鋭い声を出した。

「僕を見くびるな」

その有無を言わせぬ口調に、座木も、直接向けられた訳でもない享菜やリベザルまで肩をびくつかせた。

秋は青いパーカを、切られた右腕を残して脱ぎグルグルと巻き付けた。青い布は徐々に茶色く湿っていったが、床に落ちる血の流れは止まった。

「佐倉ママ」

「！」

「そう警戒しないで下さい、僕の方が切られたのに。あのですね、僕は梶枝《かじえだ》大学で佐倉パパにあって、あなたが自殺したくなるような話を聞いて来ました。一部、あなたの過去にも触れる内容なので、あの三人に聞かれるのが嫌なら場所を変えます。死ぬのはそれからにしませんか？」

「……死にたくなるような話を聞いた後に死ね？　可笑《おか》しな言い方ね」

享菜の口調から棘《とげ》が抜け落ちる。

「構わないわ、聞かせて下さい。あの人の言葉を」

「一言一句、余すトコなく」

秋は彼女に椅子《いす》を譲って、机の前の窓を開けた。

涼しい風が髪を撫《な》でた。

＊

梶枝大学は、埼玉県南西部に位置する規模の小さな私大である。開校が昭和にギリギリ滑り込んだ創立三十三周年で、大学にしては歴史も浅く、教授陣よりは建物の綺《き》麗《れい》さや近代的なシステムを要《かなめ》に据えて生徒を集めていた。

敷地内にはストリートスポーツに適したコンクリートの広い中庭を中心に、それを取り囲む形で校舎や店が並んでいる。更に奥に行くと雑木林に散歩道が敷かれ、それを通り抜けた先に図書館やグラウンドがあった。

昨日、七月十四日、上流坂《かみるさか》駅前で座木と別れた後である、秋は既に五回目になる梶枝大学訪問に、勝手知ったる気安さでまず学食に入った。

　カフェテリア形式の学食は三方がガラス張りになっていて、テスト期間に入った為か食事をする生徒の姿は疎《まば》らだった。大人数を想定して自動運転された冷房は室内温度を体に悪いくらいに下げ、数少ない客の長居をも拒《こば》んでいる。

　秋はカウンターを流れ、月曜のお薦《すす》め定食を購入して補講の教室で見知った男に声をかけた。

「前いい？」

「いいけど……」

　男はぶっきらぼうに答えて、胡乱《うろん》な眼差《まなざ》しを秋に向けた。こういった警戒した目つきをされるのには慣れている為、秋は構わず向かいに腰を下ろし味噌汁《みそしる》に口を付けた。男も食事を再開する。

「なあ、史学科の南雲圭一《なぐもけいいち》って知ってる？」

「南雲？　知ってるよ」

「そう。あいつ、警察に捕まったらしいよ」

「マジ？」

　男は箸《はし》から食べかけのコロッケを皿の上に落として、驚きの声を上げた。

　彼には色々話して貰わねばならないことがある。秋は彼の興味を摑《つか》み、放さないよう、わざとチンジャオロースを多めに頬張《ほおば》る。よく噛《か》んで、タイミングを測った。

「車上狙《ねら》いやってたんだって。被害総額何百万とか」

「でー、嘘《うそ》みてー」

「オレ、南雲と同じ講義とった時ちょっと話したことあるんだけど、そんな風には見えなかったんだよね。スゴイ意外」

秋が南雲を知ったかぶって見せると、男はコロッケを箸で刺して自分のほうが詳しいと言わんばかりに、得意げな顔をした。それを誘われているとも知らずに。

「そんなことねーよ、あいつ普段から怪しかったって」

「何で知ってんの？」

「だって俺、南雲とゼミ同じだもん」

「へえ？」

彼が南雲圭一という人間について、いったいどれだけ熟知しているというのだろう。優越感というのは、二人以上の者を比較することによって生じるのだ。

秋はせいぜい無知な顔をして、男の自尊心をくすぐった。

「独り言多いし、焦りっぽいし。この間も、態度が怪しかったんだよ」

「どんな？」

「声かけたら逃げるように行っちゃうしさ、ゼミ室の鍵《かぎ》借りてるクセに行ってないとか言うし」

「うわっ、怪しい」

「だろだろ？」

男が口に運んだ後の箸の先をそのままこちらに向ける。乗ってきた。

秋は本題に入ることにした。聞きたいことをあくまで自然な流れに乗せる。

「ゼミ室平気だったの？　失くなった物とか」

「でも車上狙いなんだろ？　その辺の物は興味ないいんじゃやね？　俺の『坂本《さかもと》さん』も無事だったし」

「何それ？」

「卒論の資料。二万だぜ、二万。机の上に忘れちゃって、ヤバかったー」

「そうなんだ」

秋は相槌《あいづち》を打って、小さな茶碗《ちゃわん》の最後の一口の米を飲み込んだ。

南雲には研究室に出入りし、かつ人に知られたくない理由があった。いささか弱い気もするが、康《こう》を殺す動機もあり、凶器を押し付け罪を着せるには最適の男である。

南雲が活動不可能で家に籠《こも》る土曜に、享菜が康殺害を重ねたのは計画の上だろうか。

どちらにしても、あとは出入りした日にちが享菜とダブっていれば、秋の仮想したシナリオ通りの展開も望める訳だ。佐倉隼人《はやと》と話す前に、出来るだけ材料を揃《そろ》えていった方がいい。

秋は彼が調子に乗ってこれ以上余計な話を広げる前に、会話の空気の切れ目を狙って、「お先」と席を立った。

後に、思い返して不可解な顔をする男が残された。

＊

「何か師匠《ししょう》の目から見た世界って……ドドメ色」

「暗い聞き方すんな。それはお前の偏見さ」

「そうかなあ？」

リベザルが首を傾けると、秋は柱から背を離して畳に胡座《あぐら》をかいた。相撲《すもう》の行司のように手の平で床を切って、上目遣いでリベザルを見る。

「だったら、ここからはいっさいの感情を省いて話そう。その代わり、リベザルはもう喋《しゃべ》るな。僕は佐倉ママに話してるんだ」

「はい」

秋が「よし」と頷《うなず》いて、話を継いだ。

＊

研究室の鍵には、比較的内部構造の簡単な造りの物が使われている。秋は何本かの針金を取り出し、鍵穴に差し込んでロックを外した。

室内は十畳弱、壁は白塗り、床には細長い板を五枚並べて組んだ正方形のパネルが、縦横交互に塡《は》め込まれている。中央にテーブル、それを取り囲む六つのパイプ椅子と二つの回転椅子。窓にはカーテンがかかって、部屋中のあちこちに白い小麦粉のような粉が付着していた。ここは仮にも死体発見現場なので、当然といえば当然である。

秋は上下左右にスクロールする扇風機のように首を回して、備え付けの水道の足元で目を止めた。しゃがみ込んで板の縁を指でなぞる。

その床板は三枚連続で縦方向に並んでいた。

秋は近くにあった下敷きを床の筋に押し込んで、クッと捻《ひね》って板を持ち上げた。

そこには深さ三十センチくらいの穴が空いており、ビニール袋に入った白い粉や、ケースに入った注射器、錠剤等が入っていた。南雲が隠した、盗《と》ったはいいが持ち帰れなかった物だろう。彼がこの穴を偶然見つけたのか、掘ったのかは分からない。

「小心者が」

秋は独りごちて、蓋《ふた》を他に倣《なら》って交互になるように戻し、上から踏んで全体重を掛けた。

佐倉隼人の部屋は、彼の研究室のある棟の五階に位置する。ドアの前に貼られた所在表の矢印は『在室』を指していた。

コンコン。

「はいどうぞ」

「失礼します」

秋が扉を開けた時、隼人はパソコンの前に座って書類を清書していた。灰色のスーツにエンジのネクタイをきちっと締め、白髪の混じった髪を全て後ろに撫で付けて止めている。

知らぬはずの秋の顔にも笑顔を損なうことなく、隼人は椅子ごと彼に向き合って組んでいた足を下ろした。

「何か御用ですか？」

掠《かす》れたような低い声。

秋はドアを閉めて、彼の一メートル手前まで歩いて会釈をした。

「初めまして。深山木《ふかやまぎ》と申します。話をお聞きしたくて」

「入試の下見ですか？」

「いいえ。あなたの息子さんを知る者です」

「康のお友達の方ですか？　私は高校生かと……」

「いいえ」

秋が首を振る。

「椚　良太君《くぬぎりようた》です」

「!?　何だって？」

怪訝《けげん》そうな目で秋を見る隼人の視線に、秋はにこやかに笑って応えた。

「佐倉先生の専門は江戸だそうですね。ゼミには、幕末の志士の研究を卒論にしたがって入る学生が多いとか。確かにヒロイックな人間の多かった時代です。しかし悲劇の英雄も少なくなかった」

「…………」

「土方《ひじかた》家の隼人の名を継いだ歳三《としぞう》の甥《おい》、彼の孫の名は康、息子の名は良太というそうですね」

隼人の呼吸が止まった。強張《こわば》った顔で無理に苦笑し、左右に頭を振って溜《た》め息をつく。

「偶然だよ」

「それではこれは？」

秋は角のすり減った写真をポケットから出して、名刺のように彼に手渡した。

「これは、私の！」

写真を見て、隼人は机の上の手帳を開いた。透明なポケットに入れられた、康や享菜を含んだ数枚の写真の中に、手にしているのとまったく同じ物があった。

「ある……。それではこれは？」

「良海《よしみ》さんの物です」

「彼女がまだこれを？」

「それからもう一つ。あなたは康君のことを知っていますか？」

「……君は誰なんだ？」

「知っているんですね？　話して下さい。大切な思い出を、僕のような部外者が邪推した形で、夫人に伝えられたくなければ」

「君が家内に？」

「良太君を守る為には、そういう事態もありえるってことです」

「――――……」

信じられないという風に、隼人は幾度も写真と秋を替えがえに見た。

秋はもう一言も発しない。隼人の正面に佇《たたず》んで、隼人の目だけを見ている。

「良太の為……か。分かった、話そう」

隼人は手帳を机に戻し、ひじ掛けに腕を突いて椅子の背に体を預けた。

スプリングが、ギシシと音を立てた。

彼の話はこうだった。

大学のサークルで合宿に行った時、偶然同じキャンプ場に来ていた別の大学のサークルの良海と知りあった。彼のサークルが男ばかりで、彼女の大学が女子大だったことから、この二サークルは四日間寝食を共にすることになった。状況からして当然、寧《むし》ろ必然的な流れである。

二日目には早くも幾つかのカップル——中には本気の者も遊びの者もいたが——が成立し、隼人と良海も例に漏れずそういうことになった。

合宿が終わってからも二人は連絡を取り合い、お互いに相手の下宿に泊まることが多くなった。

しかし、いわゆる良家の出の隼人は彼女との関係を親に反対され、隼人は当時既に妊娠していた良海との駆け落ちを決意する。

準備に今後の相談にとごたごたしているうちに良太は生まれ、それぞれ一度実家に戻ることになった。良海は良太を預ける為、隼人はパスポートや通帳を取ってくる為である。二人は一週間後の夕方、池袋《いけぶくろ》で待ち合わせをした。

だが、約束の日に、隼人はそこへは行かなかった。一週間家族に囲まれて色々考える間に、親の保護を離れ、今ある全ての物を捨ててしまうのが怖くなったのだ。そのまま下宿も引き払い、良太のことは認知しないまま、彼女とはそれきりになった。

数ヵ月後、気落ちする姿を見かねた友人に誘われ、彼はフランスへ旅に出る。パリを散策中に享菜と出会い、最初はただの友人として、しかし徐々に恋愛感情を持つようになった。良海の時のような激しい恋ではなかったが、少しずつ育つ暖かい感情は彼の中の空虚を満たした。

帰国後、隼人は享菜にプロポーズし、彼女はそれを受け入れ、元は貴族――何代目かの当主が、趣味が高じて職人になったらしい――だという家筋の彼女との結婚には両親も大賛成だった。まもなく康が誕生した。

康が自分の息子でないことは、彼が生まれた時にすぐに分かった。逆算して考えればかなりの早産だったにも拘《かかわ》らず、康は未熟児どころか四千グラムを越す優良児だった。隼人は享菜の母親を問い詰め、彼女が留学前に強姦《ごうかん》されていたことを知る。

それでも、だからどうするということはなかった。良海と良太を捨てた自分に彼女を責める権利はなかったし、責める気もなかった。隼人にとって、康は紛れもなく自分の息子だったのだ。

「『良太』は君の指摘通り、土方家の家系図から拝借した。私の卒論のテーマだったものでね」

「そうなんですか」

「彼女の名の『良』の字と私の隼人という名から思い付いて、付けたんだ。二人の子供だという証《あかし》に。『康』は、自分の息子だという思いから名付けたんだが、享菜には伝わらなかったようだな。私はどうやら昔から愛情表現というものが苦手らしい」

「佐……享菜さんは、康くんを過去の汚点と思った。それを負い目に感じていたんですね。だから」

康を殺し、次いで隼人にとっての『康』である良海達の存在をこの世から消し去ろうとした。

隼人は目を伏せて、二、三度首を縦に振った。

「ああ、私もそう思うよ。私がいつまでもこんな写真を持ち歩いていたから、享菜の目に触れてしまう機会もあったんだろう。君は何処《どこ》でそれを？」

「そんなことを吹聴《ふいちょう》している人間がいる訳ではないので、安心して下さい。大学四年という中途半端な時期の留学と、彼女が息子を邪魔に思う理由を考えた結果です」

「それでは私は、鎌《かま》をかけられたことになるんだね」

「すみません。ですが、あなたは彼女を庇《かば》うおつもりですか？　偽《にせ》の証言までして」

「ああ、君は何でも知っているんだね。そうだよ、あの証言を翻《ひるがえ》す気はない。まだ彼女が犯人だと決まった訳ではないが、どちらにしても大差はない。私には、彼女はかけがえのない存在なんだ。今の私に、彼女以上に大事な者は思い付かないよ」

「ゴチソウサマです」

秋は白けた風に言って、舌先を小さく揃った前歯の間から覗かせた。

「こういう台詞《せりふ》は是非とも御本人の口から聞かせて差し上げたいトコですけど、最悪の場合、僕から彼女にお伝えしても？」

「最悪の場合？」

「そういう事態もありえるってことです」

秋は同じ台詞を繰り返してフワリと微笑《ほほえ》み、研究室を後にした。

＊

話は終わった。

秋が開けた窓の向こうには、黄色い月が浮かんでいる。

享菜は口を半開きにして秋を見つめたまま、瞬《また》きをするたびに大粒の涙を落としていた。

享菜のしたことは許せないが、同情すべき点も見つけてしまった。彼女は望み過ぎるあまり、やり方を間違えてしまったのだ。

享菜を責める気が消沈してしまって、抱えていた憤《いきどお》りのやり場もなく、リベザルは良太の手を握り締めた。

座木は秋の話にも特に反応を示さず——もう聞き知っていたのだろうか——ただ享菜を見据える目からは眼光が衰えなかった。

「どうしますか？　まだ死にたいと言うなら僕はもう止めません。本当に狂ってしまいたいなら、これを……」


パチン！


秋の手に喚《よ》ばれて来たのは、試験管に入った桃色の液体だった。

「素敵な夢を見られる薬です」

すると享菜は細く息を吐き出しながら、首を振った。筋状に流れていた涙が頬のあたりで枝分かれして空に散る。

「いいえ、あの人が私を見てくれていた。これ以上の幸せはないでしょう。それだけで、私はこれからも強く生きていけると思うんです」

「それは何より。では僕らは引き上げることにしましょう。ザギ、リベザル」

「はいっ」

「……はい」

「ザギ、不満そうな声を出すな。ではでは、お邪魔致しました」

秋が外に出ようと享菜から離れて背を向ける。

すると享菜はハッと何かを思い立った風に目を大きく開いて、椅子から身を乗り出した。

「深山木さん？」

秋が足を止める。

「何か？」

「お話の中で一つだけ、誤りを正させて頂いてもよろしいですか？　私の名誉の為に」

「どこでしょ？」

「私は主人の手帳《カルネ》など盗み見ておりません。カルネは人の内面のような物。そんなことは出来ません」

「では、よっしーのことは何処で？」

「及ばずながら推理致しました。主人は打ち上げの席で服を汚した良太さんに、自分の服から好きな物を選んでもらって差し上げたそうです。でもあれは、康とお揃いで買った服でした。康が怒った理由もそこにあります。断ることも出来たはずなのに……そう考えている時に、主人の部屋で偶然土方家系図の載ったあの本を見つけたのです」

（あれだ……）

リベザルはカッパや手袋と箱に仕舞われていた、栞《しおり》を挟んだ本を思い出した。一緒に入っていた学生名簿は、罪をかぶせる相手を探すのに使われたのだろう。南雲はその年齢と学年の差異が、彼女の目を止めるきっかけになったのかもしれない。多少、不憫《ふびん》な気もする。

秋はズレた眼鏡《めがね》を人さし指で押し上げ、その指で鼻の頭を掻いた。

「父親からの贈り物。椚母はそれを知って大切に繕《つくろ》い、よっしーに着せていた訳ですか」

「そうではないでしょうか？　私もそう思いました。それであの朝電話をして訪ね、直接良海さんに伺ったのです。事実を知って、私は彼女達が主人の負い目になっているという結論に達したのです」

「どこまでも、佐倉パパ中心の思考ですね」

「褒《ほ》め言葉と受け取ってよろしいのでしょうか？」

「お好きに」

「どうもあ……」


クシュン。


立ち上がった弾みに解《ほぐ》れた髪が鼻をくすぐって、享菜がクシャミをした。

「A vos amours《あなたの恋のために》 !」

秋が茶目っ気を含んだ軽い口調で言うと、享菜もニコリと微笑み、

「ありがとう」

と返した。

それは一片の狂気もない、穏やかで美しい笑顔だった。

エピローグ

1

「座木《くらき》さん！」

「今日は、空音《あかね》さん」

翌日、座木とリベザルはボールと果物を持って緑《みどり》ヶ丘《おか》総合病院を訪れた。ロビーの自販機の所でジュースを買っていた、白いワンピースの影が動きを止め、二人の方に走り寄る。

「座木さん、良太《りようた》無事だったんですっ。朝、看護婦さんがシーツを取り替えに行ったら、ベッドの上で寝てたんです。しかも起きて、挨拶《あいさつ》も話もしたっていうんです。私嬉《うれ》しくって」

はしゃぐように話す空音に、座木は軽い祝辞を返した。

「それはよかったですね。おめでとうございます」

「ありがとうございます。あら？　この子は……座木さん、結婚してらしたんですか？」

空音が眉間《みけん》に皺《しわ》を寄せて、缶ジュースに目いっぱいの圧力をかける。

座木は苦笑いして、人見知りして座木の陰に隠れるリベザルを、その肩を押して前に立たせた。

「良太君にサッカーを教えてもらってたんです。リベザル、ご挨拶を」

「初めまして」

リベザルは体は後方へ引きながら、右手をいっぱいに伸ばして差し出した。握手というしきたりに慣れていないのだろう、空音は少し迷ってからその手を握り返した。

「お話は聞いてます。今日は、来てくれてアリガトね」

リベザルは無言で目を伏せる。代わりに座木が謝った。

「すみません。人見知りが激しくて」

「この間の電話に出たのはこの子ですか？」

空音はチラリとリベザルを見た。半信半疑を顔で表現したらまさに今の彼女になるだろう。よほど気になっていたことらしく、目が好奇心に縁取られていた。

座木は否定の返事をして笑った。

「あれはうちの店長です」

「え？　声が若いから、あたしてっきり……」

「あの方は外見も年不相応に若いですから」

「じゃあ、座木さんの尊敬してる方って？」

空音が座木を覗《のぞ》き込むように見上げると、座木は少し照れたように片手で口を覆《おお》った。

「ええ、彼です」

「…………」

「はい？」

「いいえ、ごめんなさい。何でもないんです」

空音は誤魔化《ごまか》すように笑い返して、風にフレアをなびかせた。

座木は聞こえなかった彼女の台詞《せりふ》は聞き流し——彼女が誤魔化したがっているのならそれが礼儀だ——無意識のうちに少しずつ後ずさってしまいつつあるリベザルの背に手を添えた。

「会えますか？　良太君に」

「あ、その……それ、なんですが」

　空音の顔が急に曇った。

「お休み中ですか？」

「いえ」

「ではまだ面会謝絶が？」

「いえ、いいえ、その……」

　空音は缶ジュースを胸のところに抱え直して、そっとリベザルの方を見た。眉《まゆ》をハの字にし、言い難《にく》そうにして沈黙をよこす。

「良太、どうかしちゃったんですか？」

「ごめんね」

　空音が目線の高さを揃《そろ》え、リベザルの前に座り込む。

「良太ね、ここ一ヵ月の間のことをみんな忘れてしまったの。お医者様はあんまり怖い思いをした所為《せい》じゃないかって。だから」

「良太、俺のことも忘れちゃったの？」

「……ごめんね」

消えてしまった。良太の中から『リベザル』という存在が失われてしまったのである。彼にとっては、最初からなかったのと同じことなのだ。

「……ッ」

胸が詰まってリベザルの涙腺《るいせん》が緩むと、座木がその頭を腕に抱えて空音から顔を逸《そ》らせてくれた。溢《あふ》れる嗚咽《おえつ》を飲み込んで、彼の意識が遠離《とおざか》って行くのが分かる。

「その方が良太君の為かも知れません。学校はそのまま？」

「いえ、両親が引き取って、田舎《いなか》の方に転校させることになりました」

「そうですか。それでは……」

それ以降の会話をリベザルは憶《おぼ》えていない。気が付いたら病院の外の小さな公園にいて、リベザルは原形に戻ってしまっている。ベンチの隣には座木が黙って座っており、リベザルの復活を待っていた。

リベザルは手で顔を拭《ふ》いて、もう一度乾いた頰《ほお》に涙を落とした。

「リベザル？」

「……はい」

「秋《あき》が佐《さ》倉《くら》享《ゆき》菜《な》さんに言ったこと、思い出せる？」

「どれですか？」

リベザルが泣き過ぎで止まらなくなった吃逆《しゃっくり》と一緒に訊《き》き返すと、座木は足元に転がる空き缶を傍のゴミ箱に放って言った。

「『初めから悪いことだと思ってるなら、それはしてはいけない』と言ったこと」

「憶えてます。責任が取れないならしちゃいけないって」

「そうだね。でも、その人にはそれよりも大事なものがあって、よくないことだと分かっていても、その大切な物の為に後のことなんか考えられなくしてしまうんだよ。きっと」

「？」

「リベザルも言ってたね？『謝るくらいなら、初めからしなきゃいい』」

「はい」

良太がわざと負けた時だ。ばれたら怒られるのが分かっていて、わざと負けた。それに対してリベザルはそう言った。今でも、そう思っている。

座木は開いた足に両肘《りょうひじ》を乗せ、前かがみになってリベザルに微笑《ほほえ》みかけた。

「良太君は、後のことなんか考えられなくなってしまうくらい、リベザルのことが好きだったんだよ。その気持ちは失くならない」

「…………」

「人間にはね、忘れないと生きていけないこともあるんだ。私達には気が遠くなるほど時間がある。だから時間に任せて傷を癒《いや》すこともできるけれど、人間にはそれを待つ時間がほんの少ししか与えられていない。だから忘却は人間に与えられた、最大の自己防衛手段なんだよ」

「良太は、あれで治ったんですか？　だって、お母さんも、良乃《よしの》ちゃんもいなくなっちゃったのに」

「完全ではないけれど、きっと治るよ。傷が癒《い》えて心に余裕が出来たら、思い出せる日がいつか来る。リベザルと良太君はその時になってやっと、友達だってことをお互いに自覚するのかもしれないね」

忘れて、時間が流れて、それでもいつの日か再会出来る日を、信じていてもいいのだろうか？　何十年かかるか知れないけれど、また共に過ごす日だまりのような時間を夢見て——。

リベザルは手の甲で涙と鼻を拭いて、首を大きく上下に振った。

「よかった。それじゃあ、帰ろうか」

「へへへ、兄貴のアルコールワード初体験だ」

リベザルが尻尾《しっぽ》を上下に振ってピョンと座木の肩に乗ると、座木は目だけをこちらに向けて、

「アルコール……何？」

と訊いた。

「師匠《ししょう》がつけた兄貴の得意技の名前です。相手を酔わせる甘い言葉だから『アルコールワード』。対女性では百二十％の威力を発揮、しかも特殊コマンド入力必要なし、って」

「確かに無意識ではあるけれど、あれには理由が……そう。秋がね」

「怒りました？」

「リベザルには全然だよ。今日はアップルパイでも焼こうか？」

「………」

静かに怒っている、秋に。

しかしリベザルには、この前、焼きリンゴのとっておきの一口を味わい損ねた後悔と未練が残っていたので、自分の感情に正直に喜び、その提案に賛同した。

座木の言葉通りにリベザルと良太が再会するのは、それから十年後のことになる。

2

佐倉享菜が上流坂《かみるさか》署の思わぬ活躍で逮捕され、三日が過ぎた。裏には秋の助言があったらしいことを、リベザルは後になって座木に聞いた。

その日は朝から電話がひっきりなしに鳴り続けた。おまけに郵便書留は来る、宅配便は来る、でリベザルが二階の家から出て、店に顔を出せたのは午後二時を回ってからだった。

「あれ？　兄貴、師匠は？」

店番をする座木にリベザルが尋ねると、座木はカウンターの背にあるドアを見て答えた。

「調合室だよ」

ドカン！

二人の視線が集まるドアの向こうから、大音量爆発音が響いた。続いて秋がそのドアを開けて、煤《すす》を付けた顔を覗《のぞ》かせる。

「ケフッ、使ってた草がいきなり放種期に入りやがった」

「それで、爆破処理したんですか？」

「ああなると自己防衛能力が活発化するんだ。こっちがやられかねない。仕方ないだろ？」

「今度は防音壁も付けましょうね」

座木がその頭についた煤を払ってやりながら、呆れた声を出す。こういうことがたびたび起こる為、調合室は内側から逆シェルター化されていたが、それが余計に秋の爆破癖を増長させているのではないかとリベザルは思っていた。ゴミは燃やすものではなく消滅させるものだと思っているのが彼の危険なところだ。

秋はパイプ椅子を組み立てて座った。右手の白い包帯は汚れ、すっかり灰色になっている。座木は棚から救急箱を持って来た。

包帯が交換の為に解かれ、その生々しい傷にリベザルがたじろぎ逃げかかる。

「リベザル、郵便は？」

秋に言われて、リベザルは自分が降りて来た目的を思い出した。手にしていた包みと封筒を渡す。秋が左手で器用に中を開けると、中身は厚さ五ミリほどの札束に一枚

戻した。

時間をかけて読んでいた秋は内容を一言に要約して言うと、無造作にそれを封筒に
「うん。ありがとうってさ」

「智充《さとる》さんですね？」

の便箋《びんせん》だった。


「彼の足は？」

「それを訊くのか？　僕の薬だぞ？」

「信用してるから訊いたんです」

座木が綽々《しやくしやく》たる余裕で言い放つと、秋が仰《の》け反《ぞ》ってたじろいだ。

「杖《つえ》なしで歩行できる程度には回復したとある。不自然なまでには回復しない、と思う」

「……信用してますよ？」

「たはは。これでホノルルマラソンなんかに出られた日には、一気に時の人だな」

上目に睨《ね》める座木に、秋は冗談で場を濁《にご》した。本当にそうなったら洒落《しやれ》では済まなくなるのだが。

秋は更に机の横に寄せられた宅配便にも手を伸ばそうとして無理を感じたらしく、

大きな箱を開けるのをリベザルに任せた。

　ガムテープの上から貼られた伝票の差出人は『高遠三次《たかとおさんじ》』、それから僅《わず》かな空白に違う筆跡で『御葉山《おきはやま》』と書かれている。無理矢理捩《ね》じ込んだという感じだ。リベザルは伝票は丁寧《ていねい》に、ガムテープは段ボールの表面の紙が付いて来るのも構わず一気に剝《は》がした。

「人形です」

　中からはオレンジ色の、奇妙な顔をしたヌイグルミが出て来た。それを見た秋は、右手を座木に預けたまま腹を抱えて笑う。

「アッハハハハハ。高遠さん、Good work.」

「手紙が入ってます」

「読んでくれ」

　秋に言われて、リベザルは遠慮しつつ、たたまれたルーズリーフを広げた。

「『事件解決。来週から裁判開始』だけです」

「そっか。結局ダリアは何だったんだろうな」

「何ですか？　ダリアって」

　秋の、例のごとく前後のつながりのない説明不備な台詞に、リベザルは手紙を折り畳みながら訊《たず》ねた。

すると秋は鼻で笑って、

「花だよ花。花音痴《おんち》の僕だって、そのぐらいは知ってるぞ」

分かってて意地悪をして、リベザルの反応を楽しんでいるだけだ。リベザルは秋の口調から悟って、河豚《ふぐ》みたいに顔を膨《ふく》らませた。

「そうじゃなくてっ」

「イッテ！」

リベザルの反論が始まると同時に、秋が椅子の上で打ち上げられた魚みたいに飛び跳ねた。座木に手当てされている腕を引っ込めて、消毒された傷口に息を吹き掛ける。

「ザギ、わざとやってないか？」

「そんなことはありません。秋、ダリアについては補足と訂正が」

「何？」

「腕を」

座木は伏し目がちに微笑《ほほえ》んで秋の手首を掴《つか》み、自分の方に引き寄せたその腕にガーゼをあてた。

「良太君を探しに佐倉家に伺った時に家政婦の方に聞いたのですが、享菜さんの撒《ま》いたダリアは黄色だったそうです」

「それが？」

「ダリアの花言葉は『不安』ですが、黄色に限っては違う意味になります」

座木は蜜柑《みかん》の皮を剥《む》くような手付きで、ガーゼの上から包帯を巻いた。

「『あふれる喜び』です。その日は康君のことでおかしくなったふりをしていた享菜さんに、隼人さんが気分転換にと大学へ遊びに来ることを薦《すす》めたのだそうです」

「あっそ」

秋はさして感心した風でもなく、左手で机に頬杖《ほおづえ》を突いてケッという顔をした。彼は、この手の情緒には暗いようである。

誰かが誰かを想うとか、事件の動機としてならありとあらゆる人間の感情を理解することができるクセに、日常生活に密接した、特に自分のこととなると恐ろしく愚鈍《ぐどん》である。

言わないと分からないし、時として言っても理解してくれないこともある。反対に、自分の内情も滅多に見せない、語らない。

『確かめられるなら、ちゃんと相手の気持ちを聞かなきゃ駄目よ。気持ちは、普段の言葉や行動にはほんの少ししか映らないんだから』

穏やかな声とともに、オレンジ色の光の中でやわらかく微笑む享菜が頭に浮かぶ。なしくずし的に帰って来てしまったが、リベザルは家出をしていたのだ。今まで忘れていた自分に、リベザルは紅潮させた頰を叩いた。

「師匠」

「まだ何かあるのか？」

秋が巻き直される白い包帯を、逆の手で手伝いながら振り向く。

リベザルはヌイグルミの青い帽子を摑んで、先のボールを左右に振りながら次に言う言葉を考えた。内容は決まっているが、どう訊けばいいのかさっぱり思い付かない。

「俺、訊きたいことがあるんです」

「——あの『押し掛け』ってヤツか」

秋の微動だにしない冷たい横顔に少し怯《ひる》んだが、リベザルは靴の爪先《つまさき》を見つめて自分の中のモヤモヤを吐き出した。

「俺にだけいい顔見せてくれないのは、俺のコト嫌いだからですか？　そりゃ、俺は役に立たないし、名前も持たないし、兄貴や師匠に比べれば価値のない妖怪《ようかい》かもしれないですけど、そんな、俺、料理だって、お茶だってまともに淹《い》れられないけど、えっと」

（あれ？　違う、こんなコト言いたいんじゃなくて、もっと……）

焦ってますます頭に血が上る。ところが、まるで別世界のコトのように、秋は心底不思議がって口をあんぐり開けた。

「は？　名前って？　お前、『リベザル』だろ？」

「え？」

今度はリベザルがアガッと顎《あご》を落とした。

「えっと、種族の名前じゃなくて自分の存在を認めて……それで、えっと」

「リベザルって、そーか。固有名詞じゃなかったのか」

ほー、と頭を上下に振って、秋が椅子の背に体を預ける。座木は包帯を教科書の見本のごとく几帳面《きちょうめん》に巻きながら、固まるリベザルを動かした。

「リベザル。私は秋に、呼び名がないと面倒だとこの名を貰《もら》ったけど、君は自分で」

「そーだ。お前、名を訊いたら『リベザル』だと答えたじゃないか。違う名が欲しいならやるぞ、センスは保証しないけど。ここは日本だからとりあえず……」

「日本だから？　とりあえず、って？　え？　師匠達の名前って？」

リベザルが鸚鵡《おうむ》返《がえ》しに単語をなぞる。秋は何ともないことを口にするように、笑いもせずに言った。

「僕は特に付けられてないし決めてない。ただ、レパートリーのある名前と思って季節にした。場所と時代によって四つの名前をローテーションだ」

「ローテーション……」

「そ。ザギは何となく語感から適当に。な？」

「はい」

リベザルは更に外れそうになるくらいに顎を落とした。

(俺の悩んでたことって……)

情けなくて涙が出そうになった。

「名前で価値が決まるとは、面白い説だな。賛同は出来ないが」

「でも、師匠は人の呼び方にこだわってるじゃないですか」

「こだわってるんじゃない、どーでもいいんだ。で、欲しいか？　新しい名前」

『新しい名前』と言われて、リベザルは『リベザル』が彼らの中で固有名詞として承認されていたことを実感した。虚《うつ》ろな目で首を振る。

「いえ。リベザル、が、いいです」

「よし」

秋は巻かれた包帯を指で調整する。その手の動きを残して、リベザルの視覚神経は他の景色を遮断《しゃだん》した。目は虚ろなまま、秋の指先から離れない。

「俺、勝手に押し掛けて来たのに、迷惑じゃないんですか？　ここに居ていいんですか？　嫌いなのに無理して置いてくれてるなら……」

「何億年前の話をしてるんだ？」

秋は無表情で言い、黒目を向けて座木に繋《つな》げる。座木はハサミやテープを箱に仕舞いながら、苦笑した。

「リベザル、私も同じだよ。昔、秋に会って、勝手について来たんだ」

「え？」

俯《うつむ》く顔をブンと音がなるほど一気に上げて、リベザルがその視線を曲げて座木に移す。『何故』の『な』の形を作りかけ、座木にそれを手で止められた。

「それに、嫌いな相手を我慢して側に置くほど、『殊勝なタマじゃない』よ、秋は」

座木がいつにない雑な言葉遣いで片目をつぶってみせた。

「……そういうとこで仕返すか」

秋が半目で座木を見据え腕組みをした。

リベザルは金魚みたいに口をパクパクさせて、溺《おぼ》れかかった人の息継ぎのように言葉を継ぐ。

「俺、師匠が俺に、冷たいから」

「秋の口が悪いのは、その人を——」

「ザギ」

秋が睨《にら》む。座木がふわりと笑い返して救急箱を戻しに行く。

リベザルは口の中でモゴモゴと相手のいない言い訳をしながら、初心を思い出して今更ながらに青ざめた。

(分かってたのに。師匠が自分のしたいことしかしない人だって、最初から……初めて会った時から)

『そうしたかったから』

『それが正しいのか?』

『知らない。僕がそう思ったからそうした。他は知らない』

(師匠のそこに惚《ほ》れたのに、うわっ。俺ってホントにどっかおかしいッ!)

リベザルは心の中で、うわーうわーと叫びながら狼狽《うろた》え、駆け回った。

秋は憮然《ぶぜん》として深く息を吐き出した。

「嫌いなら嫌いと、遠慮するなと言ったな？」

「……言いました」

リベザルの肌に冷たい汗が這《は》う。

「遠慮してたら、端《はな》からあんな言い方は出来なくないか？　フツー」

秋は口の両端を上げてニッと笑う。

リベザルは顔色を、二灯の信号のように青から赤に変えた。目の前をぐるぐるさせながらも、顔が笑ってしまうのを止められない。

「スミマセンでした！　俺、調合室掃除して来ます！」

「十分以内に終わったら、『広辞苑《こうじえん》』をぶつけたことは忘れてやろう」

「はいっ！」

左手を目の高さに上げて腕時計を見せた秋に、リベザルは元気よく返事をして棚から掃除道具を選び、調合室へ駆け込んだ。

＊

「ところで、秋。一つ気になっていることがあるんですが」

「何？」

「椚家の、良乃さんの殺人現場となったお風呂場《ふろば》で、急に原形に戻るよう言いましたよね？」

「そうだったかな」

「もしかしたらあれは……」

「ザギ。終わったことだ」

秋の抑揚《よくよう》のない声が、座木の話を強制的に終わらせた。

座木はしばらくの間、その固い横顔に見えかかる彼の感情を注意深く観察していたが、すぐに己《おのれ》の考えごと振り払うように首を左右に振った。

「他の人にはいい顔して、ですか。リベザルは可愛いことを言いますね」

「可愛いかー？　まーたザギの変な趣味だ」

「十分以内。私も手伝いますよ？」

座木はそう言って微笑み、秋の背中のドアに姿を消した。

「はー。やっとゆっくり眠れるよ」

秋は大口を開けて欠伸《あくび》をし、一人、二階に上がってソファに寝転ぶと、読みかけの本を開いて顔に乗せた。

「あの馬鹿。他人に素顔見せたら、客商売にならないだろうが」

秋の呟《つぶや》きを、リベザルは知らない。

あとがき

こんにちは。この度は薬屋探偵妖綺談『黄色い目をした猫の幸せ』をお手に取って下さり、誠に有難うございます。

順番としては前後しますが、この作品は私が人生で初めてまともに綴った文章で、初投稿作です。読み返そうとすると文章云々以前に、当時の身の程知らずぶりが思い出されて心拍数が当社比一・五倍的になります。

恥ずかしさの余り頭から蒸気が出て、人様にはお臍《へそ》でお茶を沸かして頂いて、飲茶《ヤムチャ》でも始められそうな有り様ですが、そう感じるのも僅《わず》かなりと成長した証拠だと思って、これから御恩返しが出来るよう頑張って行きたいです。

本編の方はシリーズ全体の基盤となる話になります。丁度、これと繋がる話が現在進行中で不思議な感覚がしますが、お久し振りですの皆様にも初めましての方々にも、少しでも楽しんで頂ければ幸いです。

今回もカバーイラストを唯月様にお願い出来ました。内容、背景について色々御考慮、御提案頂いて、嬉しさを噛み締めております。

初繋がりで思わず腕を摑んでしまいました田端様。私が知る限り、初めてレビューを書いて頂いて、インタビューをお受けしたのも初めてで、オビ＝ワンの一挙一動を語り合えた方としても初めてでした（笑）。

この本に御尽力下さった皆様には、何度御礼を言っても足りません。

どうも有難うございました。

そして今日お会い出来た全ての方へ心より感謝を送ります。灼《や》ける夏も凍える冬も、あなたの存在が何より力の源です。

ではでは、再び皆様のお目にかかれる日を祈りつつ。

格子戸に落ちる雨音を聞きながら。

高里椎奈

解説

田端しづか

あれは新世紀に入ってまだ間もない二〇〇一年の冬。

高里椎奈さんは私に言いました。

「こだわって書いているのは『日常』です」

事件もトリックもあるし、探偵役の深山木秋による謎解きシーンもある（推理小説のお約束のひとつ、名探偵、皆の前で「さて」と言い、というアレです）。それなのに、「薬屋探偵妖綺談」シリーズで作者が一番こだわっているのは、推理小説としての体裁を整えることではなく、キャラクターたちの日常を描写することであると、きっぱり言われたのです。でも、これは意外な発言というわけでもありませんでした。むしろ「やっぱり！」という感じでしょうか？　なぜなら「薬屋探偵妖綺談」シリーズの人気の秘密は、まさにこの日常シーンに隠されているからです。

そもそもなぜ高里さんからそんなお話をうかがうことができたのかというと、小説ファン雑誌『活字倶楽部』で取材をお願いした時、インタビュアーを担当したのが私だったからです。

取材当時、「薬屋探偵妖綺談」シリーズは六作目『白兎《はくと》が歌った蜃気楼』まで刊行され、私が所属する『活字倶楽部』編集部には、キュートな妖怪三人組に夢中な読者さんから、毎日のように「特集してください！」というラブコールやら、秋や座木、リベザルたちを描いたかわいいイメージイラストやらが届いていました。私自身、シリーズ一作目『銀の檻を溶かして』を読んで以来ずっとファンでしたから、取材するのに否やのあるはずもなく、晴れて新宿の某ホテルラウンジにて、高里さんがいらっしゃるのを待つことに。

高里椎奈さんって、どんな人だろう？　秋みたいにミステリアスな感じ？　それとも座木みたいに本人無自覚に殺し文句を言うタイプ？　もしリベザルばりに人見知りする人だったらどうしよう……。読んだ作品から、その作家さんの人となりを想像してしまうのはもはや職業病で、このときも私はまだ見ぬ高里さんについて、シリーズのキャラクターと照らし合わせながら考えていました。

待つことしばし、ついに現れた高里さんは、こぼれ落ちそうなほど大きな瞳と、さらっとした長めのショートカットが秋を髣髴《ほうふつ》とさせる女性でした。相手の瞳を見て話を聞き、かわいらしい声でありながら落ち着いた話しぶり、それからふんわりとした笑顔も、私が抱いていた秋や座木のイメージにぴったり！

ただ残念ながら、リベザルみたいに元気いっぱい走り回る感じではないなぁと思っていると、彼女からスッと数枚の写真を手渡されました。というのは、雑誌に掲載する写真を持ってきてもらうよう、お願いをしていたからなのですが、その写真の中に……ありました。高里さんがまるでリベザルのように木に登って撮影した写真が。うら若き女性が木登り。そのうえよく見ると、木の枝にはリベザル代理と思われる赤いタワシまで置いてある……。

写真から目が離せなくなってしまった私の目の前でしきりと照れる高里さんと、木の上でリベザル代理を相手に嬉々としながらシャッターをきる高里さん（↑こちらは想像）のギャップのすごさといったら、もう、今思い出すだけでも笑いがこみあげてくるほど。結局、このお茶目な木登り写真は誌面の都合で掲載できなかったので、今回こうして披露（というより暴露？）する機会をいただけて本当によかったです。

取材でうかがったシリーズの創作秘話は、どれも興味深いものばかりでした。たとえば、最初からミステリーを書こうと考えていたわけではなかったという事実もそのひとつ。まずキャラクターありきで、秋達が登場する世界として高里さん自身が最も入りやすかったのが「薬屋探偵妖綺談」シリーズの世界だった、と。

ほかに、現代学園ものや異世界ファンタジーの設定で書いた話もあったそうですが、途中で挫折して抹消してしまったのだとか。そこには高校生活を満喫する青春真っ盛りな秋とか、吟遊詩人の座木と勇者の卵・リベザルのドラゴン退治なんかが書かれていたのでしょうか？　ちょっぴり読んでみたかった気もします。

本書『黄色い目をした猫の幸せ』では、座木の意外な特技が明らかになりますが、これに関しては作者であるはずの高里さんも「なぜ彼がアレに変装する必要があるのかわからない」と首をひねっていました。頭の中に思い浮かんだ映像をそのまま書き写していった結果だというのです。作者にも秘密だなんてアヤしいな、座木さん。

とまあ、取材はシリーズの根幹に関わるものから細かいネタまで多岐に亘り、その中でも特に印象に残ったのが、冒頭で述べた「こだわっているのは日常」という言葉なのでした。すでにシリーズを一冊でも読んでいる人なら、私と一緒に「やっぱり!」とうなずいてくれるかもしれません。『黄色い目をした猫の幸せ』にも、心に残る日常的なシーンがいくつも登場しましたよね。私のお気に入りは、真の姿でくつろぐ座木にアイスを食べさせる秋。ホワイトソース『が』いいのか、ホワイトソース『で』いいのか、頭の中で考えるリベザルもいとおしいです。

また、秋達の日常とは別に、キャラクター同士の関係や過去がチラリ、チラリと断片的に書かれるのも「薬屋探偵妖綺談」シリーズの特徴です。ミステリアスな探偵が登場する作品はたくさんありますが、作者自身が確信犯的に探偵をミステリアスに、しかも読者が推理できるようにヒントをちりばめながら書くスタイルは、ここ数年でライトノベルを中心に増えているとはいえ、主流だとは言えないでしょう。「薬屋探偵妖綺談」シリーズの人気の秘密は、日常シーンに隠されている、と最初に書いた理由はここにあります。つまり、各巻で発生する事件の謎とは別に、日常シーンに仕込んである秋達自身の謎が魅力的だからこそ、多くの読者の心をつかんで放さないのだと。いやだって、今年講談社ノベルスで出たシリーズ十二作目『雪下に咲いた日輪と』なんて、これまでに見たこともないような秋の姿が書かれたし。彼らの謎は、ある所が解き明かされたかと思えば、別の所はさらに深まるといった感じで、一度読み始めたらどっぷりはまってタイヘンなんです。

本書を手にとって、初めて「薬屋探偵妖綺談」シリーズを知ったという人も、私達と一緒に彼らの魅力にめろめろになってしまいましょう。え、どっぷりはまったらタイヘンじゃないかって？　タイヘンと書いてシアワセと読むのですよ、この場合。


最後に、高里椎奈さんへ。

早いもので初めて取材をさせていただいてから、四年以上の月日が流れました。その間、違うシリーズも書かれ、私も楽しませていただいておりますが、高里さんのホームグラウンドは、やっぱり「薬屋探偵妖綺談」シリーズではないかと思います。なにしろ秋（高里さんは「薬屋さん」と呼んでいましたね）との付き合いは、中学生の時からだそうですし……。高里さんの頭の中にある薬屋ワールドを少しでも多く共有したい私としては、ホームグラウンドである「薬屋探偵妖綺談」シリーズをこれからも書き続けていってくれることを願ってやみません。

だって、好きなんだもの。薬屋ワールドの住人が。

●本書は一九九九年七月に小社ノベルスとして刊行されました。

|著者|高里椎奈　茨城県生まれ。芝浦工業大学機械工学科卒業。1999年前作『銀の檻を溶かして』で第11回メフィスト賞を受賞しデビュー。大好評で迎えられた「薬屋探偵妖綺談」シリーズは現在までに12作を数える。他の著書に「ドルチェ・ヴィスタ」シリーズ、「フェンネル大陸偽王伝」シリーズ（すべて講談社ノベルス）がある。

黄色《きいろ》い目《め》をした猫《ねこ》の幸《しあわ》せ　薬屋探偵妖綺談《くすりやたんていようきだん》

高里椎奈《たかさとしいな》

講談社文庫

定価はカバーに
表示してあります

2005年12月15日第1刷発行

発行者――野間佐和子
発行所――株式会社　講談社
東京都文京区音羽2-12-21　〒112-8001
電話　出版部（03）5395-3510
　　　販売部（03）5395-5817
　　　業務部（03）5395-3615

デザイン―菊地信義
本文データ制作―講談社プリプレス制作部
印刷――――豊国印刷株式会社
製本――――株式会社国宝社

Printed in Japan

落丁本・乱丁本は購入書店名を明記のうえ、小社業務部あてにお送りください。送料は小社負担にてお取替えします。なお、この本の内容についてのお問い合わせは文庫出版部あてにお願いいたします。

ISBN4-06-275275-1

講談社文庫刊行の辞

二十一世紀の到来を目睫に望みながら、われわれはいま、人類史上かつて例を見ない巨大な転換期をむかえようとしている。

世界も、日本も、激動の予兆に対する期待とおののきを内に蔵して、未知の時代に歩み入ろうとしている。このときにあたり、創業の人野間清治の「ナショナル・エデュケイター」への志を現代に甦らせようと意図して、われわれはここに古今の文芸作品はいうまでもなく、ひろく人文・社会・自然の諸科学から東西の名著を網羅する、新しい綜合文庫の発刊を決意した。

激動の転換期はまた断絶の時代である。われわれは戦後二十五年間の出版文化のありかたへの深い反省をこめて、この断絶の時代にあえて人間的な持続を求めようとする。いたずらに浮薄な商業主義のあだ花を追い求めることなく、長期にわたって良書に生命をあたえようとつとめるところにしか、今後の出版文化の真の繁栄はあり得ないと信じるからである。

同時にわれわれはこの綜合文庫の刊行を通じて、人文・社会・自然の諸科学が、結局人間の学にほかならないことを立証しようと願っている。かつて知識とは、「汝自身を知る」ことにつきていた。現代社会の瑣末な情報の氾濫のなかから、力強い知識の源泉を掘り起し、技術文明のただなかに、生きた人間の姿を復活させること。それこそわれわれの切なる希求である。

われわれは権威に盲従せず、俗流に媚びることなく、渾然一体となって日本の「草の根」をかたちづくる若く新しい世代の人々に、心をこめてこの新しい綜合文庫をおくり届けたい。それは知識の泉であるとともに感受性のふるさとであり、もっとも有機的に組織され、社会に開かれた万人のための大学をめざしている。大方の支援と協力を衷心より切望してやまない。

一九七一年七月

野間省一

江戸川乱歩賞全集 刊行案内

日本推理作家協会編

⑦
海渡英祐 **伯林《ベルリン》―一八八八年**

森村誠一 **高層の死角**

ベルリン留学中の森鷗外が伯爵殺人事件に遭遇。宰相ビスマルクも究明に乗りだすが……。巨大ホテルの社長と美人秘書の連続殺人。密室トリックとアリバイ崩しを斬新手法で描く。

解説 新保博久／巻末エッセイ 井沢元彦

⑧
大谷羊太郎 **殺意の演奏**

和久峻三 **仮面法廷**

芸能ショーの人気司会者が暗号日記を残し死んでいた。芸能界の陰影と密室の謎に挑む。十億円の土地売買の利権をめぐる連続殺人。民事裁判の虚実を鋭くえぐる本格法廷推理。

解説 郷原宏／巻末エッセイ 大沢在昌

⑨
小峰元 **アルキメデスは手を汚さない**

小林久三 **暗黒告知**

妊娠の噂があった少女の死。向こうみずで滑稽な現代っ子高校生の生態を描く青春推理。明治四十年、足尾銅山鉱毒事件のさなかに殺人が。官憲の策謀か、反対派の内部抗争か？

解説 香山二三郎／巻末エッセイ 東野圭吾

⑩
日下圭介 **蝶たちは今……**

伴野朗 **五十万年の死角**

旅先で間違えたバッグから出てきた一通の手紙。だが差出人も受取人も死んでいたのだ!? 開戦直後、北京原人の化石骨の接収を謀る日本軍と、中国各派の暗闘を描くサスペンス。

解説 小梛治宣／巻末エッセイ 逢坂剛

⑪
梶龍雄 **透明な季節**

藤本泉 **時をきざむ潮**

戦時下の学園生活を背景に、年上の女性に思慕を抱く一中学生の体験を描く青春推理。三陸の閉ざされた村で双生児と思われる学生の遺体が発見された。古代伝承が現代に甦る。

解説 香山二三郎／巻末エッセイ 篠田節子

⑫
栗本薫 **ぼくらの時代**

井沢元彦 **猿丸幻視行**

TV局で起こった女子高生連続殺人事件の解決に挑む大学生三人組の奮闘を描く青春推理。古歌の暗号解読に取り組む若き日の折口信夫の前に悲劇の殺人が。伝奇暗号推理の傑作。

解説 日下三蔵／巻末エッセイ 泡坂妻夫

久坂葉子
幾度目かの最期
久坂葉子作品集
解説＝久坂部羊

十八歳の時書いた作品で芥川賞候補となり、二十一歳で自殺した久坂葉子。遺書的作品「幾度目かの最期」を中心に、神話化された幻の作家の心の翳りを映す精選集。

佐藤春夫
維納《ウィーン》の殺人容疑者
解説＝横井司

一九二八年七月、ウィーン郊外で起きた女性殺害事件の裁判を、「述べて作らぬ」という〈纂述〉の形を借りて、人間心理の深奥に迫るドラマへと昇華した冒険作。

正宗白鳥
世界漫遊随筆抄
解説＝大嶋仁

世界の激動を予感させる昭和の初期に欧米旅行へ発った正宗白鳥。文豪の眼に世界はどう映ったのか……。愚直に世界と向きあい、簡潔に直截に印象を記す好随筆集。

高任和夫　粉飾決算
高任和夫　告発倒産
高任和夫　商社審査部25時〈知られざる戦士たち〉
高任和夫　起業前夜(上)(下)
谷村志穂　十四歳のエンゲージ
谷村志穂　十六歳たちの夜
谷村志穂　レッスンズ
高村　薫　李歐《りおう》
高村　薫　マークスの山(上)(下)
多和田葉子　犬婿入り
岳　宏一郎　蓮如夏の嵐(上)(下)
岳　宏一郎　御家の狗
武　豊　この馬に聞いた！ フランス激闘編
武　豊　この馬に聞いた！ 炎の復活凱旋編
武　豊　この馬に聞いた！ 1番人気編
武　豊　この馬に聞いた！ 大外強襲編
武田　圭　南海楽園〈タヒチ、バリ、モルジブ……サーフィン一人旅〉
高橋直樹　湖賊の風
橘　蓮二　狂言の自由〈茂山逸平写真集〉

橘　蓮二／吉川　潮　高座の七人〈当世人気噺家写真集〉
橘　蓮二／監修・高田文夫　大増補版おあとがよろしいようで〈東京寄席往来〉
多田容子　柳影
多田容子　やみとり屋
田島優子　女検事ほど面白い仕事はない
高田崇史　QED
高田崇史　QED〈百人一首の呪《しゅ》〉
高田崇史　QED〈六歌仙の暗号〉
高田崇史　QED〈ベイカー街の問題〉
高田崇史　QED〈東照宮の怨〉
高田崇史　試験に出るパズル〈式の密室〉
高田崇史　試験に敗けない密室〈千葉千波の事件日記〉
高田崇史　試験に出ないパズル〈千葉千波の事件日記〉
竹内玲子　笑うニューヨーク DELUXE
竹内玲子　笑う2ニューヨーク DYNAMITES
竹内玲子　笑うニューヨーク DANGER
高世　仁　拉致〈北朝鮮の国家犯罪〉
田中秀征　梅の花咲く〈決断の人・高杉晋作〉
団　鬼六　外道の女

立石勝規　田中角栄・真紀子の「税金逃走」
高野和明　13階段
高野和明　グレイヴディッガー
高里椎奈　銀の檻を溶かして〈薬屋探偵妖綺談〉
高里椎奈　黄色い目をした猫の幸せ〈薬屋探偵妖綺談〉
大道珠貴　背く子
高橋　和女　流棋士
高木　徹　ドキュメント戦争広告代理店〈情報操作とボスニア紛争〉
平安寿子　グッドラックらっきょう
高梨耕一郎　京都風の奏葬
陳　舜臣　阿片戦争全三冊
陳　舜臣　中国五千年(上)(下)
陳　舜臣　中国の歴史全七冊
陳　舜臣　小説十八史略全六冊
陳　舜臣　琉球の風全三冊
陳　舜臣　山河在り(上)(中)(下)
陳　舜臣　獅子は死なず
張《チャン》　仁《イン》淑《スク》　凍れる河を超えて(上)(下)
津村節子　智恵子飛ぶ

津村節子　菊日和
津本　陽　塚原卜伝十二番勝負
津本　陽　拳豪伝
津本　陽　修羅の剣(上)(下)
津本　陽　勝つ極意 生きる極意
津本　陽　下天は夢か 全四冊
津本　陽　鎮西八郎為朝
津本　陽　幕末剣客伝
津本　陽　武田信玄 全三冊
津本　陽　乱世、夢幻の如し(上)(下)
津本　陽　前田利家 全三冊
津本　陽　加賀百万石
津本　陽　真田忍俠記(上)(下)
津本　陽　歴史に学ぶ
津本　陽　おおとりは空に
津本　陽　本能寺の変
津本　陽　武蔵と五輪書
津本陽・童門冬二　徳川吉宗の人間学〈変革期のリーダーシップを語る〉
津本陽・江坂彰　信長 秀吉 家康〈勝者の条件 敗者の条件〉

津村秀介　宍道湖《しんじこ》殺人事件
津村秀介　洞爺湖殺人事件
津村秀介　水戸の偽証〈三島着10時31分の死者〉
津村秀介　浜名湖殺人事件〈富士―博多間37時間30分の謎〉
弦本將裕　12動物60分類完全版マスコット占い
津原泰水監修　エロティシズム12幻想
津原泰水監修　血の12幻想
津原泰水監修　十二宮12幻想
司城志朗　秋と黄昏の殺人
司城志朗　恋ゆうれい
土屋賢二　哲学者かく笑えり
塚本青史　呂后
塚本青史　王莽
辻原　登　百合の心・黒髪 その他の短編
出久根達郎　佃島ふたり書房
出久根達郎　たとえばの楽しみ
出久根達郎　おんな飛脚人
出久根達郎　御書物同心日記
出久根達郎　続 御書物同心日記

出久根達郎　御書物同心日記 虫姫
出久根達郎　土龍《もぐら》
出久根達郎　漱石先生の手紙
出久根達郎　俥《くるま》宿《やど》
出久根達郎　二十歳のあとさき
ドウス昌代　イサム・ノグチ(上)(下)〈宿命の越境者〉
童門冬二　戦国武将の宣伝術〈隠された名将のコミュニケーション戦略〉
藤堂志津子　ジョーカー
藤堂志津子　恋人よ
鳥羽　亮　三鬼の剣
鳥羽　亮　隠《おぬ》猿《ざる》の剣
鳥羽　亮　鱗光の剣〈深川群狼伝〉
鳥羽　亮　蛮骨の剣
鳥羽　亮　妖鬼の剣
鳥羽　亮　秘剣 鬼の骨
鳥羽　亮　幕末浪漫剣
鳥羽　亮　浮舟の剣
鳥羽　亮　青江鬼丸夢想剣
鳥羽　亮　双つ龍〈青江鬼丸夢想剣〉

鳥羽　亮　吉宗謀殺〈青江鬼丸夢想剣〉
鳥羽　亮　風来の剣
鳥羽　亮　影笛の剣
鳥越　碧　一葉
東郷　隆　御町見役うずら伝右衛門(上)(下)
東郷　隆　御町見役うずら伝右衛門・町あるき
東郷　隆／上田　信　絵　【絵解き】戦国武士の合戦心得〈歴史・時代小説ファン必携〉
戸田郁子　ソウルは今日も快晴〈日韓結婚物語〉
豊福きこう　矢吹丈25戦19勝(19KO)5敗1分
戸部良也　プロ野球英雄伝説
徳大寺有恒　間違いだらけの中古車選び
夏樹静子　そして誰かいなくなった
夏樹静子　贈る証言〈弁護士朝吹里矢子〉
中井英夫　新装版　虚無への供物(上)(下)
長尾三郎　虚構地獄　寺山修司
長尾三郎　人は50歳で何をなすべきか
長尾三郎　週刊誌血風録
南里征典　軽井沢絶頂夫人
南里征典　情事の契約

中島らも　しりとりえっせい
中島らも　今夜、すべてのバーで
中島らも　白いメリーさん
中島らも　寝ずの番
中島らも　さかだち日記
中島らも　バンド・オブ・ザ・ナイト
中島らもほか　輝きの一瞬〈短くて心に残る30編〉
中島らも編・著　なにわのアホぢから
中島らも／チチ松村　らもチチ　わたしの半生〈青春篇〉〈中年篇〉
鳴海　章　風花
鳴海　章　ニューナンブ
中嶋博行　検察捜査
中嶋博行　違法弁護
中嶋博行　司法戦争
中嶋博行　第一級殺人弁護
中村天風　運命を拓く〈天風瞑想録〉
夏坂　健　ナイス・ボギー
夏坂　健　ゴルフの神様
中場利一　岸和田のカオルちゃん

中場利一　バラガキ〈土方歳三青春譜〉
中場利一　岸和田少年愚連隊
中場利一　岸和田少年愚連隊　血煙り純情篇
中場利一　岸和田少年愚連隊　望郷篇
中場利一　岸和田少年愚連隊　外伝
中場利一　岸和田少年愚連隊　完結篇
中場利一　スケバンのいた頃
中山可穂　感情教育
中山可穂　マラケシュ心中
仲畑貴志　この骨董が、アナタです。
中保喜代春　ヒットマン〈獄中の父からいとしいわが子へ〉
中村うさぎ　中村うさぎの四字熟語
中村泰子　「ウチら」と「オソロ」の世代〈東京・女子高生の素顔と行動〉
中山康樹　ディランを聴け!!
永井するみ　防風林
永井　隆　ドキュメント　敗れざるサラリーマンたち
中島誠之助　ニセモノ師たち
西村京太郎　天使の傷痕
西村京太郎　名探偵なんか怖くない

講談社文庫　目録

西村京太郎　D機関情報
西村京太郎　殺しの双曲線
西村京太郎　名探偵が多すぎる
西村京太郎　ある朝　海に
西村京太郎　脱出
西村京太郎　四つの終止符
西村京太郎　おれたちはブルースしか歌わない
西村京太郎　名探偵も楽じゃない
西村京太郎　悪への招待
西村京太郎　名探偵に乾杯
西村京太郎　七人の証人
西村京太郎　ハイビスカス殺人事件
西村京太郎　炎の墓標
西村京太郎　特急さくら殺人事件
西村京太郎　変身願望
西村京太郎　四国連絡特急殺人事件
西村京太郎　午後の脅迫者
西村京太郎　太陽と砂
西村京太郎　寝台特急あかつき殺人事件

西村京太郎　日本シリーズ殺人事件
西村京太郎　L特急踊り子号殺人事件
西村京太郎　寝台特急「北陸」殺人事件
西村京太郎　オホーツク殺人ルート
西村京太郎　行楽特急《ロマンスカー》殺人事件
西村京太郎　南紀殺人ルート
西村京太郎　特急「おき3号」殺人事件
西村京太郎　阿蘇殺人ルート
西村京太郎　日本海殺人ルート
西村京太郎　寝台特急六分間の殺意
西村京太郎　釧路・網走殺人ルート
西村京太郎　アルプス誘拐ルート
西村京太郎　特急「にちりん」の殺意
西村京太郎　青函特急殺人ルート
西村京太郎　山陽・東海道殺人ルート
西村京太郎　十津川警部の対決
西村京太郎　南神威島
西村京太郎　最終ひかり号の女
西村京太郎　富士・箱根殺人ルート

西村京太郎　十津川警部の困惑
西村京太郎　津軽・陸中殺人ルート
西村京太郎　十津川警部C11を追う
西村京太郎　越後・会津殺人ルート〈追いつめられた十津川警部〉
西村京太郎　華麗なる誘拐
西村京太郎　五能線誘拐ルート
西村京太郎　シベリア鉄道殺人事件
西村京太郎　恨みの陸中リアス線
西村京太郎　鳥取・出雲殺人ルート
西村京太郎　尾道・倉敷殺人ルート
西村京太郎　諏訪《すわ》・安曇野《あずみの》殺人ルート
西村京太郎　哀しみの北廃止線
西村京太郎　伊豆海岸殺人ルート
西村京太郎　倉敷から来た女
西村京太郎　南伊豆高原殺人事件
西村京太郎　消えた乗組員《クルー》
西村京太郎　東京・山形殺人ルート
西村京太郎　八ヶ岳高原殺人事件
西村京太郎　消えたタンカー

2005年12月15日現在